ELENA CONRAD

DAS STRANDFLIEDER GLÜCK

ROMAN

lübbe

Dieser Titel ist auch als E-Book erschienen.

Die Bastei Lübbe AG verfolgt eine nachhaltige Buchproduktion. Wir verwenden Papiere aus nachhaltiger Forstwirtschaft und verzichten darauf, Bücher einzeln in Folie zu verpacken. Wir stellen unsere Bücher in Deutschland und Europa (EU) her und arbeiten mit den Druckereien kontinuierlich an einer positiven Ökobilanz.

MIX
Papier | Fördert gute Waldnutzung
FSC® C014496
FSC www.fsc.org

Originalausgabe

Dieses Werk wurde vermittelt durch
die Literarische Agentur Thomas Schlück GmbH, 30161 Hannover.

Umschlaggestaltung: www.buerosued.de unter Verwendung
von Illustrationen von © www.buerosued.de;
© Laura Ranftler/Arcangel Images
Satz: Dörlemann Satz, Lemförde
Gesetzt aus der Proforma Book
Druck und Verarbeitung: GGP Media GmbH, Pößneck
Printed in Germany
ISBN 978-3-404-18867-3

2 4 5 3 1

Sie finden uns im Internet unter luebbe.de
Bitte beachten Sie auch: lesejury.de

ERSTES KAPITEL

Der Wind hatte aufgefrischt, doch zwischen den Häusern war man geschützt vor der durchdringenden Kälte. Maike hielt die Hände tief in den Taschen ihres wetterfesten petrolfarbenen Anoraks vergraben. An den Füßen trug sie robuste Wanderschuhe. Sie dachte an das weihnachtlich dekorierte Strandfliederhaus und freute sich schon auf das Frühstück mit ihrer Mutter und ihrer Tochter Tessa, die am Tag zuvor mit der letzten Fähre gekommen waren. Sicher hatte Tessa viel zu erzählen.

Heute, an Heiligabend, öffneten sie den Laden ausnahmsweise vormittags zwischen neun und zwölf Uhr, bevor sie in eine zweiwöchige Weihnachtspause gehen wollten. Sie würden die Zeit zur Erholung brauchen – so gut das eben ging. Gewiss, es kam gerade weniger Kundschaft, aber es gab immer Papierkram zu erledigen, Einkaufs- und Bestelllisten zu überprüfen, neue Kunden zu akquirieren und nicht zuletzt die Steuer vorzubereiten. Meist erledigten sie das nebenher im Laden – Jarik und sie wechselten sich mit dem Verkauf ab, wenn Famke keine Zeit hatte, weil sie in ihrer Keramikwerkstatt war, wo sie dafür sorgen musste, dass der Nachschub an Geschirr nicht versiegte.

Es war schön, mit Jarik zusammenzuarbeiten und zusammenzuleben, so schön, wie sie es sich nie hätte vorstellen können. Er war ständig in ihren Gedanken, und abends verbrachten sie gemeinsame Zeit auf dem Sofa, erzählten einander vom Tag und besprachen Wichtiges. Seit dem Herbst waren sie glückliche Besitzer eines Kachelofens. Maike genoss es, nach einem Spaziergang am Meer gemütlich mit einer Tasse Tee davorzusitzen und mit Jarik zu kuscheln. Famke hatte eines Tages die Idee gehabt, Ofenkacheln anzufertigen – eine lukrative Einnahmequelle für das Geschäft. Jarik hatte sie bei dem Vorhaben unterstützt, einen Ofensetzer gefunden und einen Großteil des Einbaus in Eigenarbeit erledigt. Er unterstützte all ihre Projekte.

Wie sehr hatten Florian, ihr Ex-Mann, und sie dagegen zum Schluss aneinander vorbeigelebt. Sie hatte kaum noch gewusst, was er tat, und er hatte sich nicht dafür interessiert, was sie beschäftigte. Keinem von ihnen war das wichtig erschienen, weil sie einander eigentlich nichts mehr zu sagen gehabt hatten. Es hatte sie nicht mehr interessiert, und das war seltsam gewesen, weil sie ihr Leben doch einmal mit diesem Mann hatte teilen wollen, weil sie eine Familie gewesen waren und eine Tochter hatten.

Jarik ist anders.

Sie sah ihn vor sich: sein braunes Haar, durch das der Wind fuhr und das wie ihres über den Sommer etwas heller geworden war, seine funkelnden dunklen Augen, die Lachfalten ...

Jetzt war sie also angekommen, hier auf ihrer kleinen Insel, die sie seit einem halben Jahr ihre Heimat nannte. Sie war nur gut achtzehn Quadratkilometer groß und knapp sechs Kilometer vom Festland entfernt, autofrei bis auf die Feuerwehr- und Rettungsfahrzeuge und über eine Fährverbindung mit Neuharlingersiel verbunden. Das hier war ihr neuer Lebensmittelpunkt: Spiekeroog, das Eiland, das sich mehr als fünftausend Jahre zuvor aus vom Wind angewehten Sandbänken gebildet hatte. Auf einem der Spaziergänge, auf denen sich Famke und sie endlich nähergekommen waren, hatte die junge Frau, die hier aufgewachsen war und damit seit ihrer Kindheit mit der Insel verbunden war, ihr erzählt, dass die Ostfriesischen Inseln aufgrund der Gezeitenströmungen sowie der vorherrschenden Westwinde permanent von Nordwest nach Südost wanderten. Irgendwie fand Maike es faszinierend, sich vorzustellen, dass sich so etwas wie eine Insel bewegte, langsam zwar, aber dennoch ... Bei einigen Inseln hatte das dazu geführt, dass die einst in der Inselmitte gelegenen Dörfer heute am Westrand zu finden waren.

Das Inseldorf Spiekeroog hatte es anders getroffen: Es befand sich auf der dem Festland zugewandten Südseite der Insel. Der alte Ort hatte in den letzten Jahrhunderten weder verlegt werden müssen, noch war er vergrößert oder modernisiert worden. Hier standen keine Hochhäuser oder Hotelkomplexe. Jahrhundertealte Friesenhäuser gaben dem historischen Ortskern mit seinen schmalen Wegen und seinem alten Baumbestand ein besonders idyllisches Bild. Das älteste Haus der Insel war das Alte Inselhaus in der Süderloog 4, das 1705 erbaut worden war. Es war wie etliche der anderen alten Häuser der Insel mit einem sogenannten Schwimmdach ausgestattet, das bei Sturmfluten die Funktion einer Rettungsinsel für die Hausbewohner übernahm. Maike fiel es schwer, sich das vorzustellen. Mittlerweile war in dem Alten Inselhaus ein Café und Restaurant untergebracht. Auch die älteste Kirche der Ostfriesischen Inseln befand sich auf Spiekeroog. Sie war 1696 erbaut worden und stand zwischen dem Noorderloog und dem Süderloog, den beiden ältesten Straßen Spiekeroogs. Es gab eine Kanzel im Stil der Renaissance, Apostelbilder sowie eine Pietà, die von einem 1588 vor Spiekeroog gestrandeten Schiff der spanischen Armada stammen sollte, aber sie fand, dass man an beeindruckenden Orten eigene Ankerpunkte setzen musste, die einem etwas bedeuteten.

Zwischen dem im Norden und Westen der Insel gelegenen Strand und dem Dorf lagen ausgedehnte Dünenlandschaften, die sie gerne auf den erlaubten Wegen durchstreifte. Auf der Insel wurde der Schutz der Tier- und Pflanzenwelt großgeschrieben, aber es gab genügend Möglichkeiten, spazieren zu gehen, ohne irgendein Tier zu stören oder Gräser zu zertrampeln.

Sie liebte die Natur, konnte nicht genug bekommen vom Wind, der einem den Kopf freimachte, dem Getöse der Wellen, die an den Strand schlugen, und dann wieder von der Ruhe, die man fand, wenn man die Dünenwege entlanglief. Meist nahm sie die Kamera mit und fotografierte, was sie besonders in Erinnerung behalten wollte. Ein erstes Fotobuch hatte sie schon angelegt, sicherlich würden noch weitere folgen. Es gab einfach so viele Motive, außerdem konnte sie auf ihren Spaziergängen die Veränderungen im Laufe der Jahreszeiten verfolgen und dokumentieren.

An diesem Morgen war das Meer im Dunst kaum zu erkennen. Seltsamerweise hatte sie sich das früher nicht vorstellen können, aber es war faszinierend, wie unterschiedlich es aussehen konnte. Sie hatte beispielsweise nicht gewusst, dass das Meer so viele unterschiedliche Farben haben konnte. Es changierte zwischen einem dunklen Blau und einem hellen Grau, erschien manchmal grün oder sogar gelblich und zeigte stets eine Kraft, die einen nur beeindrucken konnte. Auch deshalb hatte sie sich vorgenommen, fast jeden Tag ein Foto von einer bestimmten Stelle am Strand zu schießen. Es war ein gutes Projekt. Famke hatte sie für die Idee gelobt, was sich wirklich gut angefühlt hatte. Maike hatte sich nie als kreativ empfunden. Vielleicht stimmte das ja gar nicht.

Inzwischen hatte sie den ersten Herbst hinter sich gebracht. Anfangs hatte Famke sie manchmal prüfend angesehen.

»Und? Hast du schon einen Inselkoller? Im Herbst und Winter ist das Leben hier härter als im Sommer ...«

Maike hatte lachen müssen. »Nein, alles in Ordnung. Ich genieße die Veränderungen der Natur.«

Und das stimmte. Auch wenn diese Jahreszeit auf der Insel definitiv rauer als auf dem Festland war. Häufig hatte es Stürme gegeben, so manches Mal Sturmwarnungen. Sie genoss ihre Spaziergänge dennoch. Sie konnte sich nicht erinnern, dass das in ihrem Leben jemals so gewesen war. Nur während der Examensphase war sie eine Zeit lang viel rausgegangen, und als Tessa klein gewesen war, aber irgendwann hatte sich das verloren. Sie liebte es, ihren Jackenkragen hochzuschlagen, sich einen Schal um Mund und Nase zu wickeln, feste Schuhe anzuziehen und dann loszumarschieren! Manchmal konnte man sich in den Wind lehnen, manchmal musste man alle Kraft zusammennehmen, um auch nur ein Stück voranzukommen. Hin und wieder traf sie andere Spaziergänger, manche waren ihr richtig vertraut geworden. Es gefiel ihr, die Kräfte der Natur zu spüren, denen man auf Spiekeroog kaum entkommen konnte. Es gefiel ihr genauso, sich in die Wohnung zurückzuziehen und den Wind ums Haus pfeifen zu hören oder mitzubekommen, wie er unablässig an den Läden rüttelte.

Mit Jarik ging sie gerne zu ihrem Lieblingsstrand auf der Ostseite der Insel, um zu sehen, wie sich das Wasser gegen den Strand warf und Stück um Stück das Land eroberte. Im Herbst und Winter kamen teils andere, aber auch weniger Gäste. Die Wanderwege durch die Dünen oder auch den endlosen feinen Sandstrand hatte man häufig für sich allein. Ja, es war wirklich sehr ruhig auf Spiekeroog in der kälteren Jahreszeit und doch auf seine Art und Weise ganz herrlich.

Die anderen hatten noch geschlafen, als sie am Morgen leise das Haus verlassen hatte. Es war noch so dunkel gewesen, dass sie sich für das erste Stück Weg eine Taschenlampe mitgenommen hatte. Auf den Dünen hatte Raureif gelegen, auf dem Sand hatten sich hier und da Eismuster gebildet. Sie mochte die Geräusche, die sie mit jedem Schritt machte. Sie mochte es, wie sie sich vor dem kalten Wind in ihre Kapuze zurückziehen konnte und wie die Kälte in ihre Wangen biss und sie rosig färbte. Auf ihrem Weg in Richtung Ostplate war es heller und heller geworden.

Kurz vor Sonnenaufgang huschte eine Sternschnuppe über den Himmel. Sie hielt für einen Moment inne. Das Nachtgrau des Himmels färbte sich rosa, dann rosagolden. Ein joggendes Pärchen kam ihr entgegen. Kurz darauf eine Fahrradfahrerin, die wohl von der Mutter-Kind-Klinik kam.

Maike bog in den schmalen Weg, der sie zu ihrem Lieblingsstrand führte, beobachtete einige Zeit die tanzenden Wellen mit ihren Schaumkronen, das hellgraue Wasser, die Möwen. Sie kam oft hierher, und doch fand sie immer wieder etwas Neues. Der Wellengang war an diesem Morgen etwas höher als zumeist. Nur ein Hund und sein Besitzer waren zu sehen, sonst begegnete ihr kein Mensch.

Langsam machte sie sich auf den Weg zurück in Richtung Dorf. Einige Geschäfte waren in Winterpause. Manche öffneten freitags und samstags für Wochenendgäste, oder die Besitzer hängten ein Schild mit ihrer Telefonnummer ins Schaufenster und den Hinweis: BITTE ANRUFEN, WENN SIE BEIM WINDOWSHOPPING ETWAS ENTDECKT HABEN.

Auch die Restaurants hatten größtenteils geschlossen, nur am Wochenende machten einige auf. Aber es gab ja die Supermärkte, Bäcker und den Feinkostladen, und sie hatte wieder ihren Spaß daran entdeckt, zu kochen und zu backen. Es hatte etwas Meditatives, Gemüse zu schneiden oder Teig zu kneten. Sie stöberte gerne nach neuen Rezepten im Internet, las in den Kochbüchern, die sie beim Umzug mitgenommen und in ihrem alten Leben viel zu selten benutzt hatte. Sie versuchte sich an Rouladen, Rinderbraten und Ähnlichem. Kürzlich hatte sie sogar eine Moussaka zubereitet, wie sie sie einmal im Urlaub auf Kreta gegessen hatte. Florian und sie hatten damals große Sightseeing-Touren unternommen, abends hatte es Cocktails am Pool gegeben. Irgendwann in diesem Urlaub war Florian Helikopter geflogen, es war natürlich super besonders gewesen. Sie hatte sich an diesem Tag den Magen verdorben und bedauert, dass sie nicht hatte mitkommen können. Jetzt war sie froh, dass sie nicht mehr Teil dieses Lebens war. Sie hatte auf ihrer Insel wirklich alles, was sie brauchte. Sie langweilte sich nicht, die Kreativität kam nicht zu kurz.

Maike musste an den vergangenen Sommer denken, als sie zuerst vom Tod der Tante ihres Ex-Mannes Florian erfahren hatte und dann davon, dass diese ihr ein Anwesen auf Spiekeroog vererbt hatte – ihr Wohnhaus und das Strandfliederhaus. Auf der Insel angekommen, hatte sie Jarik und Famke kennengelernt, die mit Hildes Unterstützung den kleinen Laden im Vorderhaus des Anwesens aufgebaut hatten. Famke war nicht begeistert von ihrer Ankunft gewesen und hatte sich ihr gegenüber sehr zurückhaltend gezeigt, mit Jarik war es gleich ... Ja, es war so etwas wie Liebe auf den ersten Blick gewesen, auch wenn sie daran gezweifelt hatte, dass das in ihrem Alter noch möglich war – immerhin war sie schon Anfang vierzig. Inzwischen waren sie alle eine große Familie: Jarik, dessen Sohn Nils und ihre Tochter Tessa, die zum kommenden Sommer nach Spiekeroog ziehen und bei Famke das Handwerk der Töpferkunst erlernen würde, und Famke. Ja, für sie alle hatten sich im letzten Sommer neue Türen geöffnet.

Anfangs hatte Maike Angst gehabt, dass sie vielleicht nicht genügend zu tun haben könnte auf dieser Insel, auf der sie bis dahin nur ein paar wenige Urlaube verbracht hatte. Auch wenn ihr die ruhigen Wochen auf Spiekeroog stets gefallen hatten, war sie doch ein anderes Leben gewöhnt gewesen mit einem stressigen Job und der alleinigen Verantwortung für ihre Tochter und ihr Alltagsleben. Aber es hatte so viele Dinge zu klären und zu organisieren gegeben. Da war die Sache mit dem Testament gewesen, und Florian, der juristisch gegen sie hatte vorgehen wollen, weil er sich um sein Erbe betrogen fühlte. Da waren die Unsicherheiten im Umgang mit der neuen Beziehung gewesen, und überhaupt die ganzen Veränderungen in ihrem Leben, die damit einhergingen. Sie hatte eigentlich nur ihren Urlaub auf Spiekeroog verbringen wollen, aber schon nach kurzer Zeit war ihr klar geworden, dass sie bleiben wollte, für immer, und sie hatte alle Zelte in Frankfurt abgebaut. Tessa würde noch bis zum Ende des Schuljahres ausharren müssen, sie konnte solange bei ihrer Großmutter leben.

In der Nacht vor ihrem Umzug hatte sie sehr schlecht geschlafen und war immer wieder hochgeschreckt. Am Morgen war sie später losgekommen, als sie das eigentlich geplant hatte. Das war ihr wie ein Zeichen erschienen, aber war es eines gewesen? Nein, gewiss nicht ... Eigentlich war es lediglich das Vertraute gewesen, vor dessen Verlust sie Angst gehabt hatte, der alltägliche Trott, der ihr schon lange nichts mehr bedeutet und der ihr trotzdem Sicherheit gegeben hatte.

Maike schmunzelte unwillkürlich, während sie ihren Erinnerungen nachhing. Und hatte sie sich bisher auf Spiekeroog gelangweilt? Natürlich nicht. Die beiden Ferienwohnungen im ersten Stockwerk des Strandfliederhauses mussten verwaltet, Vermietungen geplant werden, Reparaturen hatten angestanden. Sie waren alle sehr beschäftigt gewesen, und dazu hatte sie sich in ihr neues Leben einfinden müssen. So schön es auch war, das war nicht einfach gewesen.

Sie hatte sich neu organisieren müssen. Einmal in der Woche, meist freitags, fuhr sie aufs Festland, um dort für eine Firma Büroarbeiten zu erledigen. Hin und wieder, wenn es viel zu tun gab, ging sie zusätzlich donnerstags hin. Ansonsten arbeitete sie im Homeoffice. Regelmäßig nahm sie freitags Jariks Sohn mit auf die Insel, wenn der das Wochenende über bei seinem Vater war. In den Ferien war Nils ebenfalls bei ihnen. Wenn er es wünschte, besuchten er und Jarik einander auch unter der Woche. Nils wohnte nicht weit entfernt vom Fähranleger bei seiner Mutter auf dem Festland und konnte somit immer mal wieder einen Nachmittag auf Spiekeroog verbringen. Noch unproblematischer würde das werden, wenn der seit einiger Zeit geplante tidenunabhängige Fährverkehr eingeführt wurde. Jarik und Nils' Mutter Jette organisierten die Dinge rund um ihren Sohn sehr unkompliziert – Maike war sich sicher, dass das nicht immer einfach war. Nils war Autist und tat sich schwer mit Veränderungen, aber nur in ganz seltenen Fällen gab es Schwierigkeiten.

Mit Jette hatte sie bislang wenig zu tun gehabt, das würde sich zukünftig sicher ändern. Eine neue Beziehung brachte Altlasten von beiden mit sich, die man zu bewältigen hatte, sie würde Jarik unterstützen und für Nils da sein, wenn er sie brauchte, Jarik war für sie und Tessa da. In den Herbstferien hatte Jette Jarik ihren neuen Partner vorgestellt. Die beiden waren alte Schulfreunde und hatten sich auf einer Weiterbildung gegen Ende der Sommerferien wiedergetroffen. Eigentlich hatte sie dabei sein wollen, war aber just an diesem Tag im Strandfliederhaus unentbehrlich gewesen – Famke hatte einen neuen großen Auftrag bearbeitet. Jarik war allein gefahren und hatte auch den Montag noch auf dem Festland verbracht.

Sie hatte ihr Leben mit dem Umzug jedenfalls ziemlich umgekrempelt, und natürlich hatte sie sich davor gefürchtet, dass es ihr im Herbst zu still und unwirtlich werden könnte und erst recht dann im Winter, mit wenig Licht und Stürmen und Kälte. Aber da waren diese Tage gewesen, als sich die Blätter der Bäume langsam verfärbt hatten und von der tiefstehenden Sonne alles in goldenes, weiches Licht getaucht worden war. Bei ihren frühmorgendlichen Spaziergängen hatte oft der Nebel in den Dünentälern gehangen und war erst nach und nach von der Sonnenwärme vertrieben worden, ein Anblick, der etwas ganz Besonderes hatte. Ja, es war ruhiger in diesen Tagen. Man fühlte eine gewisse Abgeschiedenheit, aber sie hatte sich schon daran gewöhnt. Nach dem bunten Badeleben des Sommers zeigte die Insel ihre herbe, stille Schönheit.

Besonders genoss sie es, mit Jarik gemeinsam unterwegs zu sein. Auch er, der schon so lange Zeit mit der Insel verbunden war, fand Spaß daran. Gemeinsam ist es etwas anderes, sagte er oft, gemeinsam entdeckt man Dinge, die einem vorher nie aufgefallen sind.

Sie hatte eine Form der Entspannung kennengelernt und bald gespürt, dass sie keine Angst mehr davor haben musste. Man musste nicht ständig auf Achse sein, brauchte nicht ständig etwas Neues. Genauso wenig hatte sie mittlerweile Angst vor Gesprächen mit Florian. Eine Zeit lang hatte sie das Gefühl gehabt, dass sich sein Leben weiterentwickelte, während sie auf der Stelle trat. Aber ihre Beziehung hatte sich geändert. Sie kannte seine Probleme, und er wusste, dass sie sich nicht mehr alles bieten ließ. Das war ein für alle Mal vorbei.

Maike hatte Hildes Anwesen, nein, jetzt war es ihr Anwesen, bald erreicht. Die Türglocke des Strandfliederhauses war in der Stille zu hören. Ein Pärchen verließ den Laden, vielleicht mit dem letzten Weihnachtsgeschenk unter dem Arm.

Im winterlich gedämpften Licht erstrahlte das Haus besonders heimelig. Sie genoss auch die Tage sehr, die sie im Verkauf verbrachte. Sie mochte die Abwechslung, sie lernte die verschiedensten Leute kennen und ihren Blick auf das Verkaufsangebot, was ihr bei der Beratung half – es gab Dinge, auf die sie erst im Gespräch mit Käufern richtig aufmerksam wurde. Famke erschuf für ihr Geschäft nicht mehr nur wunderbare Keramiken, sie gab auch anderen Künstlern Raum. Es war herrlich, so viel Kreativität um sich zu haben, sogar die Buchhaltung fiel ihr leichter. Vielleicht lag das daran, dass sie eine bessere Vorstellung davon hatte, warum diese eher trockene Arbeit nötig war.

Sie kümmerte sich jetzt gemeinsam mit Famke um die Dekoration des Schaufensters und die Präsentation der Waren. Sie waren sich fast immer einig. Himmel, wie schwierig war es gewesen, sich mit Famke zusammenzuraufen – nicht nur bei diesen praktischen Dingen. Famke hatte ihr zuerst einfach nicht trauen wollen, was ihr das Einleben nicht gerade leichtgemacht hatte. Auch jetzt fochten sie immer mal wieder kleine Kämpfe aus.

Maikes Blick fiel auf die feine Lichterkette, zu der sie Famke beim Dekorieren zu Beginn der Adventszeit hatte überreden müssen. Sie war überzeugt gewesen, dass sie nicht kitschig aussehen würde neben den dezenten silbernen und goldenen Sternen, weil die Lämpchen winzig waren, aber Famke hatte sich dagegen sperren wollen. Am Ende war die Lichterkette das gewesen, was sie besonders schön gefunden hatte. Sie wirkte wie ein Sternenhimmel, der das Angebot zum Strahlen brachte. Auch die kleinen dicken Weihnachtsmänner, die sich auf einer Schlittenbahn tummelten, hatte Famke schließlich akzeptiert.

Ein paar zarte Schneeflocken trieben mit einem Mal vor ihr her. Schnee an Weihnachten? Hatte sie so viel Glück verdient? Sie legte den Kopf in den Nacken und schaute dem Wirbel im Schein der Laterne über dem Eingang zu, die sie zu dieser Jahreszeit immer brennen ließen. Dann durchschritt sie das Törchen, um am Vorderhaus vorbei zu Jariks und ihrem Wohnhaus zu gehen. Wie aus dem Nichts stand Jarik plötzlich vor ihr.

»Hallo, du Schöne!«, grüßte er sie.

»Bin ich zu spät? Es war einfach zu schön, unterwegs zu sein. Ich bin gelaufen, gelaufen und gelaufen.«

»Das bist du allerdings.«

»Tut mir leid.«

»Wir haben längst gefrühstückt. Du hast mal wieder die Zeit vergessen.«

Er schloss sie in die Arme und küsste sie zärtlich. O ja, auch deshalb war es die richtige Idee gewesen, das alte Leben hinter sich zu lassen und auf die Insel zu ziehen.

»Wo sind meine Mutter und die Kinder?«

»Oben. Sie wollen schon mal die Gans und die Beilagen für das Weihnachtsessen vorbereiten. Sie haben mich rausgeschmissen.« Er nickte zum Haus hin und lachte.

Sie schmiegte sich an ihn. In den Herbstferien hatten ihre Mutter Rita und Tessa einige Tage auf der Insel verbracht. Die beiden hatten sich als gutes Team gezeigt, für Tessa lief es in der Schule, sodass sie sich keine Sorgen machen musste. Im kommenden Sommer würde ihre Tochter wie vereinbart die zehnte Klasse abschließen.

Jarik küsste sie wieder. Sein Lächeln, als er sie wieder losließ, sorgte dafür, dass ihre Knie weich wurden. In seinem Haar verfingen sich Schneeflocken, die gleich wieder schmolzen. Sein Anorak und der Reißverschluss seines Troyers standen offen, und sie ließ ihre kalte Hand unter sein T-Shirt gleiten, legte sie auf seine warme Haut.

»Nimm sofort deine Hand da weg!«, stieß er aus. »Warst du am Strand?«

»Wie immer.« Er lachte wieder. »Dir scheint jedenfalls warm zu sein.«

»Ich hab Holz gehackt. Das reicht erst mal für ein paar Wochen«, sagte er.

»Für den Kamin? Das ist super!«, gab sie zurück.

Also stand Weihnachten und in der Zeit danach weiteren gemeinsamen Abenden bei Adventstee und Kerzenlicht vor dem Kamin nichts entgegen. Erneut hörte sie die Türglocke des Strandfliederhauses.

»Famke scheint recht viel Kundschaft zu haben.«

»Hat sie. Es läuft gut. Offenbar braucht der ein oder andere noch rasch ein Weihnachtsgeschenk.« Er sah sie fragend an. »Und was machen wir? Ich bin fertig mit meinen Vorbereitungen. Das Holz ist gehackt. Die Gans ist im Ofen, braucht aber noch ein paar Stunden, die drei da oben sind beschäftigt ... So nett, dass deine Mutter sich um das Festessen kümmern will.«

Gleich nach dem Sommer, als zum ersten Mal etwas Ruhe eingekehrt war, hatten sie einen Plan gemacht. Zuerst hatten sie sich die Gerümpelkammer im Erdgeschoss des Wohnhauses vorgenommen, hier übernachtete Nils jetzt, wenn er bei ihnen war. Wie groß der Raum war, hatten sie erst gesehen, nachdem er ausgeräumt gewesen war. Maike hatte ein paar Sammeltassen entdeckt, die sie an Hilde erinnerten und die sie sehr geliebt hatte, auch eine Decke mit einem orangebraunen Siebzigerjahremuster – Tessa fand sie überaus scheußlich –, mit der sie ebenfalls schöne Erinnerungen verband. Sie lag jetzt im Wohnzimmer auf dem Sofa. In einem nächsten Schritt hatte der Raum einen neuen Parkettboden bekommen. Auf Nils' Wunsch waren drei Wände weiß und eine blau gestrichen worden. Letztere solle ihn an Meer und Himmel erinnern, hatte er gesagt. Tessa war mit ihm losgezogen, um Fotos vom Strand, von Muscheln und dem Meer zu machen, sie hatten sie vergrößern lassen, gerahmt und aufgehängt. Die beiden verstanden sich sehr gut. Sie stromerten gemeinsam über die Insel, quatschten miteinander oder zockten. Im Erdgeschoss des Wohnhauses befand sich auch das ehemalige Gästezimmer, das sie im vergangenen Sommer für Tessa hergerichtet hatten. Das kleine Duschbad daneben war vor nicht allzu langer Zeit noch von Hilde renoviert worden, das teilten sich Tessa und Nils jetzt.

Es war schön, die beiden zusammen zu sehen, schade, dass Tessa nach den Weihnachtsferien nach Frankfurt zurückfahren musste, um das letzte halbe Jahr ihrer Schulausbildung zu absolvieren, bevor sie in die Kunst der Keramik eingeführt wurde. Maike war in jedem Fall sehr gespannt auf diese Zeit. Tessa konnte es kaum erwarten.

»Also, wenn schon alles erledigt ist und keiner Aufmerksamkeit bedarf, könnten wir doch noch eine kleine Runde durchs Dorf drehen«, schlug sie vor.

»Klar, wenn du immer noch laufen willst.«

»Und ob ich will. Viel Zweisamkeit für uns wird es in den nächsten Tagen nicht geben.«

»Ach, wir schaffen uns den Platz schon.«

»Ich lauf nur schnell rauf und frag meine Mutter, ob es in Ordnung ist, wenn ich noch ein bisschen unterwegs bin.«

ZWEITES KAPITEL

Kurze Zeit später war Maike zurück.

»Und?«, fragte Jarik.

»Sie hat mich sofort wieder rausgescheucht. Wir hätten ja noch genügend Zeit, uns zu unterhalten und gemeinsam etwas zu unternehmen über die Weihnachtstage, hat sie gemeint. Und mich überflüssigerweise noch mal darauf aufmerksam gemacht, dass es mit meinen Kochkünsten, soweit sie sich erinnern könnte, ja sowieso nicht weit her sei. Sie möchte das Weihnachtsessen lieber mit Tessa und Nils allein vorbereiten. Die zwei fanden das sehr amüsant. Sie sind gerade dabei, den Baum zu schmücken, und haben jede Menge Spaß.«

Jarik lachte wieder. »Dann lass uns gehen.«

Arm in Arm erreichten sie kurz darauf den Noorderloog. Maike ließ den Blick schweifen. Hinter manchem Fenster war das Funkeln von Weihnachtsbäumen zu erkennen. Es schneite jetzt etwas stärker, der Schnee blieb liegen. Im Dorf waren nur wenige Leute unterwegs – ein paar Touristen, einige Insulaner, die noch etwas zu besorgen hatten, und Kinder, die sicher aus dem Haus geschickt worden waren, damit man die Bescherung vorbereiten konnte. Jarik und sie nahmen den Weg am Friederikenwäldchen vorbei bis hinüber zum Utkieker, der sich ins Schneegestöber reckte, während er auf ewig zum Meer schaute. Gemeinsam stiegen sie zu der Skulptur hinauf, aber es war nicht viel zu sehen, und sie machten sich bald wieder auf den Weg in Richtung Strandfliederhaus. Es hatte gutgetan, diese Zeit noch einmal für sich zu haben.

Im Haus schlüpften sie aus ihren Jacken und Schuhen und zogen warme Hausschuhe an. Auf dem Spaziergang hatten sie sich über Jariks Pläne für das neue Jahr unterhalten. Er war handwerklich sehr geschickt. Sie wusste inzwischen viel über seine eigentliche Arbeit als Bootsbauer. Irgendwann im neuen Jahr hoffte er, endlich einmal wieder ein Projekt angehen zu können. Ein alter Kumpel aus Studienzeiten hatte ihn kontaktiert. Sie war neugierig darauf. Es musste etwas ganz Besonderes sein, ein Boot zu bauen.

»Tee?« Jarik nickte zur Treppe hin. Oben war es still. Man hörte lediglich das Radio.

»Moment …« Sie lief den Flur entlang und klopfte an Nils' Zimmertür. Es war Tessa, die »Herein!« rief.

Nils und Tessa lagen auf dem Bett, Fernsteuerungen in den Händen, und schauten auf den großen Bildschirm, den Nils' Großeltern ihrem Enkel zum letzten Geburtstag geschenkt hatten. Maike war nicht besonders erfreut darüber gewesen – Nils neigte dazu, sich in Videospielen zu verlieren –, aber sie hatten eine Lösung gefunden, mit der alle leben konnten. Und zugegebenermaßen fanden sich die beiden auch zusammen, um andere Dinge zu tun.

»Schon fertig mit dem Baum? Ihr zockt jetzt aber nicht den ganzen Tag, oder?«

»Mum, es ist Weihnachten.« Tessa verdrehte die Augen. »Und es sind Ferien. Wir hatten doch darüber gesprochen. Da gelten Ausnahmeregeln.«

»Genau!«, unterstützte Nils sie.

Maike schluckte eine nächste Bemerkung herunter. Ihre Tochter hatte recht, in den Ferien wollte sie keine »Dann ist aber Schluss«-Mutter sein ...

»Und außerdem wollen wir gleich noch zum Wrack der *Verona*«, war ihre Tochter wieder zu hören. »Sieben Kilometer hin und zurück. Zufrieden?«

»Bin gespannt, ob ihr etwas seht.«

»Der Weg ist das Ziel, oder?«

Maike nickte.

Sie waren alle schon etliche Male zur *Verona* gelaufen. Das englische Dampfschiff war am 13. Dezember 1883 auf der Reise von Leith in Schottland nach Bremerhaven Bug voraus im Osten der Insel gestrandet. Bei Niedrigwasser war es noch zu sehen, allerdings abhängig von den Sandmassen, die es mal mehr, mal weniger bedeckten. Unter sehr günstigen Bedingungen kam man in den Genuss eines aus dem Sand ragenden Teils des Rumpfes oder sogar der Decksaufbauten.

Jarik schaute ihr über die Schulter: »Komm, die Kinder haben recht. Es ist Weihnachten. Lass sie.«

»Ich sag doch gar nichts.«

Sie spürte, wie sie unwillkürlich entspannte. Vor ein paar Monaten noch hätte sie das enger gesehen. Vielleicht hätte sie sogar versucht, etwas auszukämpfen, heute tat sie das nicht mehr. Sie ließ mehr zu, und Tessa leistete weniger Widerstand. Sie waren alle kompromissbereiter geworden.

Mit den letzten Details der Renovierung von Nils' Zimmer

waren sie erst zu Nikolaus fertig geworden. Über dem Bett hing ein Plakat von Data aus *Star Trek: The Next Generation*, das Nils von seinem Vater geschenkt bekommen hatte. Der Schreibtisch stand vor dem Fenster, darauf der Computer, der mit dem Fernsehbildschirm gekoppelt werden konnte. Vom Bett aus konnte man diesen bequem sehen. An der Wand des Schreibtisches fand sich ein großes Regal mit Nils' Büchern und seinen Legobauwerken. Man konnte sehen, wie wohl er sich in seinem Zimmer fühlte, dabei waren ihm die Veränderungen zuerst nicht leichtgefallen. Sie hatten alle gute Arbeit geleistet.

Ihr nächstes Projekt würde der Dachboden im Strandfliederhaus sein. Famke würde dort einziehen. Maike freute sich schon darauf, ihn mit Jarik und Famke fertig auszubauen und zu möblieren. Ein paar Möbelstücke hatte Famke sich aus der ehemaligen Gerümpelkammer ausgesucht, einige hatte Maike ihr nach ihrem Umzug überlassen. Sie hatten sie in der Werkstatt zwischengelagert, aber das war kein Zustand, Famke benötigte den Platz. Hinter der Werkstatt gab es ein kleines Zimmer, das Jarik für sich genutzt hatte, wenn er abends nicht mit der letzten Fähre in seine Wohnung auf dem Festland hatte zurückfahren wollen, das hatte Famke jetzt bezogen. Sie wohnte noch bei ihren Eltern, früher hatte sie manchmal auf einer Liege in der Werkstatt übernachtet. Das war jetzt bald vorbei, auch sie sollte endlich einen Platz für sich auf Hildes Anwesen haben. So war es Hildes Wunsch gewesen, bevor sie an einer Lungenentzündung in dem Pflegeheim, in das sie relativ plötzlich hatte umziehen müssen, gestorben war.

Das Schlimmste des Umbaus hatten sie schon hinter sich.

Sie hatten statt der schmalen Stiege eine richtige Treppe schreinern, das Dach dämmen und verkleiden lassen, Wände für eine kleine Küche und ein Bad eingezogen, Fliesen verlegt, eine Dachgaube mit einem bodentiefen Fenster eingebaut.

Maike zog leise die Tür von Nils' Zimmer hinter sich zu. Gemeinsam gingen Jarik und sie nach oben. Es duftete wunderbar nach Gänsebraten. Ihr Magen meldete sich, und ihr wurde bewusst, dass sie noch nicht mal gefrühstückt hatte.

Ihre Mutter lugte aus der Küche. »Ah, da seid ihr ja!«

»Wie geht es der Gans?«, erkundigte sich Jarik.

»Sie sieht zum Anbeißen aus. Ich kann euch gar nicht sagen, wie sehr ich mich darauf freue. Wann kommt man schon mal dazu, Gänsebraten zu essen? Doch nur an Weihnachten.«

»Das stimmt«, sagte Maike. »Kann ich noch irgendetwas helfen?«

»Nein, es ist alles so weit vorbereitet«, erwiderte ihre Mutter. »Die Küche zu betreten ist heute für dich verboten.«

Maike gab ihr einen Kuss auf die Wange. »Du bist ein Schatz.« Sie steuerte auf das Sofa zu und ließ sich daraufplumpsen. Ihr Blick fiel auf den geschmückten Weihnachtsbaum. »Wie schön!«, rief sie.

»Tee?« Jarik schaute fragend von Maike zu ihrer Mutter und wieder zurück.

»Gerne«, stimmte Maike zu. »Und bring mir doch ein Brötchen mit, wenn noch eins da ist.«

Ein Blick auf die Uhr sagte ihr, dass es noch ein Weilchen dauern würde, bis sie sich alle zum Essen versammelten. Zum Glück kam Jarik bald mit einem Tablett, auf dem eine

Kanne Tee, drei Tassen, Sahne und Kandis standen und ein Teller mit einem belegten Brötchen.

»Was für ein hübsches Service«, sagte ihre Mutter.

»Ja, nicht?«, erwiderte Maike, nahm das Brötchen und biss hungrig hinein. »Famke hat es für mich entworfen, und ich hab's Jarik letzten Monat zum Geburtstag geschenkt. Auf dem Boden jeder Tasse ist eine kleine Raupe eingearbeitet, die mit dem Trinken nach und nach aus der Flüssigkeit auftaucht, du wirst sehen.«

Jeder gab ein paar Kandisstückchen in seine Tasse, dann schenkte Jarik ihnen den starken schwarzen Tee ein, bevor ein Löffel Sahne dazukam, die sich in Wölkchen in der heißen Flüssigkeit verteilte. Es wurde nicht umgerührt, Maike liebte die Kombination aus herb und süß.

Sie musste wieder an die Phase ein paar Wochen zuvor denken, während der ihr Kaffee nicht mehr geschmeckt hatte. Das war schon seltsam gewesen. Sie wusste nicht, warum sie ihn auf einmal nicht mehr vertragen hatte. Zu Nikolaus hatte Jarik ihr dann verschiedene Kaffeesorten geschenkt, und sie hatte ausprobiert, welche Bohnen ihr keine Magenprobleme bereiteten. Er war Teetrinker und verstand dennoch, dass sie im Grunde ihres Herzens eine Kaffeetrinkerin war. Morgens jedenfalls konnte sie nicht ohne Kaffee.

Maikes Blick wanderte zum Kachelofen. Jarik legte Holz auf, kurze Zeit später loderte ein munteres Feuer. Sie hatten die Möbel im Wohnzimmer umstellen müssen wegen des Ofens; wenn der Dachbodenausbau im Vorderhaus abgeschlossen war, würden sie sicher noch ein paar Kleinigkeiten mehr verändern. Als Jarik zu ihr gezogen war, hatten sie schon damit begonnen umzuräumen. Ein paar von Hildes

Möbeln hatte sie behalten, aber auch einige ihrer Lieblingsstücke standen jetzt hier.

Jarik trank seinen Tee aus, stand auf und machte sich daran, den Tisch für das Weihnachtsessen zu decken. Ein glühendes Stück Holz stürzte im Kamin ab, die Flammen loderten auf. Maike hielt ihre Hände dagegen. Das flackernde Feuer und der Weihnachtsbaum machten den Raum richtig heimelig. In Hildes Fundus hatten sich ein paar rote und goldene Kugeln gefunden, die hatten die Kinder mit dem Baumschmuck aus ihrem alten Zuhause kombiniert. Rund um den Baum lagen die Weihnachtsgeschenke. Offenbar hatten auch Nils und Tessa ihre dazugelegt. Es sah wunderschön aus. Oh, sie freute sich auf die Bescherung, sogar Tessa schien Weihnachten in diesem Jahr nicht »ätzend« zu finden wie in den vergangenen zwei Jahren.

»Brauchst du Hilfe?«, erkundigte sich ihre Mutter bei Jarik.

»Nein, danke, Rita«, gab er zurück. »Genießt ruhig euern Tee.«

»Den Kachelofen werde ich in Frankfurt vermissen. Das ist doch etwas sehr Schönes«, sagte ihre Mutter.

»Da sagst du was. Ich bin froh, dass Famke auf die Idee mit den Kacheln gekommen ist.«

»Ist die Herstellung kompliziert?«, erkundigte sich ihre Mutter.

»Nein, eigentlich gar nicht. Aufwendig aber schon. Man muss flüssigen Ton in Gipsformen gießen. Maike hat die natürlich selbst angefertigt, und es hat eine Weile gedauert, bis sie damit zufrieden war. Neben neutralen Kacheln hat sie welche mit Strandfliedermotiv gestaltet, wie du siehst.«

»Natürlich.«

»Nachdem man die Kacheln einige Tage hat trocknen lassen, werden sie glasiert und anschließend gebrannt. Die Kunden können sich auch eigene Motive wünschen.«

Maike musterte die Plätzchendose, die auf dem Tisch stand. Sie überlegte, ob sie noch eins nehmen oder lieber Platz für das Weihnachtsessen lassen sollte. Die Plätzchen sahen aber auch zu verführerisch aus. Am Abend zuvor hatten ihre Mutter, Tessa, Nils und sie noch einmal gebacken, bis nach Mitternacht, und sie hatten sehr viel Spaß dabei gehabt. Es gab Kringel mit Hagelzucker, Haselnuss- und Kokosmakronen, einfache und schwarz-weiße Butterplätzchen, Vanillekipferl und Tessas Lieblingsplätzchen, Zimtsterne.

»Christmas Cookies brauchen wir noch«, hatte ihre Tochter gesagt. Das Rezept für Christmas Cookies, erinnerte Maike sich, hatte Dylan, der Sohn ihrer besten Freundin Kaja, Tessa in der Adventszeit aus dem englischen Internat geschickt, in dem er seit dem vergangenen Jahr lebte. Die zwei hatten seit Neuestem Briefkontakt. »Haben wir alles, was wir dafür brauchen?« Sie hatte die Schränke durchstöbert.

»Haben wir«, hatte ihre Mutter geantwortet. »Genügend Dosen sind auch da.«

Maike hatte sich von Tessas Enthusiasmus anstecken lassen. Sie hatten Teig geknetet und ausgerollt und ausgestochen und ein Blech nach dem anderen in den Ofen geschoben. Ihre Mutter hatte mit Argusaugen darüber gewacht, dass niemand zu viel naschte, während Tessa und sie Rita genau mit diesem Ziel abzulenken versucht hatten. Das Dekorieren der Butterplätzchen mit Zuckerguss und Streuseln war eine sehr bunte Angelegenheit geworden.

»Wer soll die ganzen Plätzchen bloß alle essen?«, hatte Nils gefragt.

»Ich nehme welche mit nach Hause«, hatte ihre Mutter gesagt.

»Und ich schicke Arwen welche«, hatte Tessa gerufen. Sie würde ihre beste Freundin vermissen, wenn sie nach Spiekeroog zog.

»Wenn wir die nicht alle allein essen«, hatte Jarik, der eben die Treppe hochgekommen war, gesagt und im nächsten Moment eine Makrone verspeist. »Mmh, heiß, lecker, und nicht zu süß.«

»Hey, die sind noch nicht abgekühlt. Schon mal was von Warten gehört?«, hatte sie ihn gerügt.

»Soll ich verhungern? Ich war bis eben unterwegs ... Meine Güte, sind die lecker.«

Jarik hatte nach einem weiteren Keks greifen wollen, und sie hatte versucht, ihn abzudrängen. Bald waren sie in einen spielerischen Kampf verwickelt gewesen, der Tessa mit den Augen hatte rollen lassen, aber sie musste doch auch ein bisschen lachen. Sie war nicht mehr so streng wie vor Kurzem noch, und Maike konnte es ihrem Teenie wieder häufiger recht machen. Das war ein echt gutes Gefühl. Es war beeindruckend, zu sehen, wie aus Tessa eine junge Frau mit konkreten Lebensplänen wurde. Mittlerweile freute Maike sich sehr auf die Zeit, in der ihre Tochter bei ihnen wohnen würde.

Zum Schluss hatte es sich angefühlt, als hätten sie sich alle noch ein bisschen besser kennengelernt.

»Vielleicht brauche ich dich doch, Maike«, sagte Jarik. »Hilfst du mir mal kurz beim Ausziehen des Tisches?«

Sie schreckte aus ihren Gedanken auf.

Der Tisch hatte in ihrer Wohnung in Frankfurt gestanden. Es war lange her, dass sie so viele Gäste gehabt hatten, dass sie ihn hatten ausziehen müssen. Maike half Jarik, danach breiteten sie gemeinsam ihre größte weiße Tischdecke auf dem Tisch aus, und Jarik machte sich daran, Teller, Gläser und Besteck zu decken.

Maike öffnete die zweiflügelige Balkontür und lugte rechts hinaus zum Vorderhaus. In beiden Ferienwohnungen war Licht zu sehen. Die Familie, die bereits im Sommer da gewesen war, verbrachte wie sie ihr erstes Weihnachten auf Spiekeroog. Täglich sah man die Eltern mit ihren Kindern gut eingepackt draußen unterwegs. Manchmal hatten sie Tipps für sie. So hatte sie sich zum Beispiel erstmals das Pottwalskelett im Nationalpark-Haus Wittbülten angesehen, von dem sie schon gehört hatte. In der kleineren Wohnung war ein junges Paar untergekommen: Biologen, für die Jarik schon ein Treffen mit seinem Freund Fiete organisiert hatte.

Sie versuchte zu erkennen, ob noch Licht im Strandfliederhaus brannte, aber eigentlich musste Famke den Laden inzwischen geschlossen haben. Sie räumte sicher noch auf, später würde sie mit ihnen zusammen Weihnachten feiern. Ihre Eltern waren verreist.

Es war schön, mitzubekommen, wie gut sich das Geschäft entwickelte. Sie alle sahen dem neuen Jahr optimistisch entgegen. Vor nicht allzu langer Zeit hatte Famke eine Anfrage für die umfangreichere Ausstattung einer Hotelkette bekommen – sozusagen ein verfrühtes Weihnachtsgeschenk, wie sie scherzend gesagt hatte. Es hatte sie in helle Aufregung versetzt. Sie sollte ein Ausstattungskonzept entwerfen, das Geschirr, besondere Fliesen, Kacheln und andere Details umfasste. Famke war so aufgeregt gewesen, dass sie geglaubt hatte, ihr würde gar nichts einfallen. Dann hatte sie sich mehrere Tage in der Werkstatt eingeschlossen und war danach mit einem ersten Konzept aufgetaucht. Sie alle waren begeistert gewesen, nur Famke selbst nicht. Sie wollte die Entwürfe erst noch weiter ausarbeiten. Aber natürlich waren sie sicher, dass etwas daraus werden würde. Daran bestand einfach kein Zweifel.

Beim Essen redeten sie alle durcheinander, und jeder lobte ihre Mutter, weil es so unglaublich lecker war. Maike war sehr zufrieden. Sie hatten wirklich ewig keine Gans mehr gegessen. Als Familie zu dritt schon hatte es sich kaum gelohnt, allein mit Tessa war es ihr noch weniger in den Sinn gekommen, zumal ihre Tochter eine intensive vegetarische Phase durchlebt hatte. Auch jetzt nahm sie hauptsächlich von den Röstkartoffeln, den Kartoffelklößen, dem Rotkraut und dem Salat und nur ein kleines Stück Geflügel. Jarik hatte am Schluss dann doch noch in die Küche gedurft, denn er war ein Meister im Zubereiten von Saucen.

»Ich weiß schon lange, dass er ein guter Koch ist«, sagte Famke. »Das hab ich bei unseren gemeinsamen Mittagessen oft erleben dürfen.«

»Ich hab eben viele Qualitäten«, ließ Jarik sich gut gelaunt vernehmen.

Die Gans war knusprig, das Fleisch so zart, dass es sich leicht vom Knochen löste. Und die Kartoffelklöße und das Rotkraut waren selbst gemacht. Während ihrer Ehe mit Florian hatte es verlässlich Austern und Champagner zu Weihnachten geben müssen. Ihr Ex-Mann hatte eine besondere

Vorliebe für Dinge gehabt, die etwas dekadent waren. Gut, das war ein anderes Thema. Daran wollte sie jetzt nicht denken.

Nils und Tessa überraschten sie mit einem Tiramisu ohne Alkohol, das sie vor allen im Kühlschrank der Werkstatt verborgen gehalten hatten. Maike und ihre Mutter wechselten einen Blick durch das schimmernde Licht der Kerzen hindurch. Nachdem der Tisch fertig gedeckt gewesen war, war Famke gekommen und hatte ihn geschmückt. Sie hatte kleine goldene und silberne Sterne auf die Tischdecke rieseln lassen und drei silberne Kerzenleuchter von Hilde aufgestellt, von deren Existenz Maike gar nichts wusste.

»Wo kommen die Leuchter eigentlich her?«, fragte sie Famke. »Ich erinnere mich nicht, sie schon mal gesehen zu haben.« Schließlich hatte sie Hildes Haus auf der Suche nach dem Testament im Sommer von oben bis unten durchsucht.

»Ich hab sie mal für ein Foto ausgeliehen«, erwiderte Famke, »seitdem stehen sie in der Werkstatt. Ich bin oft mit Hilde über Trödelmärkte gezogen, wir haben dort immer neue Schätzchen gefunden. Hilde hat eine Weile Kerzenständer gesammelt, die meisten danach aber wieder verkauft, bis auf diese hier.« Maikes Gedanken verloren sich erneut in der Vergangenheit. Neben der Trauer um Hilde hatte sie in diesem Sommer und danach noch einige Hindernisse überwinden müssen. Sie hatte über Hildes Notar von ihrem Erbe erfahren. Das Testament, das angeblich von Florians Tante in ihrem Haus hinterlegt worden war, war jedoch lange nicht auffindbar gewesen. Florian hatte ihr Steine in den Weg legen wollen, und dann war da die Sache mit der Erbschaftssteuer, die bei einem Objekt wie dem Strandfliederhaus samt

Wohnhaus und großem Grundstück nicht gerade gering ausfiel. Sie stand glücklicherweise nicht allein da. Sie hatte Jarik an ihrer Seite.

Nach dem Essen räumten sie gemeinsam ab. Maike war sehr froh, dass sie ihre Spülmaschine aus Frankfurt mitgebracht hatte, auch wenn ihre Mutter sich daran erinnerte, wie viel Vergnügen ihnen früher das gemeinsame Spülen gemacht hatte. Sie öffneten noch einmal die Balkontüren und ließen frische Luft herein. Der Schnee war tatsächlich liegen geblieben und hatte Bäume, Sträucher und Hausdächer überpudert.

Dann ging es endlich daran, die Geschenke auszupacken. Nach kaum einer halben Stunde sah das Wohnzimmer so aus, wie sie es von jedem Weihnachten kannten: Der Boden rings um den Baum war übersät mit Geschenkpapier. Nils blätterte in seinem neuen Buch. Tessa trug die Schürze, die Famke ihr für die Ausbildung entworfen hatte – sie war aus blauem Stoff, darauf hatte sie mit Stofffarben Strandflieder gemalt. Jarik hatte einen Tee aus seiner Probierpackung aufgebrüht und bot jedem eine Tasse an. Ihre Mutter hatte ihnen allen Wollschals gestrickt.

Im nächsten Moment rief Famke: »Guckt mal raus, es schneit wieder! Richtig doll. Sollen wir eine Schneeballschlacht machen?«

Nils und Tessa warteten gar keine Antwort ab, sie liefen schon runter, um sich warm anzuziehen.

Maike spähte hinaus. Tatsächlich fielen die Flocken dichter.

»Weiße Weihnachten, ist das nicht toll?«, sagte ihre Mutter.

»Was ist mit euch?«, hörten sie Tessa von unten rufen. »Wir erwarten euch zum Schneeballduell.«

»Ob ich das noch schaffe, so satt, wie ich bin ...«, sagte Maike stöhnend. »Es ist grad so gemütlich hier.«

Sie mussten alle lachen.

»Kommt schon!« Jarik knuffte sie. »Wir werden doch die Kinder an Weihnachten nicht enttäuschen.«

Kurz darauf hatten sie sich alle dick eingepackt, und bald war draußen eine wilde Schlacht im Gange.

In den folgenden Tagen unternahmen sie viel zusammen, machten Gesellschaftsspiele, sahen sich Weihnachtsfilme an. Ihre Mutter war glücklich, alle bekochen zu können, und so ließen sie es sich gut gehen. Maike ging jeden Tag spazieren. Jarik und Rita begleiteten sie oft, sogar Nils und Tessa kamen manchmal mit, wenn sie nicht zockten, bis ihnen die Daumen wehtaten. Auf einem der Spaziergänge konnte sie ihre Mutter davon überzeugen, dass sie auch noch Silvester auf Spiekeroog feierte und nicht allein zu Hause, wenn sie auch betonte, dass ihr das nichts ausmachte.

Am letzten Tag des Jahres streifte Tessa mit ihrer Oma und Nils über die Insel. Inzwischen kannte sie jeden Winkel, aber alle hatten ihre Lieblingsstellen, die sie immer wieder gerne aufsuchten. Ihre Mutter mochte zum Beispiel besonders die Umgebung des Zeltplatzes im Westen. Famke besuchte eine Freundin, und sie selbst bereitete mit Jarik das Buffet für den Abend vor. Es sollte verschiedene Salate, Frikadellen und eine Käseplatte geben, Vanillepudding und Fruchtsalat zum Nachtisch.

Wie an Heiligabend kamen sie alle wieder an dem langen

Tisch zusammen, der jetzt mit bunten Luftschlangen geschmückt war. Sie aßen gut, die Gespräche waren amüsant, es wurde viel gelacht. Kurz vor zwölf Uhr versammelten sie sich auf dem Rasen zwischen den Häusern. Ihre Mutter hatte Wunderkerzen besorgt, von denen jeder eine in der Hand hielt. Am Fenster der größeren Ferienwohnung umarmten sich die Eltern, die Kinder schliefen offenbar bereits. Das Pärchen hatte sich am frühen Abend auf den Weg zu einer der Veranstaltungen gemacht. Um Silvester herum war Spiekeroog zu Maikes Überraschung fast so voll wie im Sommer.

Tessa lief ins Haus und brachte Hildes altes tragbares Radio mit, das sie auf den Terrassentisch stellte, nachdem sie ihn vom Schnee befreit hatte. Sie schaltete es an. In der Stille hörte man den knisternden Countdown, dann war es so weit: Ein schönes neues Jahr, schallte es von überallher. Wir wünschen ein schönes neues Jahr!

DRITTES KAPITEL

Die Glocke des Strandfliederhauses klingelte. Famke hob den Kopf von der Liste, die vor ihr auf der Ladentheke lag. Nach dem Neujahrstag waren viele Gäste abgereist, und sie hatten es noch einige Tage ruhiger angehen lassen. In der Werkstatt war sie trotzdem gewesen. Sie hatte so viele Ideen. Die hatten rausgemusst. Nachdem sie monatelang Weihnachtsdekorationen entworfen hatte, freute sie sich auf den Frühling, was sich sowohl in der Motivwahl als auch in den Farben ausdrücken würde. Und sie musste sich ranhalten, die Frühlingsware sollte bald ausgeliefert werden.

Sie schaute zur Tür, die sich eben weiter öffnete. Ein hochgewachsener, gut aussehender Mann betrat den Laden. Er kam ein paar Schritte näher und sah sich irritierend aufmerksam um. Famke spürte, wie sie unwillkürlich erstarrte. Ihr Herz klopfte schneller, und sie ahnte, dass ihre Stimme zittern würde, wenn sie etwas sagte.

Sie hatte so etwas schon lange nicht mehr erlebt. Hätte man sie vor kaum fünf Minuten gefragt, so hätte sie abgestritten, dass sie so etwas je wieder erleben würde. Aber es ließ sich nicht anders sagen: Der Mann, der da durch die Ladentür gekommen war, sah so verdammt gut aus, dass es ihr schier den Atem nahm. Ihr Blick streifte sein dunkelbraunes kurzes Haar, die dunkelblaue Daunenjacke und die halbhohen Lederschnürschuhe, denen man die Exklusivität ansehen konnte – auch wenn sie immer sagte, dass sie eigentlich keine Ahnung von so etwas hatte.

Er sah in die Vitrinen, kam Schritt um Schritt auf sie zu. Irgendwie hatte sie nicht den Eindruck, dass er etwas kaufen wollte. Dann stand er endlich vor ihr – ihr Atem hatte sich gerade etwas normalisiert – und lächelte sie an. Sein Lächeln verursachte dieses Flattern in ihrem Magen, das sie nicht gerade oft erlebt hatte bisher. O ja, sie hatte ein paar kurze Beziehungen gehabt, aber äußerst selten war sie so eingenommen von einem Mann gewesen wie in diesem Moment. Das war doch eigentlich gar nicht ihr Ding.

Sie versuchte, das Lächeln des Fremden zu erwidern, konnte aber nicht sagen, ob es ihr gelang oder ob sie einfach nur eine Grimasse schnitt. Sein Blick fiel auf die Unterlagen vor ihr. Famke schob sie hastig wie eine Schülerin, die beim Spicken erwischt worden war, zusammen und versteckte sie in der Schublade unter der Theke.

»Kann ich Ihnen helfen?«

Verdammt, ihre Stimme zitterte doch. Warum? Das da war nur ein Mann, ein Kunde. Hunderte von Männern waren schon in diesem Laden gewesen. Warum also diese Unsicherheit?

»Ich bin Nicolas Dreesen. Wir haben schon miteinander korrespondiert, ein-, zweimal auch telefoniert. Ich sagte, dass ich irgendwann einmal kommen würde, und hier bin ich.«

Sie starrte ihn weiter an. Doch, bei dem Namen klingelte etwas. Natürlich tat es das. Dieser Name war der Grund dafür, dass sie sich schon seit Wochen, besonders in den letzten Tagen, unablässig den Kopf zerbrach ... Der Mann vertrat die Hotelkette, die an sie herangetreten war. Sie hatten gemailt und sich Nachrichten geschickt. Sie hatte seinen Stil gemocht.

»Sie sind das?«, platzte es aus ihr heraus.

Himmel, was hatte sie sich eigentlich vorgestellt? Sie überlegte, dann war es ihr klar: Am Telefon hatte er älter geklungen. War sie jetzt zu forsch? Nun, sie konnte wohl beruhigt sein, denn er schmunzelte.

»Sie haben sicher meinen Vater erwartet, nicht? Justus Dreesen?«

Genau, das war es. Ihr Namensgedächtnis war einfach furchtbar, war es schon immer gewesen. Sie hatte tatsächlich häufiger mit Justus Dreesen telefoniert, mit seinem Sohn anscheinend nur schriftlich Kontakt gehabt.

»Ich ... Ich dachte wirklich, Sie wären älter«, sagte sie, als müsste sie das Erste herausplappern, was sich noch in ihrem Sprachspeicher befand.

»Ich hoffe, Sie sind nicht enttäuscht.« Er warf ihr ein einnehmendes Lächeln zu. »Mein Vater ist sehr beschäftigt, er traut mir zu, zu übernehmen und die wichtigen Dinge mit Ihnen zu besprechen. Was denken Sie? Habe ich eine Chance verdient?«

Famke wusste einen Augenblick nicht, was sie sagen sollte. Sie meinte, sich zu erinnern, dass sich Nicolas Dreesen in einer Nachricht sehr angetan von ihren Entwürfen gezeigt hatte. Das war doch ein gutes Zeichen.

»Ich ... äh ... ich denke schon.«

»Da bin ich aber erleichtert.« Er lachte, dann hielt er inne.

»Entschuldigen Sie, ich wollte Sie nicht überrumpeln oder Ihnen gar zu nahe treten mit meinem plötzlichen Auftauchen hier. Wahrscheinlich hätte ich vorher anrufen sollen. Ich dachte einfach, etwas Spontaneität ...« Er brach ab.

»Das sind Sie nicht. Sie sind mir nicht zu nahegetreten.«

Famke fragte sich, ob sie wohl zu ernst geguckt hatte. Das tat sie öfter mal, wahrscheinlich auch jetzt.

»Also, es tut mir leid, ich wollte Sie nicht überrumpeln ... Ich ...«

Er sah zerknirscht aus, und sie fragte sich für einen Moment, ob er mit ihr flirtete, aber das war ja wohl kaum möglich ...

Sollte sie ihn beruhigen und ihm sagen, dass sie die Leute immer so düster ansah? Sie hatte sich noch nicht entschieden, da sprach er schon weiter.

»Bitte, geben Sie mir eine Chance, damit ich meinem Vater endlich zeigen kann, dass ich so ein Projekt wuppe ... Natürlich nur, falls Sie Zeit haben.« Famke nickte nachdenklich. War das jetzt eine seltsame Strategie? Aber er sah eigentlich nicht aus wie jemand, der strategisch vorging. Und musste sie sich Sorgen machen, oder warum hatte Justus Dreesen das Projekt an seinen Sohn übergeben? Ob sie ihn fragen sollte? »Gut«, fuhr er fort und sah prüfend auf seine Uhr. »Damit Sie sehen, dass ich nicht vollkommen unvorbereitet bin. Ich entnehme den Öffnungszeiten draußen, dass Ihre Mittagspause ansteht, und ehrlich gesagt habe ich einen Bärenhunger ... Wie wär's, wenn wir uns bei einem gemeinsamen Essen besser kennenlernen würden?«

»Okay.«

Jetzt kam es ihr vor, als hätte er doch schon etwas mehr

Erfahrung mit solchen Gesprächen. Offenbar gab es Dinge, die er bedacht hatte. Sie hatten die Öffnungszeiten im neuen Jahr erweitert. Nun hatten sie dienstags und donnerstags auch vormittags von zehn bis zwölf Uhr geöffnet. Maike oder Jarik würden den Laden am Nachmittag schmeißen, weil sie selbst sich noch einmal in die Werkstatt hatte zurückziehen wollen. Sie konnte sich die Zeit also nehmen. Hier ging es schließlich auch ums Geschäft.

Sie lief um die Ladentheke herum. Es war für einen Moment so, als verließe sie einen schützenden Bereich. Nicolas Dreesen streckte ihr spontan die Hand entgegen. Famke ergriff sie, zu ihrem eigenen Erstaunen, ohne zu zögern. Sein Lächeln war ehrlich und äußerst einnehmend, und tatsächlich hatte sie keine andere Möglichkeit, als es zu erwidern.

»Ich würde gern noch einmal neu anfangen«, sagte er. »Also, mein Name ist Nicolas Dreesen. Von der Hotelkette Dreesen. Nennen Sie mich Nicolas.«

Er hielt ihre Hand immer noch fest und schüttelte sie jetzt leicht.

»Famke Wilken.«

Sie gingen in ein Restaurant, das er ausgesucht hatte, und bestellten eine gemischte Vorspeisenplatte. Gewöhnlich aß sie mittags nur etwas Kleines, meist eine rasche Suppe. Nicolas hatte offenbar die Absicht, sich Zeit zu nehmen.

»Darf ich Sie einladen?«, erkundigte er sich, wieder mit diesem besonderen Lächeln.

»Nein«, gab sie schroff zurück.

Er hielt etwas verblüfft inne, nickte dann aber. Wenn sie gefürchtet hatte, schwer ins Gespräch zu kommen, hatte sie sich geirrt. Nicolas war gut in Konversation. Das machte den

Anfang leichter. Bald redeten sie sehr angeregt miteinander, und als die Restaurantbesitzer unmissverständlich darauf hinwiesen, dass sie schließen wollten, hatten sie ihr Gespräch noch lange nicht beendet. Zu Famkes Überraschung hatte sie ihm von ihrem Geschäftsmodell erzählt, aber auch davon, wie alles angefangen hatte. Er wusste von ihrem Master of Arts in Keramik und Glas, den sie am Royal College für Kunst und Design in London gemacht hatte, und von den Ideen für die Zukunft. Zwischenzeitlich kam ihr der Gedanke, ob es richtig war, so offen zu sein, aber es fühlte sich nicht falsch an. Sie tranken aus, Nicolas bezahlte doch.

»Das war sehr aufschlussreich«, sagte er und half ihr in ihre Winterjacke. »Und ich würde gern noch mehr erfahren.«

»Das lässt sich machen«, hörte Famke sich antworten. »Ich muss heute nicht mehr in den Laden.«

»Sie haben Helfer?«

»Freunde.«

Er nickte. »Was schlagen Sie vor?«

»Eigentlich hatte ich ohnehin vor, mich ein bisschen zu bewegen«, schwindelte sie. »Ich könnte Ihnen die Insel zeigen, oder die Stellen, die mich inspirieren ...«

Er kannte die Insel. Sie hatte erfahren, dass seine Eltern eine kleine Ferienwohnung auf Spiekeroog hatten, die im Moment an einen Stammgast vermietet war.

Sie sah ihn an und hoffte, dass sich die erneut in ihr aufsteigende Unsicherheit nicht in ihrem Gesicht spiegelte. Himmel, warum war sie eigentlich immer so unsicher?

»Das hört sich gut an. Wo lang gehen wir?«

Erleichterung.

Sie verließen das Restaurant. Nach ein paar Schritten waren sie bereits wieder in ein angeregtes Gespräch vertieft. Er erzählte ihr, dass er als Kind oft auf der Insel gewesen war. Seine Mutter war auf Spiekeroog aufgewachsen, und sein Vater hatte alle Ferien und viele Wochenenden hier verbracht. Famke fragte sich, ob ihr der Name Dreesen vage bekannt vorkam, weil sie sich früher schon begegnet waren, oder nur, weil sie seit Kurzem Kontakt miteinander hatten. Möglicherweise handelte es sich bei Justus Dreesen um einen Bekannten ihrer Eltern. Ihr Vater hatte viele Geschäftspartner, vielleicht war er einer von ihnen. Es war wirklich blöd, ein so schlechtes Namensgedächtnis zu haben. Immerhin war sie sich sicher, Nicolas nie zuvor gesehen zu haben.

Sie liefen zuerst durch das Dorf, dann in Richtung Osten. Es ging durch das Friederikenwäldchen, dessen Geschichte er kannte.

»Es zeigt, dass Lebensschutz auch Umweltschutz sein kann. Findest du nicht?«

»Doch, ja, das stimmt.«

Sie hatten sich aufs Duzen geeinigt. Es war in Ordnung für sie, obwohl es so schnell gegangen war. Famke dachte über Nicolas' Worte nach. Einige der Spiekerooger Frauen hatten Mitte des neunzehnten Jahrhunderts die Bäume des Wäldchens angepflanzt, damit der fruchtbare, für die Inselbevölkerung so wichtige Boden nicht immer wieder fortgeweht wurde. Er bildete die Lebensgrundlage der Inselbewohner, und die Wurzeln der Bäume hielten ihn fest, während ihre Äste und Blätter gleichzeitig vielen Insekten und Vögeln Lebensraum boten.

Sie liefen weiter zur Ostplate, dann in Richtung Ostbake, die das östliche Ende von Spiekeroog markierte. Zu Famkes

Überraschung gingen ihnen die Themen nicht aus. Sie interessierten sich für ähnliche Sachen: Umweltschutz, Kunst und Handwerk. Nicolas fuhr wie sie gerne Rad.

»Schade, dass hier auf der Insel die Möglichkeiten so eingeschränkt sind.«

»Ja«, pflichtete er ihr bei. »Spiekeroog ist einfach mehr eine Insel zum Spazierengehen.«

Als sie zurück in Richtung Inselmitte liefen, fragte sie sich, was da in den letzten Stunden zwischen ihr und Nicolas passiert war. Sie hatten so schnell einen Zugang zueinander gefunden. Man konnte sagen, dass sie miteinander harmonierten. Eigentlich konnte sie immer noch nicht recht fassen, dass sie ihm vorgeschlagen hatte, ihm die Orte zu zeigen, wo ihre Inspiration herkam. Noch weniger konnte sie fassen, dass er gern mitgekommen war. Sie hatten natürlich immer wieder über ihr gemeinsames Projekt gesprochen, wussten aber voneinander jetzt auch viel über private Interessen – dass er gerne Queen hörte und sie gerne Indie zum Beispiel. Noch hatten sie das Dorf nicht ganz erreicht, und sie spürte bereits einen kleinen Knoten im Magen, weil die gemeinsame Zeit bald vorbei war. Wieder einmal blieb Nicolas stehen, um mit dem Handy ein paar Fotos zu machen. Es mussten inzwischen an die hundert sein. Was er damit wohl vorhatte?

Überraschend richtete er das Handy auf sie.

»Darf ich?«

Sie wusste nicht, was sie sagen sollte, also nickte sie, und bevor sie sich entschieden hatte, was für einen Gesichtsausdruck sie wohl machen wollte, drückte er ein paarmal ab. Dann zeigte er ihr die Fotos.

»Ich lösche sie, wenn sie dir nicht gefallen.«

Die Bilder gefielen ihr. Sie waren gut. Offenbar hatte er Talent. Er hatte ja auch gesagt, dass er gerne fotografierte. Sie sah aus wie ein Teil der Landschaft, und doch hob sie sich daraus hervor wie eine Blume auf einer grünen Wiese. Eine wunderschöne Blume. Natürlich hätte sie das niemals laut gesagt. Sie hätte sich albern gefunden. Irgendwie war es ungewohnt, sich selbst schön zu finden, auch wenn sie nicht schlecht aussah. In Ordnung eben. Normal.

»Du machst gute Fotos«, sagte sie.

»Es ist ein Hobby. In der Schule hatte ich Kunst als Leistungskurs. Meinem Vater hat das nicht gefallen, aber solange alles andere lief, hat er mich machen lassen. Deshalb bin ich so interessiert an diesem Projekt. Ich würde unseren Häusern gerne eine besondere künstlerische Note geben.«

Er hat mit seinen Eltern Ähnliches erlebt wie ich, fuhr es ihr durch den Kopf. Dass er Kunst als Leistungskurs belegt hatte, hatte er ihr tatsächlich noch nicht gesagt. Ihre Schritte verlangsamten sich. Waren sie beide gleichzeitig langsamer geworden oder einer zuerst, und der andere hatte sich angepasst? Jetzt blieb er stehen.

»Ich muss mit der letzten Fähre wieder fahren. Schade. Aber ich würde gerne so bald wie möglich wiederkommen«, sagte er. »Vielleicht am kommenden Freitag, dann kann ich übers Wochenende bleiben. Es gibt ja noch einiges zu besprechen.«

»Gut, und ich mache mir bis dahin noch ein paar Gedanken.«

»Perfekt.« Er zögerte einen Moment. »Auch wenn es sich nicht gut anfühlt, schon wieder gehen zu müssen«, fuhr er dann lächelnd fort. »Ich hatte nie zuvor eine so anregende Besprechung.« Famke konnte spüren, wie zufrieden sie zurücklächelte. Es war zweifellos ein sehr schöner Tag gewesen. »Ich hoffe doch, ich konnte klarmachen, was ich mir vorstelle.«

»Das konntest du.«

Sie gaben sich die Hand. Mehr passierte nicht. Noch nicht, da war sich Famke sicher.

Nicolas schrieb ihr tatsächlich, dass er am Wochenende zurückkommen werde, und Famke ließ es sich nicht nehmen, ihn an der Fähre abzuholen. Am Nachmittag würde sie im Laden sein müssen, Jarik und Maike hatten keine Zeit. Sie wussten aber alle, welche Bedeutung Nicolas Dreesen für die Zukunft des Geschäfts hatte. Wenn sie einen Vertrag mit den Dreesen-Hotels abschließen konnte, würde ihnen das noch mehr Sicherheit geben.

In der Werkstatt war alles vorbereitet. Bis dorthin waren Nicolas und sie bei seinem ersten Besuch nicht gekommen, aber sie hatte es besser gefunden, ihm zunächst zu zeigen, was sie inspirierte. Nun würde er also ihre Arbeitsstätte kennenlernen. Sie war erst spät ins Bett gekommen und hatte dann nicht einschlafen können, dennoch fühlte sie sich hellwach. Sie konnte es kaum erwarten, ihn wiederzusehen.

Natürlich hatten Maike und Jarik versucht, sie ein wenig auszufragen, aber sie hatte sich bedeckt gehalten. Mit Tessa hatte sie dagegen gesprochen. Sie beide waren auf einer Wellenlänge. Tessa und ihre Freundin Arwen hatten spontan im Internet nachgeforscht und ein Foto der Familie Dreesen aufgetrieben. Allerdings war es etwas körnig, und Nicolas war darauf sicher kaum älter als vierzehn gewesen, ein schlaksiger Kerl mit einem Kurzhaarschnitt, auf den sicher seine Eltern bestanden hatten, in Polohemd und Bundfaltenhose.

Sie war viel zu früh am Anleger und trat ungeduldig von einem Bein aufs andere, während sie darauf wartete, dass die Passagiere die Fähre verlassen konnten. Nicolas hatte ihr gesimst, wann genau er ankommen würde, sie konnte es gut schaffen, bis zur Ladenöffnung zurück zu sein.

Endlich sah sie ihn auf sich zukommen. »Ich freu mich so sehr, dich wiederzusehen«, sagte er zur Begrüßung und gab ihr einen Wangenkuss.

»Ich freu mich auch.«

Ihr Herz klopfte, als ob es kurz vorm Zerspringen wäre.

Sie nahmen den Weg über die Richelwiesen, und sie beschrieb ihm wortreich, wie unglaublich farbenfroh diese im Sommer blühten.

»Wahrscheinlich klingt das albern, jetzt, wo man so gar nichts davon sieht.«

»Das klingt nicht albern, ich kenne es ja.«

»Oh, daran hatte ich gar nicht gedacht.«

»Es war schön, es von dir zu hören. Ich kann es mir jetzt noch besser vorstellen. Du beschreibst sehr gut. Ich schäme mich ein bisschen, hier bislang immer nur vorbeigelaufen zu sein. Wirklich, ich hab nie richtig hingesehen.« Sie spürte eine Berührung an ihrem linken Arm und wusste nicht, ob es ein Versehen gewesen war oder Absicht. Nein, er stand jetzt wieder etwas entfernt von ihr. Es war wohl ein Versehen gewesen. Sie ließen ein Elternpärchen mit Bollerwagen an sich vorbeiziehen. »Du bist eine wirklich gute Erzählerin«, hörte sie ihn sagen, während sie der kleinen Gruppe noch hinterherschaute. Eigentlich eine ungewöhnliche Jahreszeit für eine Familie. Sie müssen die Insel sehr lieben, dachte sie. »Darf ich?«, fragte er dann. »Darf ich meinen Arm um dich legen?«

Sie drehte sich zu ihm hin. Er lächelte und wirkte gleichzeitig unsicher.

Zu ihrer Überraschung zögerte sie nicht. Sie sagte einfach: »Ja.«

Danach liefen sie in Richtung Wittbülten, redeten über Geschäftliches. Manchmal ließen sie einander los, dann wieder nahm sie Nicolas' Arm auf ihren Schultern wahr. Sie spürte seine Wärme und fragte sich, was diese Nähe zu bedeuten hatte. Er hatte ihr erzählt, dass er in der kleinen Ferienwohnung der Familie unterkommen konnte, die an diesem Wochenende freistand. Als der Wind stärker blies und es für einen Moment schwerer war, voranzukommen, legte er den Arm noch fester um sie, und hier, mit ihm gemeinsam, fühlte sie sich sicher.

Kurz bevor sie das Gebäude des Nationalpark-Hauses erreichten, blieben sie stehen und küssten sich. Es bedurfte keines weiteren Nachdenkens und auch keiner weiteren Worte. Es war ihnen einfach klar gewesen. Sie standen im Windschatten und ließen dem ersten Kuss noch viele weitere folgen.

In der Werkstatt ließ Nicolas sich interessiert alles von ihr zeigen. Sie besahen sich noch einmal die Entwürfe für das Hotelprojekt und wurden sich schnell einig. Immer wieder kamen Kunden in den Laden, und sie wurden unterbrochen, aber er nahm das ganz selbstverständlich. Es war ihre Arbeit.

»Man spürt, wie du brennst für das Geschäft«, sagte er. »Das ist schön zu sehen.«

Abends lernte Nicolas Maike und Jarik kennen. Maike hatte gekocht, und sie unterhielten sich angeregt. Famke war froh, dass Nicolas so unkompliziert war. Nach einer Weile hatte sie den Eindruck, sie würden sich alle schon eine Ewigkeit kennen. Er passte zu ihnen. Hier gemeinsam zu sitzen fühlte sich einfach gut an.

Es war schon Mitternacht, als Nicolas sich verabschiedete. Sie begleitete ihn nach draußen.

»Ich nehme an, dass du das nicht mit allen Geschäftspartnerinnen so machst«, sagte sie halb im Scherz, halb ernst.

»Natürlich nicht«, gab er lachend zurück und fügte hinzu: »Du weißt gar nicht, wie glücklich ich darüber bin, dass ich dich, nachdem ich mir dein Angebot angesehen hatte, persönlich kennenlernen wollte.«

Ich bin auch glücklich, dachte sie, ich bin sogar sehr glücklich.

VIERTES KAPITEL

Es begann zu nieseln, und Maike zog die Kapuze über den Kopf, ließ die Hände in den Ärmeln der Jacke verschwinden. In Frankfurt wäre sie niemals im Regen spazieren gegangen. Ihr Leben hatte sich wirklich in jeder Beziehung verändert.

Sie hatte Spaß daran gehabt, sich die richtige Kleidung für die Wetterverhältnisse auf der Insel zuzulegen. Jarik hatte sie beraten. Sie fror auch nicht mehr so oft. Sicher lag es daran, dass sich ihr Körper an die Temperaturen gewöhnt hatte. Sie fühlte sich stärker, gesünder und widerstandsfähiger. Kälte oder Regen machten ihr nichts aus. Sie mochte es bei jedem Wetter, auf das tobende Meer hinauszusehen, Regen oder Wind auf dem Gesicht zu spüren. Sie mochte es aber ebenso, in die warme Wohnung zurückzukehren. Zu Jarik.

Ihre Gedanken wanderten zum Wochenende zurück. Famke war wie ausgewechselt, seit sie Nicolas Dreesen kennengelernt hatte. Die schroffe, unnahbare Famke, die sich selten gefühlvoll zeigte, war völlig verändert in seiner Gegenwart. Das war schön zu sehen. Sie hatten einen netten Abend mit angeregten Diskussionen miteinander verbracht.

Sie beschleunigte ihre Schritte nun doch etwas, denn der Regen wurde stärker und behinderte die Sicht. Auf der Seeseite der Insel war noch gutes Wetter gewesen, während es sich auf der Südseite nun deutlich eintrübte. Es schien sich richtig einregnen zu wollen, aber so war es eben auf Spiekeroog. Wenn es regnete, regnete es. Da konnte man kaum etwas gegen tun. Jetzt frischte auch noch der Wind auf und trieb den Regen fast horizontal voran. Maike spürte, wie er gegen ihren Rücken prasselte, ein seltsames Gefühl, da sie auf der Vorderseite fast trocken blieb.

Schließlich erreichte sie das Dorf. Wie zu erwarten, war niemand auf der Straße an diesem ungemütlichen Sonntagmorgen. Die Wochenendbeleuchtung eines Bekleidungsgeschäftes fiel sanft auf den dämmrigen Weg. Sie beeilte sich auf den letzten Metern zum Haus und war froh, als sie die Tür hinter sich schließen konnte. Sie schob die Kapuze zurück. Über ihr Gesicht perlte Wasser, doch die Jacke hatte dichtgehalten. Sie zog sie aus und hängte sie in dem kleinen Waschmaschinenraum neben dem Eingang zum Trocknen auf. Ihre Füße waren trocken, wenn auch etwas kalt. Beim nächsten Mal würde sie dickere Socken anziehen. Es war eben noch nicht Frühling.

Sie beeilte sich, die Treppe hinaufzukommen, und freute sich schon darauf, sich an den Kachelofen zu setzen und vielleicht etwas zu lesen. Als sie oben ankam, spähte Jarik aus der Küchentür.

»Ah, du bist wieder zurück. War der Spaziergang schön?«

»Es war ganz schön stürmisch«, bemerkte sie.

Jarik grinste sie an. »Jo, is ’n büsch’n windich. Aber du hast Glück. Tee ist gerade fertig.«

Er stellte eine Teetasse, Sahne und Kandis vor sie hin. Sie holte sich ein Paar warme Socken aus dem Schlafzimmer und setzte sich aufs Sofa.

»Du bist gut.« Sie zog die Wollsocken über die Füße. »Ich konnte zeitweise keinen geraden Schritt gehen, und die Wellen waren echt hoch. Es war beeindruckend.«

Er schenkte ihr Tee ein. Sie gab selbst Kandis und Sahne hinzu.

»Na ja«, sagte er, »bei uns sagt man: Sturm ist erst, wenn die Schafe keine Locken mehr haben.«

Maike musste lachen. »Ich hab kein Schaf gesehen, vielleicht haben die ja alle schon keine Locken mehr.«

Jarik lachte jetzt auch, bemerkte im nächsten Moment, dass sie fröstelte.

»Ist dir kalt? Ich könnte dich wärmen«, schlug er ihr vor.

Sie setzte ihre Tasse wieder ab, von der sie gerade einen vorsichtigen Schluck genommen hatte. Das tat gut.

»Ich würde nicht Nein sagen«, antwortete sie mit einem Lächeln. Er zögerte nicht, kam zu ihr und kuschelte sich an sie. Sie genoss es, seine Berührungen zu spüren, als sie sich in den Armen hielten und küssten. Nach einer Weile löste sie sich von ihm. »Das ist schön, aber ich glaub, ich brauche jetzt erst mal eine heiße Dusche.«

»Allein?«, fragte er mit einem Grinsen.

»Nicht unbedingt«, gab sie zurück und grinste ebenfalls.

Jarik kam nach, als sie sich die Haare gewaschen hatte und noch ein wenig unter dem warmen Wasserstrahl stand, um sich aufzuwärmen. Sie hielten sich in den Armen und genossen den Augenblick. Sanft strich er ihr das Haar aus dem Gesicht, küsste sie innig. Sie schlang die Arme um seine

Taille, er streichelte ihren Rücken. Es fühlte sich wunderbar an.

Maike stand im Wohnzimmer und sah durch die geschlossenen Balkontüren in die Natur. Sie liebte diesen Blick. Leider war es Mitte Januar zu kühl, um sich nach draußen zu setzen, wie sie es im vergangenen Jahr noch so lange, wie die Temperaturen es ermöglicht hatten, getan hatte. Spontan beschloss sie, einen Apfelkuchen zu backen.

Sie ging in die Küche, schlug Eier mit Butter und Zucker auf, gab Mehl und Backpulver hinzu. Es würde ein lockerer Rührkuchenteig werden, in den sie zusätzlich Quark und großzügig Apfelstücke hineingab. Es waren mehr Äpfel als Teig, aber sie liebte Apfelkuchen. Genießerisch schleckte sie den Teiglöffel ab. Sie erinnerte sich daran, wie sie sich als Kind stets vorgestellt hatte, beim Kuchenbacken später einmal viel mehr Teig zu naschen, als ihre Großmutter und ihre Mutter es ihr erlaubt hatten. Dazu war es aber nur ein Mal gekommen. Die Sache war nämlich die, dass man nie so viel Teig essen konnte, wie man gerne wollte, ohne dass einem davon schlecht wurde. Das war ein bedauerlicher Umstand, für den es offenbar keine Lösung gab. Ja, so viel Kuchenteig zu naschen, wie sie Lust hatte, würde ihr immer fehlen. Aber sonst fehlte ihr gerade nichts. Das Leben war herrlich.

Maike heizte den Backofen vor, dann füllte sie den Teig in eine ausgefettete Backform und schob sie wenig später in den Ofen. Schon bald erfüllte der Duft nach frisch gebackenem Kuchen das obere Stockwerk. Fertig vorerst ...

Maike machte es sich mit einem Tee auf einem Sessel vor den Balkontüren gemütlich. Im Garten unten machte das junge Paar, das für zwei Wochen die große Wohnung angemietet hatte, Yogaübungen. Manchmal hielten die beiden Frauen inne, umarmten sich und küssten einander. Die Kälte schien ihnen nichts auszumachen. Die Nähe, die sie zueinander zeigten, war bezaubernd, und Maike war hin- und hergerissen zwischen dem Gefühl, in ihre Privatsphäre einzudringen und an etwas Wunderschönem teilzuhaben. Zu lieben war einfach berauschend.

Seit dem vergangenen Sommer wusste sie, dass das Leben auch ihr eine neue Beziehung geschenkt hatte, an die sie eigentlich nicht mehr geglaubt hatte: Jarik. Es war nicht unkompliziert gewesen, aber sie hatten zusammengefunden. Sie hatte nach langen Jahren ihren Job als Büroleiterin einer international agierenden Anwaltskanzlei aufgegeben und war auf diese Insel hier im Norden gezogen, um in einem kleinen Laden mitzuarbeiten, Ferienwohnungen zu vermieten und für eine kleine Firma die Buchhaltung und die Korrespondenz zu übernehmen. Ganz ehrlich klang das nicht wie etwas, das sie sich für ihr Leben ausgemalt hatte – immerhin hatte sie es in ihrem Jurastudium bis zum ersten Staatsexamen geschafft –, aber es war doch das Richtige, das wusste sie mittlerweile ganz sicher. Es war der Umweg, den das Leben sie zu gehen gezwungen und der sich als goldrichtig herausgestellt hatte.

Eine der beiden Frauen unten schaute in diesem Moment nach oben und winkte ihr mit einem Lächeln zu. Sie winkte zurück und nahm sich vor, später zwei Stück Kuchen vorbeizubringen. Wenn sie die Backlust überkam, mussten ihre Gäste oft mitessen, aber beschwert hatte sich bislang keiner von ihnen.

FÜNFTES KAPITEL

Er hatte an diesem Morgen einen großen Spaziergang gemacht, war an Famkes Laden vorbeigegangen, hatte noch eine Runde über den Strand gedreht und sich dann in sein Arbeitszimmer zurückgezogen, um zu überlegen, was zu tun war. Sollte er die Sache auf sich beruhen lassen oder doch Maßnahmen ergreifen? Er hatte stets an jeder Entscheidung der Familie teilgehabt, eigentlich war sogar immer er es gewesen, der die Entscheidungen getroffen hatte. Dass seine Tochter diesen Laden eröffnet hatte, anstatt ins Familiengeschäft einzusteigen, damit war er nie einverstanden gewesen. Aber er hatte irgendwie immer damit gerechnet, dass sie aufgeben würde.

Er hatte damals den Hof seines Vaters übernommen und ihn mit viel Geschick zu Ferienwohnungen ausgebaut. Also machte er die Dinge doch offenbar gut. Es gab nicht den geringsten Grund, etwas zu ändern. Einen Moment lang starrte er vor sich. Seine Tochter sah das offenbar anders, und er war fälschlicherweise davon ausgegangen, dass sie ihre Schnapsidee irgendwann aufgeben würde. Er hatte sich geirrt, deshalb galt es jetzt, einzugreifen.

Mit einem Seufzer beugte Erik Wilken sich nach vorne

und griff nach dem Telefon. Die Nummer, die er wählte, konnte er auswendig. Er wählte sie oft und aus den verschiedensten Gründen. Es klingelte drei Mal, bevor am anderen Ende abgehoben wurde. Es klingelte immer drei Mal, der andere konnte sehen, dass er anrief. Er wusste das. Jemand hustete, auch das war nicht neu.

»Dreesen«, hörte er eine Männerstimme.

»Ich bin's. Moin, Justus!«

»Erik!«

»Wir müssen reden.«

Justus Dreesen hatte den Hörer so behutsam zurück in die Station gesteckt, als handelte es sich um ein rohes Ei. Er verharrte kurz in vorgebeugter Haltung, bevor er sich schließlich zurücklehnte. Sein Bürostuhl wippte, und er hielt sich mit beiden Händen am Tisch fest. Es war nicht einfach, was Erik da von ihm verlangte. Die Gespräche waren schon weit gediehen, und er wusste, dass die Idee gut war. Was sollte er nur tun? Das Problem war, dass er vor langer Zeit einmal ein Versprechen gegeben hatte, das konnte er doch jetzt nicht brechen.

Sein Blick fiel aus dem Fenster in den Innenhof des Hotels, in dem ihre Büroräume untergebracht waren. Sein Sohn stand an einem der Stehtische und machte seine Mittagspause. Es sah aus, als ob er fröstelte. Nicht überraschend im Januar. Er ließ seinen Blick noch etwas wandern. Er hatte seinen Schreibtisch so platziert, dass er immer alles gut im Blick hatte. Das hatte ihm stets gefallen. Heute kam er sich vor, als würde er Nicolas beobachten.

Nicolas ...

Seine Mutter hatte diesen Namen ausgesucht. Er war etwas exotischer als die Namen, die man gemeinhin in ihrer Familie vergab. Er hatte seinen Sohn manchmal damit aufgezogen, wenn auch sehr gutmütig. Er war ja kein böser Mensch, er wusste nur, was er wollte, und setzte es meist durch.

Die Sonne blendete ihn für einen Moment, im flirrenden Licht sah er gar nichts. Dann fiel sein Blick wieder auf Nicolas, der die langen Beine von sich gestreckt hatte und sein Brötchen genoss. Die letzten Verhandlungen hatte er ihm überlassen, und er war regelrecht begeistert zurückgekehrt. Sein Sohn war auf die Idee gekommen, zu dieser Künstlerin auf die Insel zu fahren – Eriks Tochter –, und es war nicht bei dem einen Mal geblieben. Er selbst hielt das für unnötig, doch Nicolas hatte immer begeisterter von der Idee erzählt, die Dreesen-Hotels exklusiv mit diesen besonderen Keramikarbeiten ausstatten zu lassen. Etwas Vergleichbares habe niemand anderes in ihrer Branche, hatte er ihm erklärt, niemand. Nicolas hatte vorgeschlagen, Kontakt zur Presse aufzunehmen. Ein kleiner Artikel würde jedem nutzen, hatte er ihm klarzumachen versucht: Die Künstlerin wurde bekannter, es gab Werbung für die Hotels.

Und jetzt? Er würde das Projekt abbrechen müssen, weil Erik das so wollte, weil sie, seit sie fünfzehn Jahre alt waren, miteinander verbunden waren und weil sie niemand jemals voneinander befreien konnte.

Ich verdanke ihm mein Leben. Dafür bin ich ihm auf ewig etwas schuldig.

Justus schaute das Gemälde an der Wand gegenüber an, das den Wattabschnitt zeigte, an dem er damals fast gestorben wäre. Er hatte es zur Erinnerung in Auftrag gegeben, ein

Gemälde im alten Stil, nichts Modernes. Manchmal kam es ihm vor, als gehörten sie beide zu einer Vergangenheit, die dieses Bild widerspiegelte. Wenn Erik damals nicht gewesen wäre, gäbe es ihn nicht mehr. Seine Familie nicht, die Hotels nicht. Sein Leben wäre zu Ende gewesen. Er schauderte. Es gab immer noch Nächte, in denen das Wasser gleich einem Monster aus den Prielen kroch, bereit, ihn zu verschlingen. Das Unglück wäre nicht passiert, wenn er nicht in dieses Loch getreten und umgeknickt wäre. Genau wie Erik war er ein Kind der Küste. Er kannte sich aus, er brachte sich nicht einfach in Gefahr. Sie hatten alle Respekt vor dem Meer.

Dennoch war es geschehen. Das Unglück, das ihn von Erik abhängig machte. Erik hatte ihn damals ein Stück aus der Gefahrenzone gebracht und war dann allein weitergelaufen, um Hilfe zu holen. Die Hilfe war rechtzeitig gekommen, gerade noch.

Ja, doch, es gab Momente, in denen er, Justus, haderte. Er nahm es Erik dennoch nicht übel, dass er ihn hin und wieder um Unterstützung bat. Keinesfalls. Das Leben war schließlich unbezahlbar.

Er rief seine Sekretärin und bat sie, Nicolas kommen zu lassen.

»Nicolas, nach einigen Überlegungen muss ich dir mitteilen, dass wir das Projekt abbrechen. Ich hab alles noch einmal durchgerechnet, und es erscheint mir zu diesem Zeitpunkt einfach nicht lukrativ.«

»Aber ...«

»Nein!« Justus machte eine Handbewegung, die unmissverständlich ausdrückte, dass das Thema damit für ihn abgeschlossen war. »Ich will nicht noch einmal darüber sprechen. Meine Entscheidung ist gefallen.«

Er sah auf das Gemälde und versuchte, es zu fokussieren, aber sein Blick glitt durch das Bild hindurch. Er hatte den ganzen Morgen über diese Sache nachgedacht, hatte überlegt, wie er sie angehen wollte, welche Worte er wählen musste. Es war ihm aufgefallen, dass sein Sohn verändert von seinen Besuchen auf der Insel zurückgekommen war. Nicht sehr verändert, Nicolas trug seine Gefühle nicht auf dem Tablett vor sich her, das hatte er noch nie getan. Dennoch war ihm aufgefallen, wie sehr er sich in die Sache hineingekniet hatte. Was auch immer. Die Würfel waren gefallen.

»Aber Vater, ich ... ich dachte ... Wir stehen vor dem Abschluss aller Besprechungen, ich ... Du warst doch so überzeugt. Es wäre mal etwas Neues.«

»Neu heißt nicht generell gut.« Justus zwang sich, die Fassung zu wahren. Du hast ja recht, würde er am liebsten sagen. Ich bin froh, dass du deine eigenen Ideen ins Geschäft einbringst, das entlastet mich. Aber noch trug er die Verantwortung allein. Er war der Geschäftsführer, der Besitzer und der Leiter des Unternehmens. Er war derjenige, der die Entscheidungen traf. Er schaute in Richtung seines Sohnes, ohne diesen richtig zu sehen. »Ich leite dieses Unternehmen seit Jahren sicher durch alle Widrigkeiten und Stürme hindurch. Es gab Zeiten, in denen es Spitz auf Knopf stand, aber ich habe sie alle bewältigt. Mit Mut, Beharrlichkeit und Geschick. Sag du mir also nicht, wie ich das Unternehmen zu führen habe und welche Entscheidungen die richtigen sind. Tu das nicht noch einmal.«

Nicolas' Gesicht verschwamm vor seinen Augen. Noch

nie hatte er sich wegen eines Gefallens für Erik so unsicher gefühlt. Ihm war sogar ein bisschen schlecht, aber er konnte sich beherrschen. Es war in Ordnung. Er war kein Schwächling. Er hielt nur Wort. Damals, als er so glücklich gewesen war, am Leben zu sein, hatte er Erik versprochen, ihm nie eine Bitte abzuschlagen, was auch immer es war. Nicolas bemerkte offenbar nichts von dem Aufruhr in ihm, er suchte nach Worten. Sie waren eine Familie, in der wenig gestritten wurde, eine Familie, in der die Zuständigkeiten klar geregelt waren. Er hörte seinen Sohn schlucken und wappnete sich für das, was kommen würde.

»Vater, ich wollte ...«

Justus hob erneut die Hand. »Ich habe nichts mehr hinzuzufügen. Kümmere dich darum, dass alles in richtige Bahnen gelenkt wird. Das heißt im Klartext, ich möchte, dass das Projektangebot ordentlich abgewickelt wird, wie sich das für unser Unternehmen gehört. Wir haben schließlich einen Ruf.« Er bemerkte, dass er sich auf dem Tisch aufgestützt hatte, und richtete sich wieder auf. »Ich werde jetzt Mittagspause machen. Du bist ja schon fertig, hast also Zeit. Man sollte so etwas nicht aufschieben.«

SECHSTES KAPITEL

Famke war am Morgen früh aufgestanden, um an ihrem Konzept zu arbeiten. Nach den intensiven Gesprächen mit Nicolas am letzten Wochenende war sie sehr viel weitergekommen. In dieser Nacht waren ihr noch ein paar Ideen eingefallen, und sie konnte es kaum erwarten, sie so schnell wie möglich umzusetzen. Sie hatte schon länger über eine Kachelserie nachgedacht, die den Utkieker und den Wattkieker zeigen sollte, aber die Idee noch nicht umgesetzt. Nach einer raschen Dusche und einem heißen Tee saß sie bereits gegen sechs Uhr in der Werkstatt und arbeitete konzentriert. Auch an diesem Tag würden Maike und Jarik den Laden übernehmen, aber die beiden hatten ihr bestätigt, dass sie das gerne taten. Schließlich stand für sie alle etwas auf dem Spiel. Sie hatten Nicolas am Wochenende kennengelernt und für nett befunden. Famke wusste nicht, ob die beiden ahnten, dass es knisterte zwischen ihr und Nicolas. Von einer Beziehung mochte sie noch nicht sprechen, sie hatte zu sehr Angst, dass sie sich nur einbildete, dass Nicolas dasselbe für sie empfand wie sie für ihn. Aber weder Maike noch Jarik hatten sich dazu geäußert.

Nicolas war am Montagmorgen wieder gefahren, doch

sie standen weiter im Kontakt und tauschten sich aus, wenn auch nur kurz und per SMS. Am Dienstag war er zu beschäftigt gewesen, wofür er sich entschuldigt hatte. Sie hatte allen Mut zusammengenommen und ihm geschrieben, dass sie ihn vermisste. Er hatte ein Herz zurückgeschickt. Am Mittwoch hatten sie sich gar nicht gesprochen, da hatte er ihr nur kurz geschrieben, dass er den Tag über Meetings habe und dass es spät werden würde. Sie lächelte in sich hinein. Sie hatte sich nie vorstellen können, dass sie einmal einen Partner haben würde, der zu Meetings ging. Aber es war anders gekommen. Nicolas war so ein wunderbarer, einfühlsamer Mensch, und sie fand, dass er auch in ihr etwas veränderte ... Was auch immer es war, es fühlte sich einfach gut an.

Famke riss sich aus den Gedanken und schaute die Kachel vor sich wieder an, betrachtete nachdenklich das Muster, das sie aufgebracht hatte. Sie fand, dass es gefälliger wirkte als ihr erster Entwurf. Als wäre sie mehr im Reinen mit sich. Nicolas brachte eben wirklich das Beste aus ihr hervor.

Doch, ja, sie hatte den Eindruck, als lägen die schweren Zeiten, die Zeiten des Zweifelns, endlich hinter ihr, als hätte sie endlich eine Vorstellung davon, was die Zukunft bringen konnte – etwas, das ihr endlich auch die Anerkennung ihres Vaters einbringen würde.

Als Jarik um kurz nach zehn bei ihr reinschaute, konnte sie nicht glauben, dass sie schon vier Stunden in der Werkstatt verbracht hatte. Die Zeit war wie im Flug vergangen. Dieses Mal würde ihr wirklich der Durchbruch gelingen. Nicht nur das Konzept stand, sie hatte auch den Entwurf endgültig abgeschlossen. Wenn das hier gut lief, würde ihr eine weitere Tür offen stehen, dann konnte sie ihren Eltern zeigen, dass ihre Entscheidung richtig gewesen war.

Unglaublich, welche Gedanken man sich immer noch machte, den Eltern zu gefallen. Würde das je aufhören?

»Famke? Was machst du denn hier? Ich dachte, *du* bist heute Morgen für den Laden eingeteilt. Du stehst auf dem Plan.« Jarik sah sie entgeistert an.

»Oh«, sie schaute auf die Uhr, die sie neben ihrer Arbeitsplatte abgelegt hatte. »So spät schon? Aber ich hatte im Kopf, einer von euch würde heute vorne übernehmen.« Dann schaute sie auf ihre Notizen. »Ich bin mit meinen Gedanken gerade woanders ... Weißt du, ich hab in den letzten Tagen noch einmal über ein paar Dinge nachgedacht, und jetzt steht das Konzept endgültig.« Sie grinste schief. »Ob du es glaubst oder nicht. Vielleicht wird die Zeit knapp, aber ich hoffe, ich bekomme es hin.«

»Bestimmt.« Jarik lächelte. »Das freut mich natürlich für dich, nur ... es sind schon Kunden da. Ich hab sie reingelassen. Soll ich übernehmen? Das wäre kein Problem.«

»Nein, nein, ist schon okay, ich gehe rüber.«

Irgendwie freute sie sich auf die Zeit im Laden. Es fühlte sich an diesem Morgen sogar umso richtiger an, den Kunden zu zeigen, was sie machte, mit ihnen zu sprechen und ...

Im Vorbeigehen drückte Jarik ihr die Post in die Hand: Ein Brief von Nicolas war dabei. Sie erkannte seine Schrift sofort – sie hatten schließlich gemeinsam gearbeitet und geplant. Wann hatte er denn nur Zeit gefunden, ihr zu schreiben, und was konnte in dem Brief stehen, was nicht schon besprochen war? Ob es ein privates Schreiben war? Sie korrespondierten geschäftlich normalerweise per Mail.

Ihr Herz klopfte schneller. Sie musste an ihren letzten Spaziergang am Montagmorgen denken. Dieses Mal waren sie zur Westseite der Insel gelaufen. Sie hatte Pläne für sie beide gemacht, die sie noch nicht laut ausgesprochen hatte, aber sie war sich sicher, dass sie sie umsetzen würden. Sicherlich gab es noch ein paar Dinge hinsichtlich ihrer Zusammenarbeit zu besprechen, vielleicht auch etwas, das sie beide betraf ... Oder war das zu früh? Natürlich war es das. Sie waren sich vor nicht einmal zehn Tagen das erste Mal begegnet. Wie konnte sie da schon an die Zukunft denken? Sie war einfach ungeübt in so etwas, anders konnte sie das nicht sagen. Aber Träume waren doch erlaubt, oder?

Wir haben uns ineinander verliebt, dachte sie. Liebe auf den ersten Blick, so was gab es anscheinend wirklich.

Er war ein Stadtmensch, vielleicht würde er nicht auf die Insel ziehen, allerdings war sie sicher, dass er verstanden hatte, dass sie niemals von Spiekeroog wegwollte. Es würde auf eine Wochenendbeziehung hinauslaufen, er konnte ja schlecht aus der Ferne die Geschäfte der Hotels führen. Aber zweifelsohne hatten sie gemeinsam die schönsten Tage seit Langem verlebt. Das hatte er ihr, ohne zu zögern, bestätigt.

Famke grüßte ihre Kundschaft fröhlich und entschuldigte sich. Offenbar riss ihre gute Laune die anderen mit.

Ein Pärchen stand vor einer der Schmuckvitrinen, eine Frau schaute sich noch etwas im Schaufenster an. Famke freute sich, dass die nachweihnachtliche Dekoration so gelungen war. Tessa hatte ihr geholfen, bevor sie wieder zurück nach Frankfurt gefahren war. Sie war sehr kreativ, im Gegensatz zu ihrer Mutter. Ja, die Dinge waren in Bewegung.

Die Frau kam jetzt ebenfalls in den Laden, sie interessierte sich für ein Set Becher mit verschiedenen Blumenmotiven. Tessa hatte vorgeschlagen, die Becher so zu präsentieren, und Famke fand die Idee wirklich gut.

Famke hatte Nicolas' Brief neben die Kasse auf die Ladentheke gelegt. Natürlich konnte sie es kaum erwarten, ihn zu lesen, aber zuerst musste sie sich der Kundschaft widmen. Sie schaute dem Pärchen dabei zu, wie es durch den Laden schlenderte. Himmel, die Ungeduld war wirklich schwer zu ertragen. Endlich hatte sich die Frau für einen Ring entschieden, sie und ihr Begleiter kamen damit zur Kasse und bezahlten. Die beiden verabschiedeten sich. Famke schaute ihnen durch das Schaufenster hinterher. Draußen legte der Mann den Arm um die Schultern der Frau.

Die andere Kundin brauchte etwas länger, doch auch sie kam endlich mit den Bechern. Famke packte sie sorgsam ein, wechselte ein paar Worte und gab Tipps für die Pflege, dann verließ auch die Frau den Laden. Famke sah sie draußen davonschlendern. Sie wartete noch einen Augenblick, dann endlich nahm sie den Brief und riss ihn hastig auf.

Maikes Handy klingelte, es war Jarik.

»Weißt du, was mit Famke ist?«, fragte er. »Sie ist nicht im Laden. Ich bin grad vom Einkaufen zurückgekommen, da standen vier Leute vor der verschlossenen Tür.«

Maike war sich nicht sicher, ob sie richtig verstanden hatte. »Sie ist weg? Wie meinst du das?«

Sie hörte Jarik am anderen Ende mit Kundinnen reden. Eine Weile konnte er ihr nicht antworten. Sie wartete ungeduldig.

»Bin wieder bei dir«, meldete er sich zurück. »Ja, sie ist verschwunden.«

»Aber wo sollte sie denn hin sein?«

»Ich weiß es echt nicht.« Maike sah Jarik vor sich, wie er die Schultern hilflos hochzog. Wieder war die Stimme einer Kundin zu hören. Sie wurde Zeugin eines Verkaufsgesprächs, dann meldete Jarik sich zurück. »Also, im Laden brannte Licht, aber es war wie gesagt abgeschlossen. Vorhin musste ich sie schon daran erinnern, dass sie heute Morgen auf dem Plan steht, weil sie in der Werkstatt die Zeit vergessen hatte. Sie war guter Dinge. Ich kann mir nicht erklären, was danach passiert ist.« Er verabschiedete eine Kundin. »Könntest du vielleicht kurz hier übernehmen? Ich würde gern nach ihr suchen. Ganz ehrlich, ich mach mir Sorgen. Ich kenne sie so nicht. Alles stehen und liegen zu lassen und zu verschwinden, das sieht gar nicht nach Famke aus.«

»Sie hat immerhin abgeschlossen.«

»Ja, immerhin«, pflichtete er ihr bei. »Und? Kommst du?«

»Klar.«

Ihr Blick richtete sich auf die Unterlagen vom Finanzamt, die sie auf dem Tisch ausgebreitet hatte und die ihr Magenschmerzen bereiteten. Das Finanzamt hatte schon nachgehakt. Sie musste die Sache endlich angehen. Am Morgen hatte sie deshalb ihre Freundin Kaja kontaktiert, die ihr Hilfe angeboten hatte. »Mit Know-how oder finanziell, wie auch immer, Süße«, hatte sie gesagt. Kaja war eine gerissene Anwältin. Sie fand eigentlich stets eine Lösung, wenn es juristische Probleme gab.

»Oder bist du beschäftigt …?«, drang wieder Jariks Stimme in ihre Gedanken.

Sie straffte die Schultern. »Nein, nein ... Es geht nur um diese leidige Erbschaftssteuer. Ich bin grad dabei, mich darum zu kümmern, passt mir ganz gut, wenn ich mal hier wegkomme.« Sie verzog den Mund. »Die Unterlagen sind nachher bestimmt noch da. Die laufen ja leider nicht weg.«

Jarik lachte. »Stimmt. Keine Sorge, wir schaffen das schon gemeinsam.«

Er versuchte, munter zu klingen, aber sie konnte hören, dass er sich doch Sorgen um ihre Finanzen machte. Maike überlegte, ob sie sich möglicherweise vor Kurzem noch über solche Worte geärgert hätte, Worte, die, wie sie meinte, den Ernst der Lage verkannten, doch das war vorbei. Ja, sie würden das schaffen. Zusammen würden sie alles schaffen. Und nun mussten sie erst einmal herausfinden, was mit Famke los war. Sie wunderte sich, denn in den letzten Tagen hatte es viele gute Nachrichten über diese Hotelkette gegeben, und Famke war regelrecht euphorisch gewesen. Was war also passiert?

Sie stand auf. »Ich komme dann mal.«

»Super.«

Als sie im Laden auftauchte, begrüßte Jarik sie mit einem zärtlichen Kuss. »Ich kann dir gar nicht sagen, wie froh ich bin, dich zu haben.«

»Ich bin auch froh, dich zu haben.« Maike nahm ihm den Schlüssel aus der Hand. »Und jetzt mach schon, finde Famke.«

»Das werde ich.«

Unwillkürlich hielt sie ihn noch mal am Ärmel fest.

»Hast du eine Ahnung, wo sie sein könnte?«

Er zuckte mit den Schultern. »Ich weiß nicht. Kann sein. Ich hoffe es.«

»Ich hoffe es auch.« Er gab ihr einen raschen Abschiedskuss. Mit einem freundlichen Lächeln wandte sie sich an die Kundschaft. »Bitte, entschuldigen Sie die Wartezeit. Ich bin jetzt für Sie da.«

Jariks erster Weg führte ihn zum Haus von Famkes Eltern, aber dort wimmelte man ihn gleich ab. Famkes Vater hatte ihn noch nie gemocht. Das war schon so gewesen, als Famke ihn erstmals mit nach Hause gebracht hatte, und es wurde nun noch einmal nur zu deutlich. Auch er fand Erik Wilken eher schwierig. Er war zu sehr Leitwolf, einer, der angeblich immer wusste, wo es langging, und über alles bestimmte, ganz egal, was es war. Famkes Mutter wiederum hatte nie eine Meinung.

Sie lief ihm durch den Vorgarten hinterher.

»Famke war seit Anfang Januar nicht mehr bei uns, Jarik«, versicherte sie ihm. »Wir wissen wirklich nicht, wo sie stecken könnte. Bitte gib mir gleich Bescheid, wenn du sie gefunden hast, ja?«

»Das werde ich, Gesine«, erwiderte er. »Versprochen.«

Er erinnerte sich, dass sie ihren Eltern ein gutes neues Jahr hatte wünschen wollen und sie deshalb besucht hatte. Famke besuchte ihre Mutter und ihren Vater nicht oft, aber regelmäßig, auch wenn sie danach häufiger frustriert war.

Langsam lief er vom Haus der Wilkens aus weiter, unsicher, wohin sein Weg ihn als Nächstes führen sollte. Natürlich hatte er Ideen, wo sie stecken könnte, aber welcher Ort war wohl der wahrscheinlichste? An ihrem Lieblingsplatz am Rand der Dünen war sie nicht und auch nicht am Aussichtspunkt auf dem Weg nach Wittbülten. War sie zur Ostplate gewandert? Vielleicht, aber zuerst wollte er sich noch am Inselinternat umsehen, wo sie zur Schule gegangen war. Dort hatte er sie auch kennengelernt. Er hatte nach dem Abitur ein Freiwilliges Soziales Jahr dort gemacht. Trotz ihres Altersunterschieds hatten sie sich immer gut verstanden.

Er lief um die Gebäude herum und hatte die Hoffnung schon fast aufgegeben, als er Famke doch noch entdeckte. Sie saß am Rand der Dünen, die Beine angewinkelt und fest an den Körper gezogen. Als er sie sah, fragte er sich, warum er nicht gleich hergekommen war. Hatte er nicht von Anfang an so eine Ahnung gehabt? Letztendlich hatte an diesem Ort vieles begonnen, was ihr Leben heute ausmachte.

Kurz verharrte er seine Schritte. Auf die Entfernung erinnerte sie ihn an die viel jüngere Famke, ein schmales, etwas störrisches Mädchen. Sie war stets mit ein paar Freundinnen unterwegs gewesen, und er hatte gedacht, dass weibliche Teenager doch ziemlich furchteinflößend sein konnten. Damals hatte sie einen kleinen Nasenring getragen, ihre Augen war stets schwarz geschminkt, und in ihrem langen schwarzen Haar war immer eine Strähne bunt eingefärbt gewesen. Sie hatte es den Lehrern nicht leicht gemacht. Famke war klug gewesen, aber auch sehr wütend, und das hatte sie jeden spüren lassen. Sogar ihn.

Er näherte sich ihr, rief sie jedoch erst, als er sich schon in ihrer Nähe befand. »Famke!« Sie hob den Kopf und senkte ihn gleich wieder. Er beschleunigte seine Schritte etwas und ließ sich dann neben sie in den Sand fallen. »Meine Güte, endlich hab ich dich gefunden. Wir haben uns Sorgen gemacht. Warum bist du weggelaufen? Was auch immer es ist, wir können doch über alles reden, oder?« Er schwieg einen Moment. Als sie nicht reagierte, sagte er: »Maike ist übrigens im Laden für dich eingesprungen.«

Sie sah ihn nicht an, aber er bemerkte trotzdem, dass sie ihre Augenbrauen über der Nasenwurzel zusammengezogen hatte und düster dreinblickte.

»Warum denkst du denn, dass ich weggelaufen bin?«, blaffte sie ihn an. »Weglaufen ist was für Kinder. Meinst du nicht, ich bin erwachsen genug, so etwas nicht mehr zu tun?«

»Du bist also nicht weggelaufen?«

Famke zuckte mit den Schultern, wich seinem Blick aber weiterhin aus. Er rieb seine Hände, Handschuhe hatte er in der Eile vergessen. Famke war sicher schon durchgefroren, angenehm war es bei diesem Wetter wirklich nicht, hier draußen im feuchten Sand zu sitzen. Vorsichtig berührte er ihre linke Hand. Ruckartig entzog sie sich ihm, aber er hatte spüren können, wie eiskalt sie war.

»Lass das.«

»Was ist passiert, Famke? Bitte sag es mir.« Sie starrte in Richtung Meer. Erst erweckte es den Anschein, als wollte sie sich weiterhin nicht rühren, dann hob sie ihm langsam ihr Gesicht entgegen. Sie hatte geweint. Das hatte er schon vermutet. Jetzt sah er es, und es war sehr ungewohnt, denn Famke weinte eigentlich nie. Er konnte sich jedenfalls nicht daran erinnern, dass er sie jemals hatte weinen sehen. »Famke, was ist passiert?«

Er wusste nicht, was er sonst sagen sollte. Wieder regte sie sich eine ganze Weile nicht, dann hob sie einen Briefbogen. Er sah zerknittert aus und war voller Sand, wenn er das richtig sah. Sie musste sich räuspern, bevor sie etwas sagen konnte.

»Sie haben abgesagt.«

»Wer hat abgesagt?«

»Die Hotelkette. Die Dreesens.«

Dieses Mal fehlten ihm wirklich die Worte. Das war das Hauptthema gewesen in den letzten Wochen. Famke hatte kontinuierlich an ihren Entwürfen gearbeitet, und dann war sogar jemand von der Hotelleitung da gewesen, Nicolas Dreesen, mit dem sie sich alle sofort gut verstanden hatten. Er war ein ganzes Wochenende geblieben, und sie hatten Famke kaum zu Gesicht bekommen. Die beiden waren jeden Tag gemeinsam spazieren gewesen, hatten sich zum Essen verabredet und waren abends etwas trinken gegangen. Maike und er, Jarik, hatten sich für Famke gefreut. »Nicolas ist ein bisschen wie ein älterer Bruder für sie«, hatte er zu Maike gesagt. »So was hat ihr immer gefehlt.« Maike hatte ihn ausgelacht, sie war sich sicher gewesen, dass etwas zwischen den beiden lief. »Sie sieht so glücklich aus«, hatte sie gesagt, »siehst du das nicht?« Und da war bei ihm der Groschen gefallen.

Nicolas Dreesen schien gut zu ihr zu passen. Sie müssten nur noch ein paar Dinge abklären, hatte Famke ihnen erzählt, nachdem er am Montag wieder abgereist war. Und an diesem Morgen war sie doch so gelöst gewesen, dass er überzeugt davon gewesen war, dass die zwei ein gutes Gespann waren. Privat und beruflich. Nicolas hat nicht den Eindruck gemacht, als wäre er ein Typ, der sein Wort nicht hält, dachte er. Und dieser Auftrag für die Hotelkette, der kurz vor dem Abschluss gestanden hatte, war eine richtig große Sache. Sie wären für das kommende Jahr finanziell abgesichert gewesen.

Famke ließ das Briefblatt plötzlich los, der Wind trieb es über den Strand davon. Er sprang auf und rannte hinterher, bekam es zu fassen und kam zu ihr zurück.

Sie starrte ihn an, ihr Blick war leer. »Das hättest du nicht tun müssen. Ich brauche den Brief nämlich nicht mehr.«

Er erwiderte nichts, faltete das Papier zusammen und stopfte es in seine Hosentasche, ohne auf ihre Worte zu reagieren. »Komm«, sagte er dann, »lass uns erst mal nach Hause gehen.«

Sie zuckte erneut mit den Schultern, stand aber auf und kam schwankend auf die Füße. Er bot ihr die Hand, doch sie schüttelte den Kopf. Schweigend machten sie sich auf den Weg zurück.

Famke zog sich in die Werkstatt zurück, aber auch dort tat sie nichts anderes, als vor sich auf den Tisch oder gegen die Wand zu starren. Maike und Jarik gingen ab und zu vorbei, um ihr etwas zu essen oder zu trinken zu bringen. Famke rührte nichts davon an, und sie nahmen alles wieder mit. Überraschenderweise begleitete sie irgendwann Nils auf einem seiner Streifzüge über die Insel. Mit Jariks Sohn zusammen konnte man gut schweigen. Nils würde die letzte Fähre am Abend aufs Festland nehmen. Er war ausnahmsweise für einen Nachmittag unter der Woche gekommen, weil er für ein Biologiereferat recherchieren musste. So hatte er erklärt.

Maike akzeptierte schließlich, dass sie für den Moment nichts tun konnte, und nahm sich endlich die Zeit, das Gespräch mit Kaja in Angriff zu nehmen. Noch wollte sie Kajas

Angebot, sie finanziell zu unterstützen, nicht annehmen, aber die zu zahlende Erbschaftssteuer würde sie doch vor viele Herausforderungen stellen, zumal sie einiges an Geld in den Umbau des Dachgeschosses gesteckt hatte. Da waren die Teilnutzung des Vorderhauses als Geschäft und die beiden Ferienwohnungen, über deren Einfluss auf die Kosten Kaja sich kundig machen wollte. Maike bedankte sich überschwänglich. Die Buchhaltung des Strandfliederhauses war zwar inzwischen auf dem neuesten Stand, für den Versand gab es eine Datenbank, aber Kaja hatte sich auf Steuerrecht spezialisiert.

Jarik rief sie zum Abendessen. Er hatte Famkes Lieblingsessen gekocht, doch sie hatte weiterhin keinen Hunger und weigerte sich, zu kommen. Stattdessen kündigte sie an, früh ins Bett gehen zu wollen, also saßen sie schließlich allein vor Jariks selbst gemachter Pizza und einem Glas Bier und hingen ihren Gedanken nach. Maike nippte nur daran und entschied sich dann doch für Wasser – seit Kurzem schmeckten ihr weder Wein noch Bier. Später würden sie sich noch um einige Versandsachen kümmern müssen. Es waren wieder Bestellungen eingetroffen. Das Geschäft war besonders vor Weihnachten gut gewesen, sie konnten zufrieden sein. Maike schnitt sich und Jarik noch ein Stück Pizza ab.

»Sie hat sich schon ewig nicht mehr so früh zurückgezogen, oder?«, fragte sie.

Jarik nickte. »Stimmt. Das letzte Mal, als sie krank war. Und das ist lange her. Allerdings habe ich sie vorhin noch mal dick eingepackt aus ihrem Zimmer gehen sehen. Sah aus, als wollte sie spazieren gehen.«

»Schon wieder?«

»Ich weiß nicht. Ist gerade nicht leicht, an sie ranzukommen. Die Absage hat sie schwer getroffen.«

Sie schauten sich an. Es gab auch andere Gründe. Eigentlich musste man das nicht aussprechen. Jarik zog ratlos die Schultern hoch. Maike hoffte sehr, dass es ihnen in den nächsten Tagen gelingen würde, mit Famke zu sprechen. Ganz sicher gab es eine Lösung. Es gab doch immer eine Tür, die sich öffnete.

»Ich wusste ehrlich gesagt nicht, wie viel Hoffnung sie in diese Kooperation gesetzt hat.« Er schüttelte nachdenklich den Kopf. »Ich meine, ja, dieses Auftragsangebot war toll, aber es ist nicht das Ende, dass es jetzt gecancelt wurde.«

»Wir wissen alle, dass es hier nicht nur um die Kooperation geht, oder?« Maike biss wieder von ihrer Pizza ab.

»Ja, da hast du wohl recht.«

»Hast du eine Idee, was genau passiert ist?«

Jarik zögerte einen Augenblick und holte dann ein zerknittertes Stück Papier aus der Seitentasche seiner Cargohose.

»Das ist das Schreiben vom Hotel. Famke hat es am Strand weggeworfen.«

»Und du hast es aufgehoben und mitgenommen?«

»Hm.«

»Ist das richtig?«

»Sie hat es gesehen, auch, dass ich es eingesteckt habe. Ich wollte es ihr zurückgeben. Sie hatte kein Interesse.«

»Okay.«

Maike schaute das Papier an. Sollten sie es lesen? Sie mussten doch auch wissen, was geschehen war. Sie arbeiteten alle zusammen. Sie waren eine Familie. Sie beschloss, erst in Ruhe zu essen, dann räumten Jarik und sie gemeinsam den Tisch ab und brachten das Geschirr in die Küche.

»Du hast doch was vor«, sagte Jarik.

Maike lief zurück an den Esstisch und legte eine Hand auf den Brief. »Gut erkannt«, erwiderte sie.

Jarik nickte. »Mach nur. Du wirst deine Fragen aber nicht beantwortet bekommen.«

SIEBTES KAPITEL

Zum Frühstück am nächsten Tag ließ sich Famke nicht blicken, das war aber nicht ungewöhnlich. Sie bereitete ihre Mahlzeiten oft in der Werkstatt zu und aß allein. Als die einstige Ferienwohnung zum Laden umgebaut worden war, hatte man die Küchenzeile dort belassen. Maike sah nur kurz bei ihr vorbei und sagte ihr zu, sich am Nachmittag um den Laden zu kümmern.

Um halb drei öffnete sie das Strandfliederhaus und sah Famke draußen vorbeigehen. Sie überlegte kurz, entschied sich dann aber dagegen, ihr hinterherzulaufen und sie anzusprechen. Famke machte auch keine Anstalten, den Laden zu betreten. Also schrieb sie den Dienstplan für die kommende Woche. Wenig später allerdings klingelte die Türglocke. Jarik kam herein.

»Hast du mit ihr gesprochen?«, fragte Maike anstelle einer Begrüßung.

»Nein.« Jarik schüttelte den Kopf. »Ich wollte eben eigentlich zu ihr, aber ich hab gesehen, wie sie das Gartentor hinter sich zugezogen hat und weggegangen ist.« Er hielt kurz inne. »Ich kann's natürlich nicht genau sagen«, fuhr Jarik dann fort, »aber entweder sie läuft sich den Stress ab, oder sie ist auf dem Weg zu ihren Eltern. Sie hatte einen Rucksack dabei. Komisch.«

Maike runzelte die Stirn. Famkes Beziehung zu ihren Eltern war schwierig, und doch stand sie ihnen nah. Das hatte sie bereits mitbekommen. Sie selbst hatte die beiden noch nicht wirklich kennengelernt, hatte sie nur hier und da mal kurz gesehen, und es fiel ihr tatsächlich schwer, sich einen Reim darauf zu machen, was diese Familie ausmachte. Allerdings war die Beziehung zwischen Famke und ihrem Vater mit Famkes zunehmender Eigenständigkeit und vielleicht auch ihrem Erfolg immer schwieriger geworden. Ihr Vater hatte sich einen anderen beruflichen Weg für sie vorgestellt. Die Mutter konnte man nicht einschätzen, von ihr bekam man kaum etwas mit.

»Zu ihren Eltern, meinst du wirklich?« Maike legte den Stift ab. »Das wäre aber oft für ihre Verhältnisse. Sie war doch erst an Neujahr dort.«

»Stimmt.« Jarik hob die Hände und ließ sie wieder sinken. »Ich weiß ja auch nicht«, fügte er dann hilflos hinzu.

Sie überlegte. »Hattest du in der letzten Zeit eigentlich auch den Eindruck, dass die Spannungen wieder zugenommen haben?«, fragte sie. »Ich meine, nachdem Famke mit den Kacheln so erfolgreich ist und der Auftrag für die Hotels in sicherere Bahnen gekommen zu sein schien? Ich gehe mal davon aus, dass sie ihren Eltern an Neujahr davon erzählt hat. Sie war doch sehr stolz darauf.«

Jarik nickte. »Kann sein«, erwiderte er. »Echt, ich hab ihre Familie nie richtig verstanden. Anders kann ich das nicht sagen.«

Maike nahm ihren Stift wieder auf und spielte damit.

»Und was machen wir jetzt?«

»Ich weiß es nicht.«

»Vielleicht geh ich mal bei ihnen vorbei. Unter dem Vorwand, mich endlich vorstellen zu wollen.«

»Tu das, ich ...« Jarik brach ab, sprach dann jedoch weiter. »Ich wüsste sonst auch nicht, was wir tun könnten.«

Famke stand vor dem niedrigen Zaun, der das Grundstück ihrer Eltern umgab, und sah zum Haus hinüber. Da war die Tür, sie musste nur klopfen. Dann konnte sie in den Schoß der Familie zurückkehren und ihren Platz wieder einnehmen ... Während ihres Spazierganges hatte sie sich das ausgemalt. Sie würde all ihre Pläne über den Haufen werfen, Maike konnte die Werkstatt an jemand anderen verpachten. Was brachte es schon, sich so abzustrampeln? Sie hatte ja doch nur Pech im Leben. Kaum schien mal etwas gut zu laufen, stand sie schon vor dem nächsten Hindernis. Dieses Mal war es allerdings nicht nur ein Hindernis gewesen, es war eine Grube, in die sie gefallen war. Sie hatte keine Kraft mehr, sich daraus zu befreien. Ja, am besten wäre es, alles aufzugeben. Sie konnte die Verwaltung der Ferienhäuser übernehmen, irgendeinen Bürojob machen. Und Männer waren für sie auch ein für alle Mal gestorben. Wie hatte sie sich nur so täuschen können in Nicolas!

Es erschien ihr richtig, an den Ort zurückzukehren, den Ort, der ihr als Kind, auch als Jugendliche noch, Sicherheit gegeben hatte. Hier wusste sie, wie die Dinge liefen. Hier bestimmte ihr Vater. Sie musste nichts entscheiden. Gar nichts. Ihm nur zustimmen.

Bin ich damit glücklich?, dachte sie. Nun, das war wohl

ein anderes Thema. Das Leben mit ihren Eltern war nicht erfüllend, aber es gab keine unangenehmen Überraschungen. Dafür sorgte ihr Vater.

Famke atmete noch einmal tief durch, dann bückte sie sich, um das Törchen aufzustoßen, zog es wieder gut hinter sich zu, so wie es sich gehörte.

Während sie über den gepflasterten Weg auf das Haus ihrer Eltern zuging, bemerkte sie nicht zum ersten Mal, dass es sehr nüchtern aussah. Da war nichts Auffälliges, nichts architektonisch Besonderes. Im Vorgarten lediglich grüner Rasen, ein paar Rosenbüsche. Hinter dem Haus gab es eine Ecke mit Blumen, mit Sanddorn, Wildrosen und Hagebuttensträuchern, deren Früchte ihre Mutter zu Marmelade verarbeitete. Alles in allem zeigte sich das Haus bescheiden. Es gehörte sich nicht, mit dem zu protzen, was man hatte. Dabei waren ihre Eltern wohlhabend, das konnte man nicht anders sagen. Fleißig und arbeitsam hatten sie sich etwas aufgebaut und noch dazu gut geerbt. Manche behaupteten, ihr Vater habe mittlerweile überall seine Finger im Spiel. Das stimmte nicht. Sogar sie wusste das.

Als sie die Tür fast erreicht hatte, öffnete ihre Mutter. Sie hatte nichts anderes erwartet. Natürlich hatte man sie kommen sehen. Vom Küchentisch aus hatte man einen sehr guten Blick auf den Weg. Wer hier entlangkam, entging der Aufmerksamkeit der Bewohner nicht. Famke nahm den schlichten hellblauen Pullover, den ihre Mutter trug, und die graue Flanellhose wahr – Katalogware, wenn auch hochwertig. Ihre blonden Haare waren frisch gefärbt und wie immer akkurat geschnitten. Als Kind, erinnerte Famke sich, hatte sie die Haare ihrer Mutter immer bewundert, später hatte sie die Frisur in ihrer Perfektion irritiert. Ihre Mutter lächelte. Ihre Lippen waren wie üblich nachgezogen in einem Roséton, der mit ihren matt perlmuttfarben lackierten Fingernägeln harmonierte.

»Wie schön, dass du uns besuchen kommst. Komm doch herein!«

Es klang, als wäre sie Monate nicht da gewesen. Seit dem Neujahrsbesuch waren doch erst gut zwei Wochen vergangen. Wochen, in denen sie sich unsinnige Hoffnungen gemacht hatte, in denen sie geglaubt hatte, sie könnte endlich den entscheidenden Schritt zum Erfolg machen.

Du dummes, dummes Mädchen ...

Ihre Mutter trat zur Seite. »Jetzt komm erst mal herein. Hast du schon gegessen? Es steht noch ein Rest vom Mittagessen auf dem Herd. Mach mir die Freude.«

Famke hängte ihre Jacke an die Garderobe und stellte ihren Rucksack darunter, dann ging sie wortlos an ihrer Mutter vorbei, warf ihrem Vater durch die Wohnzimmertür einen Gruß zu und bog in die Küche ab. Soweit sie das sehen und riechen konnte, hatte es Backfisch und Gurkensalat gegeben. Sie hatte zwar keinen Hunger, aber sie sagte nichts, als ihre Mutter einen Teller füllte und in der Mikrowelle erwärmte. Es würde schmecken. Ihre Mutter war eine gute Köchin. Und vielleicht würde ihr das vertraute Essen auch ein kleines heimatliches Gefühl verschaffen. Sie brauchte das jetzt.

»Zum Nachtisch gibt es deinen Lieblingspudding. Vanille.«

»Super, Mama.« Famke zwang sich zu einem Lächeln und hoffte, dass es nicht zu verkrampft ausfiel. »Übrigens ... kann ich heute Nacht hier schlafen?«

Ihre Mutter zögerte nur den Bruchteil einer Sekunde, dann sagte sie: »Natürlich, Liebes. Es kommt etwas überraschend, aber ich rede mit deinem Vater. Und dann beziehe ich dein Bett.«

Famke nickte. Das war klar. Alles musste mit Erik Wilken besprochen werden, egal, um was es sich handelte. Sogar die Tochter konnte nicht einfach so heimkehren.

Famke war ihrer Mutter dankbar, dass sie keine weiteren Fragen stellte, Fragen, die sie ohnehin nicht beantworten konnte.

Sie straffte die Schultern. »Mein Bett kann ich doch später selbst beziehen, Mama. Ich will dir nicht zur Last fallen.«

»Ich mache das gerne«, gab ihre Mutter zurück, und damit war die Sache erledigt, ihre Mutter verschwand. Famke holte Fisch und Kartoffeln aus der Mikrowelle, setzte sich an den Tisch und begann zu essen. Ja, es erinnerte sie an früher, und es schmeckte sicherlich auch, aber sie empfand kein Vergnügen dabei. Wahrscheinlich hätte sie genauso gut auf Pappe herumkauen können. Nachdem sie fertig war, räumte sie das Geschirr in die Spülmaschine. Auf der Anrichte stand eine Reihe Puddingschüsselchen, aber darauf hatte sie nun wirklich keine Lust. Sie tat einfach so, als hätte sie sie nicht gesehen. Dann ging sie in den Flur, stand noch für einen Moment zögernd vor der Wohnzimmertür, bevor sie eintrat. Es war entschieden. Sie würde mit ihrem Vater sprechen. Sie war kein verdammter Feigling.

»Moin.« Ihr Vater wandte sich ihr nicht zu, er verfolgte weiter, was auf dem Bildschirm zu sehen war. Irgendeine Nachrichtensendung. Er schaute oft etwas in seiner Mittagspause, die er manchmal bis in den Nachmittag ausdehnte.

Er konnte sich das leisten, er war ja selbstständig. Eigentlich schon im Rentenalter. »Auch mal wieder da?«, fügte er dann hinzu und sah sie schließlich doch an.

»Hm.«

Famke schaute sich um. Es war jedes Mal schwieriger, wieder in ihrem Elternhaus zu sein. Auf ihrem alten Platz auf dem Sofa lagen ein paar neue Dekokissen. Sollte sie diese beiseiteschieben und sich setzen, oder sollte sie erst mal ihren Rucksack nach oben bringen?

Ihr Vater, der sich erneut dem Fernseher zugewandt hatte, schaute ein weiteres Mal zu ihr. »Wo ist denn dein Rucksack?« Sie sah ihn erstaunt an. »Deine Mutter hat gesagt, du bist mit Gepäck gekommen.«

»Ah.« Famke räusperte sich. Also wusste er schon Bescheid, hatte aber erst mal nichts gesagt. Das war typisch für ihn. Er sammelte gerne Informationen und nutzte sie dann für sich. So konnte man das wohl nennen. Dass er ein geschickter Geschäftsmann war, war nicht von der Hand zu weisen. »Im Flur.«

»Du willst also in den Schoß deiner Familie zurückkehren? Hast du endlich verstanden, dass deine Ideen Hirngespinste sind?«

War das ein Angriff? Er wurde eher selten persönlich. Sein Blick war aber sehr aufmerksam, nein, er taxierte sie. Famke wusste nicht recht, was sie sagen sollte. Zu ihrer Erleichterung kam ihre Mutter herein.

»Setz dich doch, Liebes. Ich hab oben alles fertig gemacht ...«

»Danke, Mama.« Sie schüttelte den Kopf. »Und nein, setzen möchte ich mich nicht. Eigentlich bin ich ziemlich müde und würde mich gern etwas ausruhen ... Ich war heute früh wach.« Sie hatte tatsächlich kaum geschlafen, aber warum, das wollte sie nicht sagen.

»Na, für ein Tässchen Tee wird wohl Zeit sein.« Ihre Mutter sah sie bittend an.

Famke unterdrückte einen Seufzer. Es half ja doch nichts, in dieser Familie würde sie niemals Entscheidungen treffen dürfen, noch nicht mal die kleinsten. Besser, sie gewöhnte sich schnell wieder daran.

ACHTES KAPITEL

Famke hatte nur eine kurze SMS geschrieben: *Bin bei meinen Eltern.*

Sie respektierten das natürlich, aber mussten am Wochenende auch ihre Arbeit mit übernehmen, das Strandfliederhaus hatte samstags und sonntags von zehn bis vierzehn Uhr geöffnet. Montag war zum Glück Ruhetag, und Maike machte sich daran, Bestellungen zu bearbeiten – der Kundenstamm war zwar noch übersichtlich, nahm aber stetig zu – und die Regale im Laden wieder aufzufüllen. Eine Winterreisegruppe hatte dafür gesorgt, dass zwar die Kasse geklingelt hatte, aber der Laden wie ausgeplündert war. Möglicherweise lag das an dem kleinen Artikel in einer der lokalen Zeitschriften, der kürzlich erschienen war, oder irgendein zufriedener Kunde hatte die Werbetrommel gerührt.

Maike schaute sich um. Sie hatte überprüft, was nachbestellt werden musste, und schließlich eine Versandliste erstellt. Jetzt musste sie noch Rieke anrufen, die die Ferienwohnungen putzte, um mit ihr einen Termin für den Laden auszumachen. Es war dringend ein Frühjahrsputz nötig. Sie checkte die Nachrichten auf ihrem Handy. Tessa hatte ihr geschrieben. Sie würde wohl eine Eins in Kunst bekommen.

Es war lange her, dass ihre Tochter eine solch gute Note in einem Fach mit nach Hause gebracht hatte, aber seit sie ein Ziel vor Augen hatte, war Tessa viel besser geworden in der Schule. Maike schickte ein Daumen-hoch-Emoji.

Anschließend kam Jarik mit zwei Fischbrötchen vorbei.

»Kommst du in einer Viertelstunde?« Er hob die Brötchen hoch. »Ich mache noch einen Salat dazu. Dann sieht das Mittagessen nicht ganz so karg aus.«

»Gut. Keine Sorge, ich liebe Fischbrötchen, das weißt du doch.« Und Jarik machte wirklich gute Salate.

Kurz darauf saßen sie am Tisch und begannen zu essen, sprachen eine Weile über dies und das. Beim anschließenden Tee war unweigerlich Famke wieder Gesprächsthema.

»Erzähl mir noch ein bisschen von den Wilkens«, bat Maike.

»Eigentlich weißt du alles, was ich auch weiß. Es gab ständig Auseinandersetzungen, seit Famke den Laden eröffnet hat, besonders ihr Vater ist immer dagegen gewesen. Er hat sich ein anderes Leben für seine Tochter gewünscht.«

»Okay, sie haben ihr Internat finanziert, ihre Lehre zur Töpferin und ihr Studium in London, aber sie wollten eigentlich nie, dass sie einen Beruf daraus macht, richtig?«

»Ja. Erinnerst du dich nicht? Maike hat uns das doch mal erzählt. Pleiteprojekt haben sie die Idee mit dem Laden genannt und ihr gesagt, dass sie den Geldhahn jetzt endgültig zudrehen.« Jarik sah sie fragend an.

Sie nahm einen Schluck Tee und stellte die Tasse wieder ab. »Natürlich erinnere ich mich. Wahrscheinlich haben sie nicht mit Hilde gerechnet, denn ohne das Strandfliederhaus hätte Famke es tatsächlich kaum geschafft ...«

»Das stimmt wohl«, sagte Jarik.

Sie überlegte. »Ich finde es schwierig, das nachzuvollziehen, aber es soll ja Frauen geben, die nur ein Studium aufnehmen, um einen guten Ehemann zu finden. Vielleicht haben sich ihre Eltern so etwas vorgestellt. Und als das nicht geklappt hat, haben sie ihr das Ultimatum gestellt. Steig in unser Geschäft ein, oder sieh zu, wie du allein klarkommst.«

»Das würde zumindest zu ihrem Vater passen«, pflichtete Jarik ihr bei.

Eine Weile sagte keiner von ihnen etwas. Maike konnte einfach nicht glauben, dass Famke alles aufgeben wollte, alles, was sie sich so mühevoll und geduldig aufgebaut hatte.

Sie hatten gemeinsam entschieden, noch ein wenig abzuwarten. Famke brauchte sicher Zeit, um darüber nachzudenken, wie ihr Leben weitergehen sollte. Sie wechselten sich im Laden ab, am Donnerstag fuhr Maike zu der Firma aufs Festland, für die sie arbeitete. Famke hatte ihr damals den Job als Bürokraft verschafft. Maike würde ihr das nicht vergessen.

Sie hat mir geholfen, jetzt braucht sie Hilfe ... Was kann ich nur für sie tun?

Die Bürotätigkeit ohne große Anforderungen machte es ihr zum Glück leicht, sich ein paar Gedanken zu machen. Doch es tat ihr gut, sich auf einfache Dinge zu konzentrieren: das Lager zu überprüfen, Anschreiben zu verfassen, die Korrespondenz abzulegen. Am Empfang, den sie ebenfalls übernahm an den Tagen, an denen sie in der Firma arbeitete, war wenig los.

Am Nachmittag fuhr sie wieder auf die Insel. Auf der Fähre beschloss sie, den Wilkens endlich einen Besuch abzustatten. Sie beeilte sich, nach Hause zu kommen, schlüpfte dort rasch aus ihrer Bürokleidung und war nach einem kleinen Snack und einer Tasse Tee bereits wieder auf dem Weg. Es war nicht weit bis zum Haus der Wilkens. Hin und wieder war sie schon dort vorbeigekommen, auch gemeinsam mit Famke. Der Signalton ihres Handys schreckte sie kurz aus ihren Gedanken, und sie blieb stehen. Tessa teilte ihr mit, dass sie demnächst für ein Wochenende zu ihrem Vater nach Berlin fahren wolle. Maike zog die Augenbrauen hoch. Auch wenn inzwischen alles Formelle geklärt war zwischen ihr und Florian, war die Beziehung zu ihrem Ex-Mann immer noch nicht vollkommen entspannt. Lange hatte es Streit wegen des Erbes gegeben. Dass sie die Sache letztlich gütlich geklärt hatten, lag wahrscheinlich daran, dass sie ihm zwei Drittel des Verkaufserlöses ihrer Frankfurter Wohnung überlassen hatte. Kaja hatte den Kopf geschüttelt, aber sie selbst fand, dass es gut war, wenn sie ihre Differenzen nicht ins Kraut schießen ließen. Sie waren Eltern, und es war wichtig, dass sie beide für Tessa da sein konnten, ohne sich abgrundtief zu hassen. Wenn Tessa also zu ihrem Vater wollte, dann konnte sie natürlich zu ihm, ohne dass sie, Maike, darüber zu lange nachgrübeln sollte.

Als ob es Tessa kümmern würde, was ich dazu sage ... Halt, nein, in letzter Zeit kümmerte es sie doch.

Sie war längst weitergegangen und hatte das Haus der Wilkens fast erreicht. Eine Weile stand sie zögernd davor, als hoffte sie darauf, dass Famke herauskam. Schließlich schob sie das Gartentor auf und schloss es wieder, ging mit schnellen Schritten auf die Haustür zu. Nachdem sie geklingelt hatte, wurde so rasch geöffnet, dass sie vermuten musste, dass sie jemand gesehen und in der Nähe der Tür gewartet hatte. Eine blonde Frau nickte ihr reserviert zu. Das muss Gesine Wilken sein, dachte sie.

»Guten Tag, Frau Wilken?«, sagte sie halb fragend.

»Moin. Sie sind die Frau aus Frankfurt«, stellte ihr Gegenüber fest.

»Die bin ich. Maike Schuster.«

»Moin, Frau Schuster.«

So kannte man sie hier also doch. Maike überlegte, was ihr Famke über ihre Mutter erzählt hatte. Viel war es nicht gewesen. Frau Wilken stand immer noch in der Tür, als wüsste sie nicht recht, ob sie diesen Besuch einlassen wollte oder nicht. Sie gab sich einen Ruck.

»Entschuldigen Sie bitte, aber ich würde gerne mit Famke sprechen. Ist sie hier?«

»Ich weiß nicht, ob meine Tochter ...«

»Doch, Mama, ist schon in Ordnung. Würdest du sie bitte hereinlassen?«

Famke stand auf einmal am Ende des Flures, und Maike durchströmte ein seltsames Gefühl der Erleichterung. Sie konnte nicht sagen, dass es besonders angenehm war, hier zu stehen wie ein Bittsteller und nicht zu wissen, ob Famkes Mutter sie überhaupt einlassen würde. Frau Wilken öffnete die Tür etwas weiter, sodass sie eintreten konnte. Dann warf sie Maike und anschließend Famke einen Blick zu.

»Ich bin dann in der Küche und bereite das Abendessen zu.«

»Ja, Mama.«

Famke drehte sich ohne ein weiteres Wort um und ging eine breite Treppe nach oben in den ersten Stock. Sie trug eine Jogginghose und einen Hoodie in Übergröße, Maike konnte sich recht gut vorstellen, dass sie schon die ganzen Tage so herumlief. Als sie das Zimmer betraten, zog Famke als Erstes die Vorhänge auf. Maike stellte fest, dass ihr Haar ungekämmt war. Sie schaute sich um, wusste nicht, was sie erwartet hatte, war aber doch überrascht, zu sehen, dass Famkes Kinder- und Jugendzimmer noch immer so aussah, als wäre sie nie älter geworden. Es war ein Zimmer, dem seine ehemalige Bewohnerin entwachsen war. Die Wände waren babyblau gestrichen. Auf weißen Regalen tummelten sich Skulpturen aus Ton und Holzschnitzereien von Vögeln. Eine Möwe hing von der Decke und machte den Eindruck, sie hielte Ausschau nach Beute. Das alte, vielleicht sogar antike Bett war umgeben von einem Rüschenvorhang. Zu Beginn des vergangenen Jahrhunderts noch hatte man sich mit einem solchen Vorhang vor der Kälte geschützt.

Es dauerte einen Moment, bis Famke sich endlich mit einem schiefen Lächeln auf den Lippen zu ihr umwandte. »Willkommen bei den Wilkens. Bei meinem Vater muss jeder wissen, wo sein Platz ist.«

»Was?«

»Ach, vergiss es. Warum bist du hier?«

»Ich wollte wissen, wie es dir geht und warum du nicht mehr im Laden und in der Werkstatt arbeitest.«

»Weißt du das nicht?« Famke zog einen Mundwinkel hoch, was sie aussehen ließ, als versuchte sie, lediglich auf einer Seite zu lachen. Es war ein seltsamer Anblick.

»Ich …«

Natürlich wusste sie es, aber wie sonst sollte sie dieses Gespräch beginnen? Dass sich Famke von allem zurückziehen wollte, musste ein Ende haben. Das konnte Famke doch nicht wirklich wollen. Sie wechselten einen Blick, dann wich Famke ihr aus.

»Ich mache vielleicht morgen wieder auf«, sagte sie.

Es klang halbherzig. Famke schaute sie erneut an, dieses Mal, ohne eine Miene zu verziehen.

»Das klingt nach einem Plan«, erwiderte sie.

Famke konnte nicht bei ihren Eltern bleiben. Sie war längst zu weit gegangen. So war es doch.

Wieder Stille. Maike fielen ein paar glitzernde Einhörner auf, die aufgereiht auf einer weißen Kommode standen. Auf einem stand in schwarzer Schrift FUCK OFF. Vielleicht markierte das den Zeitpunkt, an dem Famke die Zeit der Einhörner hinter sich gelassen hatte. Wenigstens das.

Sie hatte wohl ihre Gedanken erraten. »Hab mich wieder dran gewöhnt«, sagte sie.

Maike schüttelte den Kopf. »Dafür gibt es keinen Grund. Wir könnten mit dem Ausbau des Dachbodens weitermachen. Das war unser Plan für dieses Frühjahr. Spätestens Ostern wolltest du einziehen«, sagte sie. »Woran auch immer du dich hier wieder gewöhnt hast: Es ist vollkommen unnötig.«

»Was unnötig ist, ist der Dachbodenausbau.« Famke ging zu ihrem Bett und setzte sich darauf. Außer dem Schreibtischstuhl gab es keine weitere Sitzgelegenheit, also nahm Maike dort Platz. »Mir geht's hier gut. Siehst du doch.«

Es schien schwieriger zu werden, als sie sich das ausgemalt hatte, aber sie würde sich nicht aus dem Konzept bringen lassen. »Hey, darauf hast du so lange gewartet. Du hattest das schon gemeinsam mit Hilde geplant ... Ihr habt so viel darüber geredet. Das hast du mir selbst erzählt.«

»Ja, schon ... Damals.« Wieder wich Famke ihrem Blick aus, und Maike erkannte, wie schwer es ihr fiel, mit ihr zu reden, und dass sie einfach nicht zeigen wollte, wie verletzt sie war.

Sie räusperte sich. »Wir kriegen das alles hin, Famke«, sprach sie dann weiter. »Gib nicht auf. Jarik und ich, wir sind immer für dich da.«

Sie wollte Famke Mut machen, doch es sah nicht danach aus, als würde es bei der Freundin ankommen.

Famke begleitete Maike nicht zur Tür, sondern blieb in ihrem Zimmer. Bei ihren Eltern entschuldigte sie sich an diesem Abend mit Kopfschmerzen und blieb wie so oft dem Essen fern.

Am nächsten Morgen setzte sie sich zu ihrer eigenen Überraschung zum ersten Mal wieder an den Schreibtisch und fertigte einige Zeichnungen an. Natürlich hieß das noch nicht, dass sie wusste, wie es weitergehen sollte. Aber sie dachte immerzu an Maike und daran, dass sie sich über deren Besuch gefreut hatte. Es war deutlich geworden, dass der Freundin etwas an ihr lag, auch wenn sie die ausgestreckte Hand nicht hatte ergreifen können.

Der Beginn ihres Kennenlernens war nicht ohne Schwierigkeiten gewesen. Sie hatte erst nicht gewusst, welche Rolle Maike in ihrem zukünftigen Leben spielen würde, hatte Angst gehabt, dass sie das Anwesen verkaufen könnte. Dann hätte sie wieder ganz von vorne beginnen müssen. Damals hatte sie lange gezögert, bis sie sich auf die Freundschaft hatte einlassen können. Das war vernünftig gewesen. Warum nur hatte sie Nicolas so schnell ihr Herz geschenkt? Und warum sehnte sie sich so sehr nach ihm, obwohl er sie so unfair behandelt hatte?

Bilder ihrer gemeinsamen Unternehmungen huschten durch ihren Kopf, ohne dass sie die Erinnerungen abwehren konnte. Sie sah ihn vor sich, wie er aufs Meer hinausschaute, wie er sich zu ihr drehte, sie anlächelte. Sie musste daran denken, wie verdammt gut aussehend er war, wie er seinen Arm um sie gelegt und sie immer wieder an sich gezogen hatte und sie es hatte geschehen lassen, weil sie es wollte. Wie sie sich geküsst hatten.

Alles vorbei.

Warum war sie so dumm gewesen, zu denken, dass Nicolas an sie glaubte? Dass er tatsächlich davon ausging, dass ihre Ideen ein Geschäft dauerhaft tragen konnten?

Famke zeichnete weiter. Zu zeichnen oder etwas mit ihren Händen zu tun hatte sie immer entspannt. Zumindest das war nicht verloren, auch wenn sie nicht wusste, was sie zukünftig damit anfangen wollte.

Sie war noch nicht unten gewesen, hatte nur einen Müsliriegel gefrühstückt, den sie in einer Schublade gefunden hatte. Er hatte in Ordnung geschmeckt. Als ob es darauf ankäme ... Als sie sich ein Glas Wasser einschenken wollte, stellte sie fest, dass die Flasche leer war. Nun gut, sie würde sich eine neue holen müssen. Danach wollte sie sofort wieder nach oben gehen und die Tür hinter sich zuziehen.

Als sie den Flur erreichte, hörte sie ihre Eltern in der Küche reden. Spontan setzte sie sich auf die Treppe, wie sie das als Jugendliche oft getan hatte. Worüber redeten die beiden? Dummerweise stand der Wasserkasten in der Küche, aber sie wollte ihnen nicht begegnen. Noch nicht. Sollte sie also ins

Wohnzimmer gehen und schauen, ob dort noch eine Flasche stand? Sie konnte natürlich auch warten, bis die Luft rein war, und dann in die Küche huschen. Allerdings war es kurz vor Mittag, da standen die Chancen schlecht.

Wirklich komisch, dass sie ihren Eltern ausweichen wollte. Sie hatte gedacht, dass es gut sein würde, zu ihnen zurückzugehen, ihren gewohnten Platz einzunehmen, dass das alles einfacher machen würde, aber so war es nicht. Sie gehörte nicht hierher, allerdings war ihr neues Leben wie ein Kartenhaus zusammengebrochen. Was sollte sie also tun?

Das Telefon klingelte plötzlich. Famke zog sich rasch weiter nach oben zurück. Ihr Vater kam aus der Küche und nahm den Hörer des Anschlusses im Flur ab. Wenn er nach oben schaute, konnte er sicherlich ihre Beine sehen. Sie jedenfalls konnte seine sehen, und sie hörte seine Stimme.

»Moin, Justus, warte kurz, ich lege dich ins Arbeitszimmer.«

Ihr Vater drückte eine Taste und informierte ihre Mutter kurz darüber, dass er ein wichtiges Telefonat hatte. Kurz dachte Famke daran, dass es nur noch wenige Leute gab, die ein Festnetztelefon auf dieselbe Weise nutzten wie ihre Eltern. Sie schaute auf die Uhr, dann hörte sie die Stimme ihres Vaters gedämpft aus dem Arbeitszimmer. Kurzentschlossen schlich sie die Treppe hinunter zum Telefon und nahm behutsam ab. Vielleicht war es der Name gewesen – Justus, so hieß Nicolas' Vater –, vielleicht auch die Art, mit der ihr Vater den Anruf entgegengenommen hatte, was sie stutzig machte. Er hatte so geheimnisvoll getan. Normalerweise zog er sich nicht zurück, wenn er telefonierte. Ein Telefon war für ihn nur zum kurzen Informationsaustausch da. Gut möglich natürlich auch, dass sie sich das einbildete, aber sie würde es bald herausfinden.

Sie drückte vorsichtig den Hörer ans Ohr, hoffte, dass ihr Vater nichts davon mitbekam. Seine Stimme erkannte sie gleich, die andere Stimme ... War es wirklich Justus Dreesen? Sie hatte nicht allzu oft mit ihm gesprochen. Sie musste darauf achten, rechtzeitig aufzulegen, bevor ihr Vater sein Arbeitszimmer verließ – und darauf hoffen, dass ihre Mutter nicht aus der Küche kam, während sie lauschte.

Famkes Herz schlug schneller. Warum machte sie nur so etwas Albernes? Aber da war so ein Gefühl in ihrer Magengrube, ein Gefühl, dem sie einfach nachgehen musste.

Wie meist an einem Freitag gab es Fisch, dazu Stampfkartoffeln. Ihre Mutter hatte sie entdeckt, als sie gerade wieder auf dem Weg nach oben gewesen war, und sie gebeten, mitzuessen. Sie hatte schulterzuckend zugestimmt. Wie immer hatten sie einander kaum etwas zu sagen. Es hatte Zeiten gegeben, da war Famke das zu still gewesen. Heute war es ihr mehr als recht. Es gab nichts, was sie gerade mit irgendjemandem besprechen wollte. Außerdem beschäftigte sie das, was sie am Telefon gehört hatte. Es waren nur Andeutungen gewesen, sie hatte nicht richtig verstanden, um was es gegangen war, aber sie war von einer seltsamen Ahnung beschlichen worden, die sie nicht mehr losließ.

Sollte sie fragen? Natürlich fragte sie nicht.

Während sich ihr Vater bald nach dem Essen ins Wohnzimmer zurückzog, half sie ihrer Mutter, die Spülmaschine einzuräumen.

»Ich geh in mein Zimmer«, sagte sie dann und spürte Ungeduld in sich aufsteigen, aber sie musste Ruhe bewahren.

Ihre Mutter schaute sie einen Augenblick zu lange an. »Gut, bis später«, sagte sie und zog sich ebenfalls ins Wohnzimmer zurück.

Famke blieb noch einen Moment im Flur stehen und horchte. Das Radio lief, NDR 1. Ihr Blick richtete sich auf die Tür zum Arbeitszimmer ihres Vaters.

Ich muss jetzt Antworten finden, dachte sie. Es war vielleicht nicht richtig, in den Unterlagen ihres Vaters herumzustöbern, aber sie musste es tun. Was blieb ihr anderes übrig?

Nachdem sie den Raum betreten hatte, zögerte sie nur kurz, bevor sie begann, sich umzusehen. Da standen ein wuchtiger aufgeräumter Schreibtisch nebst Schreibtischstuhl, weitere Stühle für etwaige Besprechungen, der Büroschrank, in dem der Vater, sorgfältig in Ordnern abgelegt, die Geschäftsunterlagen aufbewahrte. Erik Wilken war ein penibler Mensch, das war er schon immer gewesen, und das sah man hier besonders gut.

Famke löste sich von der Tür. Auf dem Schreibtisch fand sich nichts, nur eine Telefonnummer auf einen Block gekritzelt. Aber Famke glaubte, die Nummer zu kennen, das war das Wesentliche. Wenig später hatte sie sie mit einer Nummer, die in ihrem Handy eingespeichert war, verglichen – Geschäftsführung Dreesen-Hotels. Sie hatte es vermutet und doch so sehr gehofft, dass sie falschlag. Jetzt war sie sich sicher: Ihr Vater hatte mit Justus Dreesen telefoniert, und er hatte nicht gewollt, dass sie und ihre Mutter das mitbekamen. Aber wenn das so war, was hatten sie dann besprochen?

Kurzentschlossen öffnete sie den Schrank. Der Dreesen-Ordner war schnell gefunden. Die Dreesens und ihr Vater waren also Geschäftspartner, da war die Verbindung – hier las sie es schwarz auf weiß. Ihr Vater musste in das Unternehmen investiert haben. Aber was bedeutete das für sie? Hatte ihr Vater die Dreesens unter Druck gesetzt, damit sie den Auftrag, den sie bekommen sollte, absagten? Nein, das war zu weit hergeholt.

Oder nicht?

Sie schob den Ordner zurück an seinen Platz, dann ließ sie sich in den Bürostuhl fallen und starrte vor sich auf die Tischplatte. Wenn sie recht hatte mit ihrer Vermutung, war es nicht nur so, dass ihr Vater sie nicht mehr unterstützte, er legte ihr Steine in den Weg, den sie seit einiger Zeit so mühsam allein zu gehen versuchte! Was bewegte ihn, das zu tun? Sie lag ihm doch nicht mehr auf der Tasche. Ging er so weit, nur weil er es nicht ertragen konnte, sie ohne seine Hilfe erfolgreich zu sehen? Er hätte zugeben müssen, dass sie es entgegen seinen Prophezeiungen allein geschafft hatte. Und wenn es tatsächlich so war, dass ihr Vater Justus Dreesen dazu gebracht hatte, sie, seine eigene Tochter, auszuspielen, was mochte er dann wohl in der Hand haben, dass ihm das gelungen war? Nicolas' Vater war ein erfolgreicher Geschäftsmann, so wie ihr Vater auch. Er nannte eine Reihe von Hotels sein Eigen. Sicherlich konnte er seine Entscheidungen treffen, ohne dass ihr Vater eingreifen musste.

Vielleicht ist es ja auch einfach nur so, dass sich Keramikkacheln und -geschirr überall kaufen lassen. Da brauchte niemand eine Famke Wilken mit ihren lächerlich simplen Ideen.

Famke stand auf und schloss den Schrank. Dann schaute

sie sich noch einmal um, um sicherzugehen, dass sie keine Spuren hinterlassen hatte. Welche Rolle spielte ihre Mutter wohl bei der Geschichte? Vielleicht wusste sie alles, vielleicht nichts. Famke war nur eines klar: Ihre Mutter würde sich dem Vater ohnehin niemals in den Weg stellen.

Und Nicolas? Sosehr sie sich auch bemühte, nicht mehr an ihn zu denken, die Erinnerungen an das Wochenende mit ihm kamen immer wieder in ihr hoch. Er war so ganz anders als die meisten Männer. Es hatte sich so angefühlt, als würde er sie verstehen. Sie hatte sich ihm geöffnet, mehr, als sie es von sich gewohnt war. Da war jemand, den sie gerade erst kennengelernt hatte und der doch schon alles über sie zu wissen schien, der sie so nahm, wie sie war. Sie hatte so etwas eigentlich nicht für möglich gehalten. Es war ja auch nicht möglich. Wie hatte sie nur so naiv sein können!

Famke atmete tief durch und schaute auf ihre Uhr. Sie musste sich beeilen. Manchmal ruhte ihr Vater nur eine halbe Stunde. Er konnte jeden Augenblick hereinkommen.

NEUNTES KAPITEL

Maike begegnete Famke vor dem Laden, als sie gerade aufschloss. Famke trug ihren Rucksack über der Schulter. Sie war so überrascht Famke zu sehen, dass sie für einen Moment nicht wusste, was sie sagen sollte.

»Kommst du zurück?«, fragte sie dann.

»Ja.«

»Ich freu mich.« Famke zuckte mit den Schultern. »Ich wollte gerade öffnen, wie du siehst«, fuhr Maike fort. »Jarik und ich haben uns in deiner Abwesenheit abgewechselt. Es war einiges los. Wahrscheinlich wegen des Artikels, der neulich erschienen ist. Du kannst stolz auf das Strandfliederhaus sein.« Famke nickte, sagte aber nichts. Sie sah müde aus und war blass. Maike wollte irgendetwas sagen, irgendetwas Aufbauendes, das zeigte, wie willkommen Famke war. »Hey, Famke, schön, dass du wieder da bist«, versuchte sie es.

Famke zögerte, ihr Blick schweifte in die Ferne. Dann sagte sie: »Ich musste über ein paar Dinge nachdenken, glaube ich.« Sie schaute Maike wieder an. »Warum bist du heute nicht im Büro?«

»Ich bin gestern gefahren, damit ich heute Nachmittag hier sein kann. Jarik hat keine Zeit.«

»Ah.«

Wieder war es still.

»Wir ... wir haben dich vermisst«, stammelte Maike.

Sie wollte nicht zu überschwänglich sein, um Famke nicht zu verschrecken. Sie hatte schon öfter erlebt, dass sie in schwierigen Situationen ganz plötzlich überreagierte. Zu viel Nähe mochte Famke nicht. Sie war sich unsicher. Sollte sie die Sache mit Nicolas ansprechen? Sagen, dass alles wieder gut würde? Oder würde Famke dann denken, dass sie sich in Dinge einmischte, die sie nichts angingen?

Erleichtert nahm sie wahr, dass Famke lächelte. Wahrscheinlich verstand sie ihren Zwiespalt, auch wenn sie beide keine Worte dafür fanden.

»Schön, dass ihr mich vermisst habt.« Es klang etwas steif, aber es war ein erster Schritt.

Maike zog sie spontan in eine Umarmung. »Wir sind doch ein Superteam, oder?«

Es kam ihr vor, als würde Famke spöttisch lächeln. Manchmal hatte Maike den Eindruck, dass sie nie ganz schlau aus dieser Frau wurde. Sie presste die Lippen aufeinander, um nicht noch mehr Blödsinn zu plappern.

»Willst du den Laden heute Nachmittag übernehmen? Ich denke, das würde dir guttun, oder?«

»Okay.«

»Ziehst du wieder ins Hinterzimmer?«

»Hm.«

»Also, wenn du noch ein bisschen Zeit brauchst ...«

»Nein, ist schon in Ordnung.«

»Vielleicht willst du ja auch lieber zuerst in die Werkstatt. Ich kann hierbleiben. Kein Problem.«

»Es ist in Ordnung.« Famkes Stimme klang auf einmal scharf. Seltsam, dachte sie. Sie konnte sich eigentlich an keinen Tag erinnern, an dem die Freundin nicht lieber in der Werkstatt gewesen wäre. Jetzt hatte sie schon eine Woche nicht mehr dort gearbeitet. Zu ihrem Erstaunen fühlte sich Maike kurz, als würde sie in Tränen ausbrechen. Das war ihr öfter so ergangen in den letzten Tagen. Es strengte sie plötzlich alles mehr an als sonst. Irgendwie war sie irritierend emotional. Wahrscheinlich brütete sie eine Erkältung aus, dann war das manchmal so. Sie musste auch ständig auf die Toilette. Das war ein weiteres Zeichen. Im nächsten Moment lächelte Famke sie besänftigend an. »Danke, ist wirklich nicht nötig, dass du bleibst. Ich will vorerst einfach nicht darüber reden.«

Maike zog sich also zurück, erledigte ein bisschen Hausarbeit und führte Telefonate. Gegen Abend kam Jarik zurück, und sie setzten sich mit einem Tee vor dem Kamin. Sie musste wohl schweigsamer als sonst gewesen sein, denn Jarik stupste sie irgendwann an, um ihre Aufmerksamkeit zu erlangen. Er hielt die Kanne hoch.

»Noch eine Tasse?«

»Ja, danke.«

Er lachte. »Du bist ja ganz in Gedanken. Was ist los?«

»Ich weiß auch nicht. Ich muss die ganze Zeit an Famke denken. Hast du eine Ahnung, warum er das getan hat? Warum hat Famkes Vater den Dreesen-Auftrag seiner Tochter sabotiert? Ich verstehe ja, dass er die Sache mit dem Laden nie richtig gutgeheißen hat, aber so weit zu gehen ist doch etwas anderes.«

Sie war am Nachmittag noch einmal in den Laden gegangen, um nach Famke zu sehen. Famke hatte ihr erzählt, was ihr Vater getan hatte. Dass er Justus Dreesen, mit dem er geschäftlich verbunden war, angerufen und ihn aufgefordert hatte, das Auftragsangebot für das Strandfliederhaus abzulehnen. Sie hatte es erst nicht glauben können, war sich jetzt aber sicher, dass genau das geschehen war.

Es klirrte leise. Jarik hatte seine Tasse abgestellt.

»Ich weiß es nicht. Es gab immer Probleme, aber er hat sie immer machen lassen. Vielleicht, weil er den Eindruck hatte, dass sie ohnehin keinen Erfolg haben würde, das sagte ich ja schon mal. Aber dieses Mal war das wohl anders. Der Erfolg hat sich abgezeichnet, und das konnte er nicht zulassen.«

»Das ist bitter.«

»Ja ... Sie schläft also wieder im Hinterzimmer?« Maike nickte. Ein kleines erinnerndes Lächeln zog über Jariks Gesicht. In diesem Zimmer hatte er sehr häufig übernachtet, oft auch mit Nils zusammen. »Wir sollten mit ihr über den Dachboden reden?«, sagte er dann. »Dass wir damit jetzt weitermachen. Vielleicht bringt sie das ja auf andere Gedanken. Ich hab den Eindruck, das wäre gut.«

»Habe ich schon ...« Maike schaute in ihre leere Tasse und stellte sie auf dem Sofatisch ab. »Aber ich hatte das Gefühl, dass sie das nicht mehr interessiert.«

»Na ja, wir müssen es noch mal versuchen. Wir dürfen nicht lockerlassen. Irgendwie werden wir wieder an sie herankommen.«

Über das Wochenende ließen sie Famke in Ruhe. Sie übernahmen den Laden, organisierten gemeinsam das Nötigste,

Famke suchte aber nicht das Gespräch mit ihnen. Also beschloss Jarik, die Strategie zu ändern. Am Montagabend fing er Famke ab, als sie gerade wieder in ihrem Zimmer verschwinden wollte. Dieses Mal ließ Jarik es nicht zu.

»Lauf nicht weg, Famke, bitte lass uns gemeinsam überlegen, was wir tun können«, bat er.

»Nichts, das ist es ja.« Sie sah ihn nicht an.

»Wir machen uns Sorgen, und wir wollen dir helfen. Du kannst das ohne deinen Vater durchziehen, das musst du dir klarmachen. Er kann dich an gar nichts hindern.«

Famke zog die Augenbrauen zusammen. Jarik war selbst darüber erstaunt, wie harsch er klingen konnte, aber Famkes Gesichtsausdruck zeigte ihm, dass es in Ordnung war. Sie nahm es ihm nicht übel. Sie kannten sich einfach schon zu lange und wussten, wie sie miteinander umgehen konnten.

»Ich weiß, aber mein Vater würde mir immer wieder im Weg stehen.«

»So schnell willst du aufgeben? Das ist traurig. Denn wir glauben an dich, und wir stehen an deiner Seite, Famke.«

»Müsst ihr nicht.«

»Tun wir aber.«

Sie starrten einander einen Moment lang an. Keiner wich dem Blick des anderen aus, keiner von ihnen sagte ein Wort, bis Famke unvermittelt blaffte: »Okay, wenn ihr meint, reden wir eben. Auch wenn ich nicht weiß, was das helfen soll.«

Jarik atmete innerlich auf. »Ich hole Maike«, sagte er. »Sie sollte dabei sein.«

Maike hatte sich auf das Bett im Hinterzimmer gehockt, Jarik und Famke setzten sich auf die Stühle an den kleinen Tisch, der dort stand, seit Famke hier eingezogen war. Unter dem Bett sah ein Haufen Kleidungsstücke hervor. Am Kopfende lag ein Stapel Kunstbücher, viele mit Zetteln markiert. Die Vorhänge waren halb vorgezogen, nur die Tür zu der kleinen Terrasse, die sich hier anschloss, gab den Blick in den illuminierten Garten frei. Einen Moment noch war es still, dann gab Famke sich einen Ruck.

»Also, ich hab ja schon gesagt, dass mein Vater hinter dem Rückzug des Dreesen-Auftrags steckt. Mein Problem ist, dass er so was immer wieder machen kann. Er hat Beziehungen zu vielen möglichen Auftraggebern im nördlichen Raum, dagegen kann ich einfach nichts tun.« Sie schaute hilflos von einem zum anderen.

»Aber wollen wir ihn deshalb bis ans Ende seines Lebens über dich bestimmen lassen?« Jarik schaute Famke fragend an. »Hast du dir darüber Gedanken gemacht? Er hat kein Recht dazu.« Famke zuckte mit den Schultern, doch Jarik wollte sich offenbar nicht irritieren lassen. »Ich glaube, es ist an der Zeit, dass jemand ihn aufhält, Famke. Ich glaube, ihr habt ihn viel zu lange gewähren lassen. Nie hat jemand von euch gegen ihn aufbegehrt. Du nicht und deine Mutter ebenfalls nicht.« Famke sah zu Boden und sagte nichts. Jarik ließ sie nicht aus dem Blick und sprach weiter. »Maike und ich haben noch etwas besprochen. Wir finden, du solltest endlich dein eigenes Reich hier haben, wie du es dir immer gewünscht hast. Du hast lange genug bei deinen Eltern, dann hier oder in der Werkstatt improvisiert übernachtet, als gäbe es keinen Ort für dich. Das passt nicht mehr. Du bist eine Geschäftsfrau, eine kluge Frau mit Ideen und Vorstellungen darüber, wie ihr beruflicher Weg aussehen soll.«

Famke zeigte keine Reaktion, als ginge sie das alles nichts an.

Jarik sah Maike an und nickte ihr unmerklich zu. Sie hatten bereits darüber gesprochen, wie sie Famke aus ihrem Schneckenhaus locken wollten.

»Das finde ich auch«, schloss sie sich also an. »Zeig deinen Eltern, dass du auf eigenen Füßen stehst. Zeig ihnen, dass du dein Ding machen wirst und dass dich kein Gegenwind davon abhält. Nicht mal der deines Vaters.«

»Wie soll das gehen, wenn er mir jedes Geschäft torpedieren kann?« Famkes Stimme klang fast aggressiv.

Sie war wütend, das war gut, vielleicht würde ihnen das ja helfen. Jarik und sie wechselten erneut einen kurzen Blick miteinander.

»Ganz einfach, weil wir uns nicht unterkriegen lassen. Wir stehen zusammen.«

»So stellt ihr euch das vor?« Famke lachte spöttisch auf. »Es wird funktionieren, weil ihr es wollt? Ihr wisst wohl nicht, welchen Einfluss mein Vater hat.«

»Doch, das wissen wir«, erwiderte Jarik. »Und niemand hat gesagt, dass wir es mit links schaffen, wir werden trotzdem nicht aufgeben. Aber jetzt nehmen wir uns erst mal den Dachboden vor, und wenn ein wenig Zeit ins Land gezogen ist, gehst du die Sache mit den Dreesens noch mal an. Sie sind dir eine Erklärung schuldig.«

»Das mache ich ganz bestimmt nicht.«

Jarik verschränkte die Arme vor der Brust. »Wir werden sehen.«

Sie gingen gemeinsam auf den Dachboden und schauten sich um. Jarik machte sich Notizen. So viel musste gar nicht mehr gemacht werden.

»Die Sanitärarbeiten für das Bad müssen noch abgeschlossen werden«, sagte er. »Duschwanne, Toilette und Waschbecken sind ja zum Glück schon vorinstalliert. Die Küche hab ich schon geplant.«

Es musste noch gestrichen werden, Famke wollte Lampen aussuchen. Einige Möbelstücke aus ihrer Frankfurter Wohnung standen in der Mitte des Raumes mit einer großen Plane abgedeckt.

Betrübt sah Maike auf Hildes alte Cordcouch, die sie im letzten Sommer auf der Suche nach dem Testament aufgeschlitzt hatte. Schöne Erinnerungen stiegen in ihr auf, aber die Couch war kaputt, da ließ sich nichts mehr machen. Und irgendwann musste man die Vergangenheit doch auch hinter sich lassen ... Oder?

»Vielleicht lässt sie sich reparieren ...«, sagte Famke, als hätte sie ihre Gedanken gelesen. »Wir könnten den Schlitz zunähen und sie mit einem neuen Stoff beziehen«, ergänzte sie.

Maike drehte sich zu ihr hin. »Magst du die Couch auch so sehr? Das wusste ich nicht.«

Famke nickte. »Ich hab oft mit Hilde darauf gesessen und ihr von meinen Plänen erzählt. Wahrscheinlich sind es die guten Erinnerungen.«

Maike sah wieder zu der demolierten Couch. »Ein neuer Stoff? Meinst du?« Sie musste sich beherrschen, damit ihre Stimme nicht zu sehr bebte. Manchmal war sie immer noch sehr traurig darüber, dass Hilde nicht mehr da war, dass sie nicht mehr Teil ihres Lebens war. Sie schluckte. »Sie ist, glaube ich, schon zu sehr durchgesessen.« Sie setzte sich vorsichtig. In der Mitte sank man geradezu ein. »Ich weiß nicht, ob das noch bequem ist ...«

Famke grinste plötzlich. »Wir können sie aufpolstern, ich hab so gute Erinnerungen an diese Couch. Ich glaube, ich würde sie gerne upcyceln. Was meinst du?«

Sie tauschten einen längeren Blick, und Maike hatte zum ersten Mal den Eindruck, dass etwas von Famkes altem Feuer zurück war. Sie freute sich unbändig darüber.

Gleich am nächsten Tag begannen sie mit der Arbeit. Maike übernahm den Ladendienst vormittags und nachmittags und stieß erst danach zu den anderen. Famke war tatsächlich aus ihrem Loch gekrochen und hatte neuen Lebensmut gefasst, sie freute sich jedenfalls sehr darauf, demnächst ihr eigenes kleines Apartment zu haben, wie sie immer wieder äußerte. Sie kamen gut voran. Famke hörte gar nicht mehr auf zu strahlen.

Zwei Tage später waren die Wände bereits gestrichen, Jarik verlegte das Parkett. Am Freitag war er fast damit fertig, und Maike bewunderte das Ergebnis, als sie gucken kam. Nach einem weiteren langen Arbeitstag bestellten sie am Samstagabend Pizza, bevor Famke später noch in die Werkstatt gehen wollte, in der sie in dieser Woche nur stundenweise gewesen war. Jarik bot sich an, die Pizza abzuholen. Spontan entschieden sie und Famke, ein Picknick in Famkes neuem Reich zu machen. Sie legten eine Decke auf dem neuen Boden aus und zündeten Teelichter an.

An diesem Abend wurde viel gelacht.

Der Dachboden erhielt über die nächsten Tage seinen letzten Schliff. An den Seiten, an denen die Dachschrägen keine anderen Möbel zuließen, passte Jarik Stauschränke ein. Das Bett verbargen sie hinter einem Paravent, die Wand dahinter war kniehoch nachtblau gestrichen. Vor dem Fenster stand Hildes alte Couch, mitten im Raum ein Esstisch nebst Stühlen. Etwas mehr Aufwand erforderten die Schränke für die Küchenzeile und das kleine Bad, aber Jarik konnte auch hier seine Erfahrungen aus dem Bootsbau einbringen. Herd, Spüle und Kühlschrank hatten sie gebraucht erstanden. Famke nannte nun tatsächlich eine Badewanne ihr Eigen, von der aus sie durch das Gaubenfenster einen wunderbaren Blick über die Umgebung hatte, während sie nicht gesehen wurde. Maike beschloss, ihr aus Hildes Fundus Fotos und auch ein Gemälde auszusuchen. Hilde hatte mit Leidenschaft fotografiert und aquarelliert.

Nach einer Woche war die kleine Wohnung bezugsfertig. Die Feinarbeiten würden sie im Laufe der nächsten Wochen noch erledigen.

»Ich freu mich so sehr darauf, hier zu leben«, sagte Famke.

»Und warum hattest du bisher nie etwas Eigenes?«

Famke zuckte mit den Schultern. »Mir erschienen immer andere Sachen wichtiger.«

An diesem Abend ließen sie sich von Famke bekochen. Es gab Königsberger Klopse zu Reis, ein Gericht, das Kindheitserinnerungen in Maike aufsteigen ließ. Es war ein schönes Gefühl.

ZEHNTES KAPITEL

Seit ihrem Einzugstag hatte Famke an jedem Abend gekocht, sie war eine wirklich gute Köchin.

»Heute weihe ich meinen Backofen ein«, erklärte sie am Samstagabend. »Ich hab beim Metzger Rindergulasch besorgt und mit roten Zwiebeln angebraten, Tomaten, Tomatenmark und eine Flasche Malzbier dazugegeben, und jetzt schmurgelt das Fleisch schon seit einer Stunde im Tontopf. Es riecht einfach verführerisch. Noch ein paar Stunden Geduld, und es wird euch auf der Zunge zergehen. Das kann ich euch versprechen.« Famke strahlte Maike an und zog sie spontan in ihre Arme, wie sie es so oft in dieser Woche getan hatte. »Ich kann dir gar nicht sagen, wie froh ich bin. Danke, dass ihr mir zur Seite gestanden habt. Danke, dass ihr mich quasi zu meinem Glück gezwungen habt.«

Sie wischte sich kurz mit dem Handrücken über die Augen.

»Ich freu mich auch«, sagte Maike. »Wie wäre es, wenn ich Kartoffelklöße dazu mache?«

»Gerne. Die zu Weihnachten waren lecker.«

»Okay ...« Maike überlegte. »Ich glaube, ich hab alles da ...«

In der letzten Woche waren sie nicht zum Einkaufen gekommen. Sie hatten oft Essen bestellt oder sich schnell etwas auf die Hand geholt. Nicht immer gesund, aber zu mehr hatte ihnen allen die Kraft gefehlt. Und die Zeit. Sie spürte mit einem Mal Famkes Blick auf sich.

»Hör mal«, sagte diese unvermittelt, »kann es sein, dass du zugenommen hast?«

Maike erstarrte. Eigentlich war sie der Meinung, dass das Gewicht allein nichts aussagte über eine Person, aber offenbar war sie doch nicht frei von Normen. Na ja, wenn sie zugenommen hatte, hieß das wahrscheinlich, dass sie sich wohlfühlte – bis auf eine kurze Phase im letzten Herbst, als ihr der Kaffee nicht mehr geschmeckt hatte, hatte sie immer guten Appetit gehabt. Es hatte Zeiten gegeben, noch gar nicht so lange her, da war das anders gewesen, also wieso sollte sie jetzt so erschrecken? Sie sah an sich herunter. Doch, irgendwie hatte Famke recht. Es sah aus, als hätte sie zugelegt. Seltsam.

»Ich weiß nicht, kann sein«, erwiderte sie. »Ich hab mich, ehrlich gesagt, schon eine Weile nicht mehr gewogen.«

Genauer gesagt hatte sie auf Spiekeroog noch nicht einmal eine Waage, ihre alte aus Frankfurt hatte sie beim Umzug entsorgt.

Famke hob beschwichtigend die Hände. »Ich wollte dich nicht beleidigen, vielleicht irre ich mich ja. Viel ist es eh nicht.«

»Dann ist ja gut.«

Maike lachte erleichtert auf und legte kurz die Hand auf ihren Bauch. Ja, er fühlte sich etwas runder an. Das konnte sie nicht leugnen.

»Kann ich dir bei den Kartoffelklößen helfen?«, unterbrach Famke ihre Beobachtungen.

»Klar. Wir können zusammen die Kartoffeln schälen.«

Und so setzten sie sich an Famkes Esstisch und schälten Kartoffeln. Das Gulasch roch immer verlockender, Maike freute sich sehr auf das Abendessen.

»Woher hast du das Rezept?«, erkundigte sie sich bei Famke.

»Vom Gulasch? Hab ich mir im Studentenwohnheim selbst ausgedacht. Damals hatten wir Bratenfleisch geschenkt bekommen, und ich sollte mir ausdenken, was daraus werden soll. Also hab ich einfach ein paar Sachen aus dem Kühlschrank zusammengesucht und losgelegt. Ich hab das angebratene Fleisch mit Malzbier abgelöscht, weil nichts anderes da war ...«

»Das mag ich eigentlich nicht so.«

»Keine Sorge, man schmeckt es nicht. Es geht aber auch mit Wein.«

Maike überlegte. »Komisch, der schmeckt mir irgendwie gerade gar nicht. Bleiben wir also besser bei Malzbier.« Sie lachte.

»Na, du bist aber heute kompliziert«, bemerkte Famke.

»Tut mir leid.«

Für einen Moment war es still, dann lachten sie beide. Das Essen abends wurde so lecker, wie Famke es versprochen hatte. Später lag Maike noch lange wach im Bett, Jarik atmete schon gleichmäßig. Die Vorhänge standen etwas offen. Ein schmaler Streifen Mondlicht fiel herein, während ihr die Gedanken durch den Kopf tanzten. Da war eine Vermutung, die ihr beim Abendessen gekommen war. Konnte das sein? Sie musste sich in jedem Fall Klarheit verschaffen, und dazu würde sie auf dem Festland eine Apotheke oder einen Drogeriemarkt aufsuchen müssen, um einen Schwangerschaftstest zu kaufen.

Du spinnst, sagte eine kleine Stimme in ihrem Kopf, du musst dich irren. Aber was, wenn nicht?

Sie behielt ihre Vermutung vorerst für sich, und so musste sie in den folgenden Tagen einige Geduld aufbringen, denn erst am Donnerstag fuhr sie wieder aufs Festland. Tatsächlich hatte sie bisher mit dem Gedanken gespielt, die Apotheke auf Spiekeroog aufzusuchen, wo man sicherlich genauso der Schweigepflicht unterlag wie in jeder anderen auf dem Festland. Doch sie fühlte sich zu unsicher. Was, wenn sie jemand beim Kauf sah? Auch auf dem Festland klopfte allerdings ihr Herz, als sie den Schwangerschaftstest kaufte.

Aber vielleicht bildete sie sich ja nur ein, dass sie in anderen Umständen war. Vielleicht deuteten die Anzeichen, die sie an sich bemerkte, eine sehr unregelmäßige Periode zum Beispiel, auf die beginnenden Wechseljahre hin. Es gab schließlich Frauen, bei denen sie früh einsetzten. Möglicherweise gehörte sie ja zu denen.

Maike bezahlte rasch und steckte den Test in die Handtasche, bevor sie sich weiter auf den Weg machte. Wie jeden Donnerstag war sie mit einer Kollegin verabredet, die sie den Rest der Strecke zur Firma mitnahm. Sie entschuldigte sich wortreich, weil sie etwas später am Treffpunkt ankam.

Es war ein arbeitsreicher Vormittag. Im letzten Monat war ein neuer Kunde dazugekommen, daher hatte sie noch keine Zeit gefunden, auf die Toilette zu gehen. Erst kurz bevor sie sich wieder auf den Weg zur Fähre machte, hatte sie etwas Luft. Stimmte das? Oder drückte sie sich nur davor, die Wahrheit zu erfahren?

»Ich bin schon mal unten«, sagte ihre Kollegin.

»Ich komme gleich. Ich muss noch mal schnell für kleine Mädchen.«

Maike verschwand im Bad, holte den Test aus der Handtasche, setzte sich auf den Wannenrand. Das Büro befand sich in einem alten Wohnhaus, das zu diesem Zweck umgebaut worden war, das Badezimmer hatte man so belassen. Die Hand, die den Schwangerschaftstest hielt, zitterte, und sie atmete tief durch.

Maike, du bist zu alt für so was ... Du bist in den Wechseljahren, freunde dich schon mal mit dem Gedanken an. Diese Idee war ihr ja schon öfter gekommen in letzter Zeit, und sie hatte sie immer wieder von sich geschoben ... Vielleicht sollte ich den Test besser zu Hause machen, dachte sie, auf die Stunde kommt es jetzt auch nicht mehr an.

Dann riss sie die Verpackung doch kurzentschlossen auf, legte alles bereit, setzte sich auf die Toilette ... Etwa eine Minute später starrte sie auf das Ergebnis. Zwei Striche, kein Zweifel.

Sie hielt inne und rechnete zurück. Es war Mitte Februar. Wie lange war sie schon schwanger? Wann waren die ersten Anzeichen aufgetaucht? Vorübergehend hatte sie den Geruch von Kaffee nicht vertragen – das war auch bei der Schwangerschaft mit Tessa so gewesen –, dann war ihr auch übel geworden, wenn sie Wein hatte trinken wollen oder Bier, und sie hatte darauf verzichtet ... Und diese ständige Müdigkeit, die hatte länger gedauert. Inzwischen hatten sich die kleinen Beschwerden wieder gegeben. Eigentlich fühlte sie sich mittlerweile ganz fit. Sie hatte zugenommen, ja. Famke war das sogar aufgefallen.

Und wie war es überhaupt dazu gekommen? Sie hatten doch immer verhütet ... Na ja, es half nichts. Sie musste einen Termin mit einer Gynäkologin ausmachen. Und das würde sie jetzt tun.

Als Jarik endlich nach Hause kam, hatte sie bereits gekocht – Spaghetti bolognese. Zu ihrer Erleichterung hatte Famke sich an diesem Abend in ihre Werkstatt zurückgezogen.

»Ich hab noch einiges nachzuholen«, hatte sie gesagt. »Seid mir nicht böse.«

»Das verstehe ich gut«, hatte Maike entgegnet, auch wenn sie ein klitzekleines bisschen ihr schlechtes Gewissen plagte, weil ihr Famkes Entscheidung entgegenkam.

Die Schüssel mit der Sauce stand schon auf dem Tisch, sie brachte zwei Teller mit Nudeln. Jarik hatte sich gesetzt und gab ihnen beiden Sauce auf die Nudeln und frisch geriebenen Parmesan.

»Mmh, lecker«, sagte er. »Das gab's schon lange nicht mehr.«

»Dabei ist es so einfach zu machen.«

»Hm.« Jarik ließ den Blick über den Tisch schweifen. »Du hast aber festlich gedeckt. Blumen und Kerzen.« Er grinste. »Hab ich irgendwas verpasst?«

»Nee ...«

»Na dann ...«

Maike sah auf den Tisch und stellte fest, dass er recht hatte. Sie hatte gar nicht bemerkt, dass sie sich besondere Mühe gegeben hatte. Ihr waren so viele Dinge durch den

Kopf gegangen. Irgendwie hatte sie sich beschäftigen müssen. Sie begannen zu essen, dann tauschten sie sich über den Tag aus. Endlich nahm sie sich ein Herz.

»Ich muss mit dir reden.«

Jarik hob den Kopf und sah sie an. »Das klingt aber ernst«, sagte er vorsichtig.

Einen Moment später lagen sie sich in den Armen. Maike konnte sich nicht daran erinnern, was sie gesagt hatte. »Ich bin schwanger« sicherlich. Mehr gab es ja auch nicht zu berichten. Das Blut rauschte in ihren Ohren. Sie beruhigte sich nur langsam.

»Das ist wunderbar«, flüsterte Jarik immer wieder. Er wollte sie gar nicht mehr loslassen.

Sie war so erleichtert. »Ich wusste nicht, wie du reagieren würdest«, hörte sie sich sagen.

Jarik umarmte sie noch fester und trat dann einen halben Schritt von ihr zurück, um ihr ins Gesicht zu schauen.

»Na ja, wie soll ich denn reagieren? Ich werde Vater. Da gibt es ja wohl nur eine Möglichkeit.«

»Wir sind beide schon ziemlich alt.«

»Hast du mich gerade alt genannt?« Er sah beleidigt aus, aber da war auch wieder dieses Grinsen, das sie so liebte und das sie so oft zum Lachen reizte.

»Als Eltern meine ich.«

»Ach, Süße«, er küsste sie. »Wir schaffen das, ich freu mich so.«

In dieser Nacht spürte Maike erstmals bewusst die Bewegungen des Kindes. Ein zaghaftes Stupsen nur, aber es fühlte sich an, als wüsste es, dass es sich jetzt nicht mehr verstecken musste. Sie war sehr glücklich.

ELFTES KAPITEL

Maike öffnete die Flügeltüren weit und trat mit ihrem Handy auf den Balkon. Am Tag zuvor hatten sie zum ersten Mal gemeinsam zum Nachmittagstee hier in der Sonne gesessen, zwar noch in warmen Jacken, aber eben doch draußen. Es war wunderbar gewesen, es war März, der Frühling hatte endlich begonnen, und bald würde es Sommer werden. Auch heute versprach das Wetter, gut zu werden, und sie freute sich schon auf ihren Spaziergang. Auf dieser Insel hatte sie sich zu einer richtigen Spaziergängerin entwickelt. Wenn möglich, legte sie jeden Tag eine gewisse Strecke zurück. Es half einem, den Kopf frei zu bekommen, über Neues und nötige Veränderungen nachzudenken.

Sie gab Tessas Nummer ein und wartete darauf, dass sie das Gespräch annahm.

»Ja, was ist, Mum?«, fragte ihre Tochter, wie so oft etwas ungehalten.

Sie hatte die Nummer natürlich auf dem Display gesehen. Maike zuckte zusammen. Was sollte sie tun? Sollte sie Tessa endlich sagen, dass sie große Schwester wurde, oder sollte sie lieber noch warten? Kurz nach dem Schwangerschaftstest waren Jarik und sie bei einer Ärztin auf dem Festland gewesen: Sie hatte sich damals laut der Untersuchungen tatsächlich schon im vierten Monat befunden. Das Kleine meldete sich seitdem regelmäßig. Alles sah sehr gut aus, sie fühlte sich fit. Nichts deutete darauf hin, dass sie zu alt war. Sie hatten es gleich Famke gesagt, sie aber darum gebeten, Tessa gegenüber noch Stillschweigen zu wahren.

Ich will es ihr selbst sagen.

»Mum, was ist denn? Immerhin hast du mich angerufen. Da denk ich doch, du hast mir was zu sagen.«

»Tut mir leid, Tessa! Entschuldige, irgendwie bin ich wohl überrascht, dass du rangegangen bist.«

Tessa lachte. Im letzten Jahr, dachte Maike, hätte sie schroffer auf so eine Bemerkung reagiert.

»Quatsch, du sagst doch immer, ich wär mit meinem Handy verwachsen. Ich geh immer ran.«

»Eigentlich, ja.« Maike musste auch lachen, dann wurde sie wieder ernst. »Ich hab gehört, du warst am Wochenende bei Papa.«

»Yep, war ich tatsächlich. Von wem weißt du das?« Maike wollte gerade antworten, da sprach Tessa schon weiter. »Rita hat es dir gesagt, oder?«

Seit einiger Zeit nannte Tessa ihre Großmutter beim Vornamen. Oma zu sagen war ihr zu uncool.

»Ja, stimmt«, erwiderte sie und schob rasch hinterher: »Wir haben aber sonst nicht über dich geredet.«

»Ist schon okay.« Sie hörte, wie Tessa Luft holte. »Er ist eben mein Dad, und ich hatte mal wieder Lust, ihn zu sehen. Es läuft gerade gut mit ihm. Ich glaub, es geht ihm sehr viel besser.«

Mit dem Geld vom Wohnungsverkauf schoss es Maike

durch den Kopf, sie sprach den Gedanken jedoch nicht aus. Sie hatte die Entscheidung getroffen. Es war in Ordnung gewesen, ihm einen größeren Anteil zu hinterlassen. Sie konnte gut damit leben, wenn es dazu diente, dringlichere Probleme zu lösen. Außerdem war er in Geldnot gewesen im vergangenen Sommer.

»Er kann echt witzig sein, weißt du?«, hörte sie ihre Tochter sagen.

»Natürlich weiß ich das. Es geht ihm also wieder gut?«

»Willst du ihn das nicht selbst fragen? Ihr wart mal ein Paar, oder? Ich find's komisch, wenn ich mit dir über ihn rede.«

»Na ja, das ist immer noch nicht so unbelastet zwischen uns. Ich glaube, wir brauchen noch ein bisschen Zeit, bis wir entspannt miteinander umgehen können.«

»Muss ja nicht super entspannt sein ... Aber ja, okay, ja, es geht ihm gut. Mit Nathalie ist es wie immer, allerdings lässt sie mich mittlerweile in Ruhe. Manchmal denke ich, sie ist vielleicht doch ganz okay.«

»Wirklich?«

»Scherz.«

Nathalie war Florians Lebensgefährtin. Sie war nur zehn Jahre älter als Tessa und spielte gern die große Schwester. Tessa fand das schrecklich.

Sie schwiegen eine Weile, dann sagte Tessa: »Ich freu mich wie irre, dich an Ostern wiederzusehen, Mum. Famke hat erzählt, dass der Umbau des Dachbodens jetzt abgeschlossen ist. Es muss toll geworden sein.«

»Ja, das ist es. Jarik hat einige Ideen aus dem Bootsbau.«

»Hat er ein Bullauge eingebaut?«

»Tessa!« Das war typisch ihre Tochter.

»Ich bin sehr gespannt, Mum«, sagte sie dann. »Ach, was ich dich fragen wollte: Du hast doch nichts dagegen, dass Arwen mitkommt, oder? Ihre Eltern fahren wieder an so einen abgefahrenen Urlaubsort. Sie hat keinen Nerv, mitzureisen.«

»Natürlich nicht. Das hatten wir ja schon besprochen. Wie läuft es in der Schule?«

»Gut. Warum fragst du danach?«

»Macht der Gewohnheit, fürchte ich.« Tessa lachte wieder, und Maike war einmal mehr erleichtert, wie locker ihre Tochter inzwischen mit so vielen Dingen umging. Daran konnte sie sich noch gar nicht gewöhnen. Sie hatten beide viel übereinander gelernt in den letzten Monaten. Das fühlte sich gut an. Sie erinnerte sich an etwas. »Famke lässt dich übrigens grüßen. Sie freut sich schon auf dich und auf den Beginn deiner Ausbildung.«

»Grüß sie zurück. Was ist eigentlich aus dem ganzen Ärger geworden?«

Sie hatten Tessa von dem gecancelten Auftrag für die Dreesen-Hotels erzählt. Ihre Tochter war jemand, mit dem man mittlerweile über so etwas sprechen konnte, manchmal brachte sie sogar ihre eigenen Ideen ein. Es war gut gewesen, sich mit jemandem austauschen zu können, der die Dinge mit etwas mehr Abstand sehen konnte.

»Famke arbeitet noch an sich, aber sie ist eigentlich längst zurück in der Spur. Ich glaube, sie könnte gar nicht ohne ihre kreative Arbeit. Sie steht wieder jeden Tag in der Werkstatt. Sie hat sogar während der Woche bei ihren Eltern, als sie eigentlich alles aufgeben wollte, Entwürfe gezeichnet. Da sieht man es, sie braucht ihre Werkstatt.«

Nur ein Gespräch mit Famkes Eltern hat es noch nicht gegeben, fuhr es Maike durch den Kopf, was schade war. Sie verstand immer noch nicht, warum Famkes Vater nicht respektierte, was sich seine Tochter für ihr Leben wünschte, und warum ihre Mutter sie nicht in Schutz nahm. Weshalb fiel es vielen Menschen so schwer, zu akzeptieren, dass ihre Kinder eigene Wege gehen wollten? Noch viel weniger verstand sie, dass Famke nicht das Gespräch mit Nicolas suchte.

»Noch zwei Wochen«, drang Tessas Stimme in ihre Gedanken. »Dann sind Osterferien.«

»Noch zwei Wochen«, bestätigte Maike. »Ich freu mich!«

Maike legte das Handy beiseite. Es war vielleicht doch besser, Tessa die Neuigkeiten persönlich mitzuteilen.

Die Fähre hatte den Hafen fast erreicht, und Maike spürte, wie sie immer ungeduldiger wurde. Sie konnte es kaum noch erwarten, ihre Tochter in die Arme zu schließen. Am Abend zuvor hatte sie Tessa noch einmal erklärt, wo sie wann umsteigen musste, wann die Fähre fuhr und was sie auf der Reise beachten sollte. Tessa war genervt gewesen. »Mum«, hatte sie protestiert, »ich fahr nicht zum ersten Mal nach Spiekeroog. Und wehe, du simst morgen ständig, um zu fragen, wo ich gerade bin.«

Sie trat ungeduldig von einem Bein aufs andere und hielt die Gangway im Blick, die ersten Passagiere verließen die Fähre. Arwen und Tessa kamen mit den Letzten von Bord, aber immerhin waren sie da. Maike schloss ihre Tochter fest in die Arme. Die ließ es ohne Murren zu. Danach wandte sie sich ihrer Freundin zu. Sie hatte Arwen länger nicht gesehen. Es schien, als wäre sie größer geworden und etwas fülliger.

Blass war sie schon immer gewesen, aber jetzt war ihre Haut geradezu auffallend bleich, was sie wegen ihres weißblonden Haares fast krank aussehen ließ. Arwen hatte die Lippen schwarz nachgezogen und die Augen mit schwarzem Kajal umrandet. Man konnte es nicht anders sagen, sie wirkte etwas fremd.

»Hi, Arwen, lange nicht mehr gesehen.« Maike überlegte, ob sie Tessas Freundin ebenfalls in die Arme schließen sollte, aber Arwen wirkte durch ihre Körperhaltung abwehrend, also entschied sie sich dagegen. Tessa hielt nach den Containern Ausschau, in denen Koffer und Reisetaschen während der Überfahrt transportiert wurden, aber ihr Gepäck war wohl noch nicht abgeladen worden. Sie kam zu ihnen zurück.

»Hey, ist Nils nicht da?«, fragte sie. »Ich hab ihm geschrieben, dass wir kommen.« Sie schaute sich um. »Eigentlich wollte er uns auch abholen. Arwen freut sich drauf, ihn kennenzulernen.«

»Nein, tut mir leid.« Maike schüttelte den Kopf. »Er ist an diesem Wochenende noch bei seiner Mutter. Er kommt erst am Montag. Irgendein Geburtstag. Seine Großeltern haben wohl darauf bestanden, dass er dabei ist.«

»Schade«, Tessa wandte sich zu ihrer Freundin um. »Du wirst ihn bald sehen. Er ist ein wirklich, wirklich guter Freund. Hab ich dir ja gesagt.«

Arwen nickte.

Maike musste unwillkürlich an Jette denken. Sie sahen sich weiterhin nur, wenn Jarik und sie Nils bei seiner Mutter abholten. Immerhin hatten sie mittlerweile ein paarmal Tee miteinander getrunken. Irgendwie war sie froh, dass sich aus

Jettes Beziehung, die im letzten Sommer begonnen hatte, etwas Festes entwickelt hatte. Damals in der Schule waren sie und der einstige Schulfreund nie zusammengekommen, nun schienen die beiden glücklich miteinander zu sein. Jarik empfand das jedenfalls so.

»Endlich«, hörte sie Tessa rufen. »Der letzte Container, Mann. Komm, Arwen, wir holen das Gepäck.«

Maike riss sich aus den Gedanken und schaute den Mädchen hinterher. Wenig später standen die beiden wieder bei ihr. Arwen hatte einen kleinen Rucksack auf dem Rücken und einen ziemlich großen Koffer, der offenbar recht schwer war, denn sie schwitzte, während sie ihn keuchend hinter sich herzog. Tessa hatte nur ihren Backpack dabei. Maike bedauerte es, den Bollerwagen nicht mitgebracht zu haben. Sie bot Arwen an, ihr zu helfen.

»Danke, das schaffe ich schon«, erwiderte sie und öffnete ihre Jacke.

Die Mädchen gingen voraus, Maike sah, wie sie immer wieder die Köpfe zusammensteckten. Es ist schön, so eine gute Freundin zu haben, fuhr es ihr durch den Kopf. In der Schulzeit hatte sie sich eher einsam gefühlt, später im Studium war das anders gewesen – immerhin hatte sie noch Kaja aus dieser Zeit. Sie freute sich schon auf ihren nächsten Besuch in Frankfurt. Dann würden sie und Kaja Kaffee zusammen trinken und shoppen gehen, auch wenn man auf der Insel für die schicke Kleidung, die ihre Freundin liebte, keine Verwendung hatte. Andererseits sprach auch nichts dagegen, sich netter anzuziehen, wenn man als Paar ausging. Es war mal wieder Zeit für etwas Zweisamkeit, die war über die letzten Wochen wegen der Renovierung und diverser anderer Projekte, um die Jarik sich hatte kümmern müssen, ein wenig verloren gegangen. Sie würde Jarik gleich am Abend darauf ansprechen.

Tessa und Arwen hatten sich sofort nach ihrer Ankunft in Tessas Zimmer zurückgezogen und machten keine Anstalten, wieder daraus hervorzukommen. Oma Rita hatte ihnen so viel Proviant eingesteckt, dass sie nicht mal den leckeren Obstsalat essen wollten, den Maike zubereitet hatte. Wenn sie also niemand brauchte ...

Maike gähnte und machte es sich mit einer Tasse Tee auf dem Sofa gemütlich. Das Kind in ihrem Bauch versetzte ihr unwillkürlich ein paar Stupser. Sie trug inzwischen nur noch weite Sachen, ihre Hosen schloss sie provisorisch mit einem Gummiband, anders bekam sie sie nicht mehr zu. Bald sieht es auch Tessa, dachte sie, ich muss es ihr unbedingt erzählen ...

Unten hörte man plötzlich ein Rumpeln. Offenbar hatten sich Tessa und Arwen entschieden, noch einmal rauszugehen. Kurz darauf ging die Haustür. Es wurde schon dunkel. Gut, das schien ihnen nichts auszumachen.

Wenig später kam Jarik die Treppe hoch. Maike lächelte ihm zu.

»Na, fertig mit der Arbeit?«

Er entgegnete ihr Lächeln. »Die Mädchen sind mir begegnet. Ich fürchte, sie machen die Insel unsicher.«

Maike zuckte mit den Schultern. »Ich hab's gehört.«

»Und, alles klar mit den beiden? Gefällt es Arwen hier?«

»Sie sind ja gerade erst angekommen, aber ich denke schon.«

Sie dachte daran, wie sehr sich Tessa darauf gefreut hatte, ihrer Freundin Spiekeroog zu zeigen. Die zwei würden eine gute Zeit haben.

Die Mädchen kamen nach einer Stunde rotwangig und durchgepustet vom Wind sehr fröhlich zurück. Sogar Arwen wirkte lebendiger. Tessa erzählte in raschen Worten, wo sie gewesen waren. Dann drehte sie den Kopf in Richtung Küche.

»Können wir uns einen heißen Kakao machen?«, fragte sie.

»Klar. Ich hab mir gerade auch einen gemacht«, sagte Maike. »Gebt Honig rein, dann könnt ihr gut schlafen.«

»Jaja, bla, bla, bla. Wir sind keine Babys mehr.«

Maike stand auf. »Ich mache euch einen Kakao. Wärmt euch am Ofen auf.«

Kurz hatte sie den Eindruck, als würde Tessa sie taxieren. Quatsch, das bildest du dir nur ein, dachte sie im nächsten Augenblick. Allerdings beschäftigte sie die Sache doch. Wann würde sich nur der rechte Moment finden, um mit Tessa über die Schwangerschaft zu reden ...?

Doch auch in den nächsten Tagen fand sich keine passende Gelegenheit, denn die Mädchen waren ständig unterwegs. Oder fehlte ihr der Mut? Jedenfalls schien sich ein Gespräch nie zu ergeben. Jarik drängte sie nicht, im Gegenteil, er zeigte ihr, dass er an ihrer Seite sein würde.

Im Geschäft gab es eine Menge zu tun, jetzt, in den Osterferien, waren viele Touristen auf der Insel. Maike half, wo sie konnte, obwohl sie oft müde war. Sie beneidete die Mädchen ein bisschen. Sie waren jeden Tag am Strand und hatten schon richtig Farbe bekommen, besonders Arwens Haut war nicht mehr so bleich wie bei ihrer Ankunft. Ihre Haare waren jetzt nicht mehr blond, sondern lila, sie hatte das Haarfärbemittel mitgebracht. Auch Tessa hatte sich eine Strähne eingefärbt, was Jarik daran erinnerte, wie Famkes Haare einmal ausgesehen hatten. Am Ende hatte er ein Foto hervorgeholt, und die Mädchen hatten es sich feixend Arm in Arm angesehen.

Abends waren Tessa und Arwen stets wie ausgehungert. Meist aßen sie zusammen mit Famke, und alle erzählten munter von ihrem Tag. Am Mittwoch nach ihrer Ankunft hatten die Mädchen an einer Art Challenge teilgenommen, wie sie erklärten, sie waren schwimmen gewesen. Das hatte sogar Nils beeindruckt, der mit der Nachmittagsfähre gekommen war, um über Ostern bei ihnen zu sein.

»Das war echt kalt, Mum«, sagte Tessa und zerteilte eine Kartoffel auf ihrem Teller. Dazu gab es Famkes Heringssalat, den sie alle vergötterten. »Wirklich, ich dachte, ich erstarre zur Eissäule. Irgendwie ist mir immer noch nicht warm. Können wir gleich ein Feuer im Kachelofen machen?«

»O ja, bitte, Maike«, schloss sich Arwen an. »Ich bin wie ein Eisblock.« Sie bibberte immer noch.

Maike lächelte. »Hat's denn Spaß gemacht?«

»Klar«, sagte Arwen mit einem Grinsen.

»Arwen hat die Challenge gewonnen.«

Für einen Moment wurde Maike ernst. »Na, ich hoffe, du wirst nicht krank, Arwen. Was soll ich dann deinen Eltern sagen?«

»Mum, wir sind wirklich keine Babys mehr!«

Maike dachte kurz daran, dass sie sich eigentlich vorgenommen hatte, Arwens Eltern anzurufen und ihnen zu berichten, dass alles gut war. Hoffentlich machen sie sich keine Sorgen um ihre Tochter, dachte sie. Andererseits hatte Arwen ihr versprochen, sie am Ankunftsabend anzurufen.

Sie konnte sich einfach nicht daran gewöhnen, dass die Kinder groß wurden.

ZWÖLFTES KAPITEL

Tessa wachte auf und warf einen Blick auf ihre Freundin. Arwen lag zusammengerollt unter ihrer Decke und schlummerte noch. Sie hatte ihr das Bett überlassen und sich die Gästematratze genommen. Arwen schlief gut auf Spiekeroog, viel besser als zu Hause, wie sie immer wieder betonte. Das musste die frische Luft sein. Jeden Abend quatschten sie über die verschiedensten Dinge. Sie hatten tolle Tage, die sie eigentlich immer am Strand verbrachten, manchmal machten sie auch Spaziergänge, und sie zeigte Arwen die Sehenswürdigkeiten der Insel. Was man halt so Sehenswürdigkeiten nannte ...

Natürlich hatte sie mit Arwen auch über ihre Eltern gesprochen, darüber, dass die sie bestimmt vermissten und dass sie sie vielleicht mal anrufen sollte, Arwen wollte nicht.

»Da gibt es nichts zu besprechen«, hatte sie gesagt. »Und ich glaube nicht, dass ich vermisst werde.«

Beim Verlassen der Wohnung hatte Arwen ihren Eltern nur einen Zettel hingelegt. *Bin unterwegs*, hatte sie geschrieben. Mehr nicht.

Erst am Abend zuvor hatte sie wieder nachgehakt. »Ich finde, du solltest ihnen Bescheid sagen. Du bist seit fünf Tagen hier. Meine Mutter würde verrückt werden ...«

Arwen hatte sie eine Weile nur angeschaut.

»Nein«, hatte sie sehr heftig gesagt.

Tessa hatte sich zum ersten Mal unwohl gefühlt, und ja, vielleicht war sie auch ärgerlich gewesen.

»Das war doch ausgemacht«, hatte sie weiter beharrt.

»Ich will nicht.«

Sie hatten noch ein bisschen weiterdiskutiert, und dann hatte sie, Tessa, den Meinungsaustausch abgebrochen, bevor sie noch in Streit geraten konnten. Sie wusste nicht recht, warum. Eigentlich ging sie Streit sonst ja nicht aus dem Weg.

Sie sah auf ihr Handy. Es war viel zu früh, und sie konnte einfach nicht wieder einschlafen. Arwens Eltern machten sich sicherlich Sorgen. Sie musste die ganze Zeit daran denken. Wieder einmal stellte sie sich vor, wie es ihrer Mutter gehen würde, wenn sie einfach verschwand. Klar, Arwen hatte ihr gesagt, dass sie ihren Eltern egal war in letzter Zeit, dass es sie nie kümmerte, was sie wollte, und dass es sie ganz gewiss nicht interessierte, wo sie war. Vielleicht stimmte das ja gar nicht. Vielleicht musste sie nur mal über ein paar Dinge mit ihnen reden.

Leise stand Tessa auf und griff nach ihrem Handy. Sie warf einen Blick auf ihre Freundin, die tief unter ihrer Decke vergraben war. Sie rührte sich auch nicht, als ihr die Tür aus der Hand glitt und ans Regal schlug. Als sie in den Flur trat, schaute Nils aus seinem Zimmer. Er war am Vorabend endlich gekommen, und sie hatte gemerkt, wie sehr sie ihn vermisst hatte. Komisch, anfangs hatte sie sich nicht vorstellen können, dass sie sich einmal an ihn gewöhnen würde. Er war ihr so eigen erschienen, so seltsam, aber dann hatten sie Gemeinsamkeiten gefunden und sich verbunden gefühlt durch zwei Dinge, die ihr Leben bestimmten und die niemals ganz verschwinden würden: seinen Autismus, ihr Asthma. Ihm gegenüber war sie offen gewesen wie niemals zuvor einem anderen Menschen. Nicht mal Mum, dachte sie.

Sie hatten bis Mitternacht zu dritt mit seiner neuen *Nintendo Switch* gespielt, seine Großeltern hatten ihm die Konsole geschenkt. Sie hatte ihn gefragt, wie er mit dem Freund seiner Mutter zurechtkam. Er hatte nur die Schultern gezuckt. Über so etwas machte er sich keine Gedanken. Der Freund war halt da. Jetzt sah er sie fragend an.

»Alles klar?«

Sie wusste, dass das etwas Besonderes war. Meist achtete Nils nicht auf andere, und wenn er es tat, musste er es aktiv tun. Bei ihr tat er es. Sie lächelte – und hoffte, dass es überzeugend wirkte.

»Jaja, ich muss nur auf Toilette.«

»Okay.«

Nils verschwand wieder. Er ist früh wach, dachte Tessa und lief eilig in das kleine Badezimmer. Durch das gekippte Fenster kam frische Morgenluft herein, der Himmel wurde bereits rosarot. Sie schloss das Fenster und setzte sich für einen Augenblick auf den geschlossenen Toilettendeckel.

Sie checkte erneut die Uhrzeit. Kurz vor sechs. War das zu früh? Nein, sie konnte sich vorstellen, dass es Arwens Eltern gleich war, solange der erlösende Anruf kam. Womöglich hatten sie schon die Polizei eingeschaltet. Natürlich hatten sie das. Tessa hielt inne. O Gott, daran hatten sie gar nicht gedacht.

Julia und Tom waren Montagnacht von einer Kurzreise

zurückgekommen. Am Dienstagmorgen mussten sie Arwens Abwesenheit bemerkt haben. Seitdem hatte Arwen über hundert entgangene Anrufe auf ihrem Handy, die sie ignoriert hatte. Auch sie selbst hatte etliche entgangene Anrufe, irgendeine Schulfreundin musste Arwens Eltern ihre Nummer gegeben haben. Wenigstens hatten sie die Nummer ihrer Mutter nicht.

Die Hand, mit der sie das Handy hielt, begann zu schwitzen. Würden sie Ärger bekommen? Würde ihre Mutter Ärger bekommen? Das wollte sie nicht. Sie wechselte das Handy in die andere Hand und rieb ihre Rechte kurz an ihrer Schlafanzughose ab. Irgendwann mal hatte sie Arwens Festnetznummer gespeichert. Warum eigentlich, wenn man sich immer auf dem Handy anrief? Wer benutzte denn noch das Festnetz? Komisch, als ob ich geahnt habe, dass so was mal passiert, fuhr es ihr durch den Kopf. Blödsinn, schalt sie sich im nächsten Moment. Natürlich war das nur Zufall ...

Sie schauderte und tippte auf die Nummer. Es klingelte ein-, zweimal, dann wurde auch schon abgenommen. Sie hatte den Eindruck, dass die Frauenstimme am anderen Ende verweint klang. Sie erkannte Arwens Mutter ... Ob sie neben dem Telefon gewartet hatte?

Tessa holte Luft. »Julia?«

»Ja?«

»Ich bin's, Tessa. Ich wollte dir nur sagen, dass Arwen hier bei uns ist. Ich dachte, dass ihr das wissen solltet, falls ihr euch Sorgen gemacht habt. Ich weiß nicht, ob Arwen ...«

Sie hielt inne. Was sollte sie sagen, ohne Arwen komplett bloßzustellen?

Für einen kurzen Augenblick war es sehr still. »O mein

Gott«, sagte Arwens Mutter dann, »o mein, o mein Gott ... Sie ist da, Tom. Bei Tessa. Es ist ihr nichts passiert.«

Es gab ein Geräusch, als wäre der Hörer fallen gelassen worden. Tessa horchte und wartete darauf, dass auf der anderen Seite wieder etwas gesagt wurde. Es raschelte und knisterte. Das Nächste, was sie hörte, war eine Männerstimme.

»Tessa?«

»Hallo, Tom.«

Er kam ohne Umschweife zur Sache. »Wo ist Arwen? Gib sie mir mal bitte.«

»Sie ist ... äh ...«

»Sie ist wo? Raus mit der Sprache.«

Tessa spürte, wie sie zu zittern begann. Die Überlegung, ob sie die richtige Entscheidung getroffen hatte, durchfuhr sie erneut, aber jetzt gab es kein Zurück mehr. Sie meinte, ein Geräusch draußen im Flur zu hören. War das Arwen? Sie hoffte, nicht. Im nächsten Moment war Nils' Stimme zu hören und gleich darauf Arwens. Tessa hielt die Luft an.

»Sie ist auf der Toilette«, sagte Nils.

»Ach so.«

Arwen war mit der Antwort zufrieden und zog sich zurück. Tessa hörte die Zimmertür zuschlagen und atmete aus.

»Bist du noch dran?«, fragte Arwens Vater. »Also, noch mal langsam. Wo ist Arwen?«

Tessa musste sich räuspern. »Sie ist hier bei mir. Auf Spiekeroog. Sie schläft noch. Ich will sie nicht wecken.«

»Wir kommen sofort«, fiel ihr Arwens Vater ins Wort.

»Nein, nein ... ich ... wir ...« Tessa verhaspelte sich. »Es geht ihr gut, ich wollte nur Bescheid geben, damit ihr euch keine Sorgen macht ...«

Er hörte sie gar nicht, oder er ignorierte sie.

»Wie lautet die Adresse?«

Tessa gab mechanisch eine Antwort. »Ihr müsst nicht ...«, setzte sie erneut an, Arwens Vater hatte schon aufgelegt.

Tessa starrte das Handy in ihrer Hand an. Das Gespräch hatte kaum fünf Minuten gedauert, und es war anders verlaufen, als sie sich das vorgestellt hatte. Was sollte sie tun? Wie sollte sie Arwen sagen, was sie gemacht hatte? Verdammt, sie musste ehrlich sein. Das war ihr nur zu klar. Es würde nicht einfach werden.

Sie verließ das Bad und kehrte in ihr Zimmer zurück. Arwen lag wieder im Bett.

»Arwen«, sagte Tessa, »ich muss dir was sagen.«

»Wieso bist du so früh auf?«, murmelte Arwen, gähnte und drehte sich zur Wand. »Was immer es ist, es kann bestimmt warten. Lass mich noch was schlafen.«

Tessa seufzte innerlich auf. Sie hatte also noch eine Galgenfrist.

Maike hatte in der Nacht unruhig geschlafen und wachte an diesem Donnerstagmorgen etwas später als sonst auf. Jarik war bereits aufgestanden und hatte geduscht. Sie blieb noch einen Augenblick liegen. Als er kurz darauf mit einer Teetasse in der Hand zur Schlafzimmertür hereinschaute, machte sie Anstalten, aufzustehen.

»Bleib liegen. Ruh dich aus. Heute Morgen ist Famke im Laden«, rief Jarik ihr zu. »Du siehst noch müde aus.«

»Danke, ich hab schlecht geschlafen. Das Kleine war ziemlich munter«, gab Maike mit einem Gähnen zurück und zauberte ein Lächeln auf sein Gesicht.

»Wahrscheinlich fragt es sich, wann es endlich seiner großen Schwester vorgestellt wird«, scherzte er. Maike zog eine Grimasse. »Ist ja schon gut. Kein Stress«, beschwichtigte er schnell.

Bald darauf hörte sie ihn in der Küche rumoren. Er bereitete das Frühstück vor. Sie trank genüsslich ihren Tee, und als sie schließlich aufstand, fühlte sie sich besser. Draußen wartete ein von der Morgensonne beschienener, einladend gedeckter Frühstückstisch auf sie. Jarik hatte sogar frische Brötchen geholt. Das musste geschehen sein, bevor sie aufgewacht war. Er lächelte sie an, umarmte sie und küsste sie zärtlich. Für einen Moment hielten sie einander in den Armen, bevor sie sich setzten. Sie hatten noch etwas Zeit, bevor Jarik aufs Festland fahren musste, um eine Bestellung auszuliefern. Es war wunderbar, den Wechsel der Farben des früheren Morgens zum goldeneren Ton des fortschreitenden Tages gemeinsam zu genießen.

Maike bestrich ein Brötchen mit Frischkäse, Jarik hatte eine Dose mit Heringsröllchen geöffnet, er schenkte ihnen Kaffee ein. In der nächsten halben Stunde frühstückten sie und sprachen darüber, was sie über die Feiertage unternehmen könnten. Famke hatte gesagt, dass sie auch über Ostern den Laden übernehmen werde, damit sie und Jarik sich um ihre Familie kümmern konnten.

Famke liebte ihre kleine Dachbodenwohnung. Seit sie eingezogen war, hatte sie sich vollkommen verändert. Sie hatte ihr Ziel wieder fest vor Augen. Maike war sicher, dass sie sich nicht mehr aus der Bahn werfen lassen würde. Einige Tage zuvor hatte sie sogar ihre Mutter besucht und ein langes gutes Gespräch mit ihr gehabt. Gesine verstand offenbar, dass sie etwas tun musste, wenn sie ihre Tochter nicht verlieren wollte.

»Ich muss gleich los, brauchst du noch etwas vom Festland?«, fragte Jarik und begann, den Tisch abzuräumen.

»Nein, alles gut. Was wir für das Osteressen noch brauchen, bekomme ich auf der Insel.«

Sie öffnete die Balkontüren und ging raus. Jarik kam ihr nach und legte den Arm um sie. Ihr Blick schweifte in die Ferne. Einen Augenblick später löste sich Jarik von ihr.

»Komisch, unser Inselpolizist steht vorm Strandfliederhaus.«

»Was sagst du da?« Vom Balkon aus, der über der Eingangstür seitlich am Haus lag, konnte man einen kleinen Ausschnitt der Straße sehen. Jetzt sah Maike es auch. »Was er wohl will?«

»Keine Ahnung. Will er wirklich zu uns?«

»Vielleicht ist er ja auf einem seiner Streifzüge und bewundert das Schaufenster«, überlegte Maike.

In der vergangenen Woche hatte sie gemeinsam mit Famke österlich dekoriert, wahrscheinlich schien ihr diese Möglichkeit allerdings nicht. Ein Gedanke kam ihr und entglitt ihr gleich wieder, als der Polizist mit Famke auf ihr Haus zukam.

»Komm, wir gehen runter«, sagte Jarik.

Sie liefen die Treppe hinunter, Jarik öffnete. Maike zupfte unwillkürlich an der Jacke, die über dem Bauch etwas spannte. Es musste ja nicht jeder erfahren, dass sie schwanger war, bevor es ihre eigene Tochter wusste.

»Moin, ihr beiden!«

Jarik und Maike grüßten zurück.

»Was führt dich zu uns?«, erkundigte sich Jarik.

Man kannte sich auf der Insel. Es hatte noch nie Probleme gegeben, doch das Gesicht des Inselpolizisten wurde ernst.

Tessa klebte an der Scheibe ihres Zimmerfensters, seit sie die Stimmen von Jarik, ihrer Mutter und einem fremden Mann gehört hatte. Sie versuchte zu erkennen, was draußen los war, und hielt die Luft an, als sie es sah.

»Wer ist denn da?«

Arwen setzte sich im Bett auf und zog die Decke bis zum Hals hoch, als könnte sie sich so verstecken. Sie hatte ihr alles gebeichtet, als sie endlich aufgewacht war. Warum musste Arwen ausgerechnet an diesem Morgen so lange schlafen?

»Der Inselpolizist.«

»Was, schon?« Ein Sprung aus dem Bett, und Arwen stand neben Tessa. »Was will der denn hier? Haben meine Eltern etwa gleich die Bullen gerufen?«

»Vielleicht ist er ja gar nicht deinetwegen da«, versuchte es Tessa, doch ihre zittrige Stimme sagte ihr, dass das eher unwahrscheinlich war.

Arwen schaute sie höhnisch an. »Is' klar, ne? Wen soll er sonst suchen, nachdem du mich so schön verraten hast?« Sie schüttelte den Kopf, im nächsten Moment schlüpfte sie eilig in Hoodie, Jogginghose und Schuhe. »Meine Mutter hat bestimmt die Cops informiert«, schob sie bissig hinterher. »Nicht dass ich am Ende noch verschwinde, bevor sie mich wieder in ihre Fänge kriegen.«

»Arwen, so schlimm kann's doch nicht sein.«

»Was weißt du schon!«, blaffte ihre Freundin zurück.

Tessa musste schlucken. »Ich hab dich nicht verraten. Wirklich nicht. Ich wollte nur ... Bescheid geben ... Sie sollten sich keine Sorgen machen.«

»Echt jetzt?« Arwens Stimme klang sehr kühl. »Was dachtest du denn, was passiert, wenn du sie anrufst?«

Tessa gelang es gerade so, nicht zusammenzuzucken. Ansehen konnte sie Arwen jedoch nicht.

Ihre Freundin schnappte sich ihren Rucksack. »Ich bin dann mal weg.«

»Wo willst du denn hin?«

Sie gab keine Antwort. In diesem Moment hörten sie die Erwachsenen ins obere Stockwerk gehen. Arwen öffnete vorsichtig die Tür und spähte hinaus.

»Keine Ahnung«, gab Arwen zurück. Sie deutete auf die Glastür am Ende des Flurs. »Da geht's doch auf die Terrasse, oder?«

»Ja, aber ...«

Arwen lief los, ohne darauf zu warten, was sie ihr zu sagen hatte. Sie versuchte, ihrer Freundin hinterherzulaufen, doch sie tat es zu halbherzig. Wenn Arwen sich etwas vorgenommen hatte, war sie sowieso nicht davon abzubringen. Im nächsten Augenblick war sie auch schon draußen und zwischen den Büschen verschwunden.

Tessa stand reglos da und starrte ihr hinterher. Als sie sich wieder umdrehte, sah sie, dass die Tür zu Nils' Zimmer einen Spalt offen stand.

»Tessa?«, hörte sie ihre Mutter auch schon rufen. »Komm doch bitte mal hoch.«

»Wusstest du, dass sie ohne Erlaubnis ihrer Eltern mit dir hergefahren ist?« Maike musste für einen Moment innehalten, weil sich ihre Stimme vor Aufregung überschlug.

Tessa zog trotzig die Schultern hoch. »Ich wusste es, und ich hab ihnen sogar Bescheid gegeben, damit sie sich nicht sorgen. Ich wusste ja nicht, dass sie uns gleich 'nen Cop auf den Hals hetzen.«

»Einen Polizeibeamten«, verbesserte Maike mechanisch. »Arwens Eltern haben ihn benachrichtigt, um sicherzugehen, dass Arwen wirklich hier ist und dass es ihr gut geht.«

»Jaja ...«

Der Inselpolizist wandte sich Tessa zu. »Könntest du Arwen bitte holen?«

Tessa sah auf ihre nackten Zehen, zog sie an, streckte sie wieder und sagte für einen Moment gar nichts.

»Hast du gehört, worum man dich gebeten hat?«

Maike nahm wahr, dass ihre Stimme schärfer wurde, obwohl sie das nicht wollte. So war es eben. Sie musste noch verarbeiten, was sie da eben gehört hatte. Stand sie unter dem Verdacht der Kindesentführung? Nein, das war absurd. Was hatten sich die Mädchen nur dabei gedacht?

»Sie ist nicht da«, murmelte Tessa.

Maikes Herz klopfte heftig vor Aufregung. »Nicht da? Was soll das denn heißen?«

»Sie ist abgehauen, als sie den Cop ...«

»Den Polizisten.«

»Jaja ... Na ja, als sie euch gehört hat.«

»Oh, Himmel! Warum hast du sie nicht aufgehalten?«

»Wie denn?« Tessa schaute endlich wieder auf. »Hätte ich sie festnehmen sollen?«

»Vielleicht«, gab Maike spitz zurück.

Tessa schaute sie an, und ihr fiel auf, wie verunsichert ihre Tochter auf einmal aussah.

Der Polizist meldete sich erneut zu Wort. »Hast du vielleicht eine Idee, wo sie hingegangen sein könnte?«

Tessa zuckte mit den Schultern. »Sie ist einfach abgehauen. Ich glaub, sie hat nicht wirklich einen Plan. Ich wollte noch mit ihr reden, sie hat mir nicht zugehört. Sie ist sauer auf mich, weil ich ihre Eltern angerufen hab. Ich fand, sie sollten wissen, wo sie ist, damit sie sich keine Sorgen machen. Echt, Mum, ich wollte das nicht.«

Tessas Stimme zitterte. Spontan zog Maike sie in ihre Arme, und zu ihrer Überraschung ließ ihre Tochter es zu.

»Alles okay. Ich versteh, dass du das nicht wolltest. Hat sie vielleicht ihr Handy dabei? Können wir sie anrufen? Sie muss ja nicht sagen, wo sie ist. Wir reden erst mal nur.«

Tessa schüttelte den Kopf. »Sie hat es gestern zum Aufladen eingestöpselt und es in der Eile vergessen.« Sie hielt inne. »O mein Gott! Was tun wir, wenn sie ins Watt gelaufen ist?«

»Könnte sie das denn getan haben?« Maike runzelte die Stirn. »Warum sollte sie? So verzweifelt wird sie doch nicht sein.«

Tessa schaute wieder auf ihre Füße. Dann atmete sie tief durch. »Ich weiß nicht. Sie hat bei der Wattwanderung vorgestern gesagt, dass es ihr da draußen gefällt. So viel Ruhe und so viel Weite. Sie hat auch gesagt, dass sie mal übers Watt zum Festland laufen will. Das hast du letzten Sommer mit Jarik gemacht.«

»Aber sie weiß hoffentlich, dass es gefährlich ist, das allein zu tun, oder?«, warf Jarik ein.

»Klar. Hast du uns doch erklärt. Sie war nur ... Sie war eben ziemlich aufgeregt, weil ich sie verraten hab ... Da denkt sie vielleicht nicht vernünftig.«

Maike strich ihrer Tochter über den Rücken. Sie spürte, dass sie mit den Tränen kämpfte. »Himmel, du hast sie nicht verraten, Tessa. Sie hat von dir verlangt, dass du mit ihr zusammen ihre Eltern täuschst, das ist nicht in Ordnung.«

Tessa schaute auf, und es kam Maike vor, als ob sich ein dankbares kleines Lächeln auf ihr Gesicht stahl. Unten war mit einem Mal ein Videospiel zu hören. Nils schien mit seinem Tablet am Treppenaufgang zu stehen.

»Entschuldigt, ich schau mal nach Nils. Es kann sein, dass ihn die Sache hier verunsichert. Er kann mit Veränderungen oder unerwarteten Vorkommnissen nicht sonderlich gut umgehen.«

»Natürlich.« Der Inselpolizist nickte. »Du hältst dich aber zur Verfügung, okay?«

»Ist klar. Ich bin wahrscheinlich gleich wieder zurück.« Jarik sah sie an. »Kann ich euch kurz allein lassen?«

Maike nickte. Dann hörte sie Jariks Schritte auf der Treppe, hörte ihn mit Nils reden, kurz darauf kamen die beiden hoch.

»Sie ist bestimmt am Strand«, sagte Nils. »Sie hat uns gesagt, dass sie den Strand so mag, weil sie da gut denken kann und sich so frei fühlt.«

»Wisst ihr denn, wo am Strand sie sein könnte?«, fragte Maike.

Nils und Tessa schüttelten den Kopf.

»Dann müssen wir sie einfach überall suchen«, meldete sich Jarik zu Wort. »Am besten wir fangen dort an, wo der

Weg übers Watt zum Festland startet.« Er drehte sich zu Tessa. »Oder weiß sie gar nicht, wo das ist?«

Tessa steckte ihre Hände tief in die Taschen ihres Kapuzenshirts, das sie über ihren Schlafanzug gezogen hatte. »Schon, wir haben drüber geredet. Ich hab von eurer Wanderung erzählt bei der Wattführung. Wo man da startet und so. Aber es ist ja nicht immer an derselben Stelle, oder? Es hängt von den Gezeiten ab und der Jahreszeit.«

Jarik nickte. »Gut.« Er wechselte einen Blick mit dem Inselpolizisten. »Wir sollten los, wenn das okay für dich ist. Ich sag noch ein paar Leuten Bescheid. Sollen wir die Seenotrettung informieren?«

»Es wäre besser ...«

Sie alle wussten, dass das Zeitfenster, in dem sie Arwen wohlbehalten auffinden konnten, wenn sie ins Watt gegangen war, begrenzt war. Bald würde das Wasser wieder auflaufen.

Sie entschieden, dass ihre Mutter nun doch den Laden übernahm, damit Famke sich mit auf die Suche nach Arwen machen konnte. Sie war auf der Insel aufgewachsen und kannte sich mit den Tücken von Ebbe und Flut aus. Tessa sollte mit Nils im Haus bleiben für den Fall, dass Arwen oder sogar ihre Eltern sich meldeten. Die beiden zogen sich in Nils' Zimmer zurück, wo Nils vorschlug, *Minecraft* zu spielen, aber Tessa konnte sich nicht konzentrieren. Sie machte sich große Vorwürfe.

»Wenn ich ihnen nicht Bescheid gesagt hätte, wär Arwen nicht weggelaufen und jetzt nicht in Lebensgefahr. Was, wenn ihr etwas passiert? Wie soll ich mir das je verzeihen?«

»Es war aber nicht richtig, dass sie einfach abgehauen ist, ohne ihre Eltern darüber zu informieren, wohin«, sagte Nils.

Seine Stimme klang komischerweise ganz ruhig. War er nicht auch aufgeregt wie sie?

»Ja, ich hätte darauf drängen müssen, dass sie sie anruft. Ich hätte sie nicht einfach hintergehen sollen.«

Auf dem Bildschirm schaltete *Minecraft* in den Nachtmodus. Nils senkte die Fernsteuerung und sah zu ihr.

»Und hättest du das geschafft?«

Tessa überlegte. Nils hatte recht, es war fraglich, ob sie das geschafft hätte. Wahrscheinlich nicht. Irgendetwas war zwischen Arwen und ihren Eltern in letzter Zeit passiert, das sich nicht so leicht regeln ließ. Arwens Familienleben war ihr immer so perfekt vorgekommen. Wann hatte sich das geändert?

Jarik hatte seine Freunde Fiete und Joss angerufen, die sich natürlich sofort bereit erklärten, zu helfen. Joss, der einer Familie von Krabbenfischern entstammte, lebte auf dem Festland, kannte aber auch die Insel gut. Sie hatten Glück. Er und Fiete hatten weitere Freunde informiert. Wenn Arwen nicht zeitnah gefunden wurde, würde man sehr bald die Seenotrettung einschalten, aber noch bestand Hoffnung.

Jarik und Famke machten sich als Erstes zu der Stelle auf, wo zu dieser Jahreszeit die Wanderung übers Watt ans Festland begann. Unglücklicherweise war es diesig geworden. Seenebel würde die Suche deutlich erschweren.

DREIZEHNTES KAPITEL

Arwen lief einfach geradeaus. Immer wieder musste sie sich die Tränen aus dem Gesicht wischen. Wie hatte Tessa sie nur so verraten können? Was bildete sie sich ein? Weshalb hatte sie nicht mit ihr geredet und ihre Erklärung abgewartet? Wieder kam die Wut hoch wie in dem Moment, als ihr die Erkenntnis, dass ihre beste Freundin ihr Vertrauen missbraucht hatte, die Luft genommen hatte.

Während die Gedanken durch ihren Kopf jagten, lief sie weiter und weiter. Verdammt, sie wollte nur noch weg, weg von all den Lügnern und Verrätern.

Schöne beste Freundin. Sie fühlte sich so beschissen allein.

Natürlich lief sie zum Meer. Da hatte sie gar nicht viel drüber nachdenken müssen. Hier draußen war es still, hier draußen waren ihre Gedanken frei.

Ich will Tessa nicht mehr sehen. Nie mehr.

Sie erreichte den Strand ziemlich schnell. Ob die anderen schon überlegten, wo sie war? Bestimmt vermuteten sie, dass sie am Strand war. Es gab allerdings viele Strände auf Spiekeroog und viele Wege, über die man das Meer erreichen konnte auf der Insel.

Als sie das Meer sah, blieb sie stehen. War das noch Ebbe oder bereits auflaufendes Wasser? Egal, es war nicht wichtig. Sie hatte keine Ahnung, wann die Flut an diesem Morgen einsetzte, es änderte sich ja jeden Tag. Im Moment war es jedenfalls so, dass sich das Meer weit, weit zurückgezogen hatte. Es würde also sicher noch ein Weilchen so bleiben. Vielleicht schaffe ich es ja, das Festland zu erreichen, dachte sie.

Bald hatte sie wieder das Gefühl wie auf dem Ausflug ins Watt – diese Stille und Weite war einfach unübertrefflich. Nein, es war eigentlich gar nicht ganz still, man hörte Möwen schreien und in der Ferne ein Rauschen. Sie konnte das gar nicht beschreiben. Es war wunderbar. Ihr Kopf war leer. Sie lief und lief und lief und atmete immer ruhiger.

Nach einer Weile drehte sie sich um und blieb erstaunt stehen. Wie weit sie schon gelaufen war! Sie konnte den Strand kaum noch ausmachen. Und dann war da auf einmal Nebel, der sich wie eine Wand zwischen sie und die Insel geschoben hatte und die Orientierung schwerer machte. Das musste die dicke Suppe sein, von der die Seeleute sprachen, eine große graue Wolke, die binnen kürzester Zeit alles einhüllen konnte. Weit sah man nicht mehr, das war ein bisschen unheimlich, aber gleichzeitig fühlte es sich an, als wäre man in Watte gehüllt. Das wiederum war ein angenehmes Gefühl. Selbst die Geräusche hörte man gedämpfter.

Sie drehte sich wieder zum Meer und lief weiter. Zum Glück war sie nicht ganz allein, immerhin hatte sie eben noch ein Schiff gesehen. Aber ... jetzt war da nichts mehr ... Wo war das Schiff? Oder war es gar nicht dort gewesen? Sie schaute in die eine Richtung, dann in die andere. Verdammt, wie hatte das nur so schnell gehen können mit dem Nebel?

Ein Schiffshorn tutete, das Geräusch ließ sie zusammenfahren. In welche Richtung sollte sie gehen? Woher war sie eigentlich gekommen? Und was war mit dem Boden? War sie gerade durch Wasser geschlappt? Ihre Füße waren nass. Das war sicher normal bei Ebbe, oder kam das Meer zurück? War das doch schon die Flut?

Arwen blieb erneut stehen. Innerhalb von Sekunden sank ihre Stimmung, und die Angst schnürte ihr die Kehle zu.

»Hilfe!«, schrie sie. »Hiiilfe!«

Jarik und Famke wechselten immer wieder einen Blick. Maike hatte sie schon zum zweiten Mal aus dem Laden angerufen, um sich zu erkundigen, ob sie Arwen schon gefunden hatten. Jarik stellte auf laut.

»Wie sieht es aus? Das Wasser läuft jetzt auf, oder?«, hörten sie Maikes aufgeregte Stimme.

Jarik schaute auf die Nebelwand, die sich vor ihnen aufgebaut hatte, und bemühte sich um einen ruhigen Tonfall.

»Ja, aber mach dir keine Sorgen. Wir finden sie. Außerdem ist es zwei Tage nach Springflut«, fügte er hinzu. »Es ist gut möglich, dass das Wasser nicht so hoch steigt.«

»Und was, wenn doch?«, drang Maikes Stimme erneut aus dem Handy. Jarik sah Famke wieder an. Sie zog die Schultern hoch und ließ sie wieder sinken, als könnte sie so etwas entspannen. Aber es bedeutete: Das wissen wir auch nicht.

Jarik strich sich das feuchte Haar aus der Stirn. »Maike, glaub uns, wir tun unser Bestes. Wir rufen dich an, sobald wir sie gefunden haben. Verlier die Hoffnung nicht, dafür ist es zu früh. Fiete und Joss und die anderen sind auch unterwegs. Wir alle stehen in Kontakt. Bitte, bleib ruhig.«

»Leichter gesagt als getan«, blaffte sie zurück.

»Maike!«

»Entschuldige, du hast ja recht.«

»Lass uns jetzt weitersuchen. Ich weiß, dass es furchtbar ist, zu Hause zu sitzen und nur warten zu können.«

»Okay.« Es war einen Moment still, dann hörten sie die Ladenklingel.

»Hast du Kundschaft?«, fragte Jarik.

»Nein, es ist nur ... Warte kurz, es ist Tessa.« Jarik hörte Gemurmel. »Hörst du?«, vernahm er dann wieder Maikes Stimme. »Tessa sagt, Arwens Eltern haben sich noch einmal bei ihr gemeldet. Sie sind auf dem Weg zu uns und bitten darum, dass ich sie zurückrufe.«

O nein, o nein, hämmerte es in Maikes Kopf, während sie im Laden auf und ab lief. Sie versuchte, sich zurechtzulegen, was sie sagen sollte, aber ihre Gedanken flatterten einfach davon. Sie konnte sich nicht konzentrieren. Sie hatte ja nichts, was Hoffnung spendete. Arwen war fortgelaufen, und keiner wusste, wohin. Was, wenn das Schlimmste wahr wurde, was, wenn das Unaussprechliche eintraf? Wie sollte sie je damit zurechtkommen?

Sie musste innehalten, das Kleine hatte getreten, so heftig wie noch nie. Sie legte die Hand auf ihren Bauch und streichelte sanft darüber.

»Ich bin ja da«, flüsterte sie. »Ich bin ja da.«

Sie hatte Arwens Mutter schon lange nicht mehr gesehen. Früher waren sie sich öfter begegnet, wenn sie die Kinder zur Schule gebracht oder wenn sich die beiden zum Spielen verabredet hatten. Inzwischen waren sie groß und selbstständig.

Sie nahm sich ein Herz und gab die Nummer ein, die Tessa ihr gegeben hatte. Es klingelte nur ein Mal, da wurde das Gespräch auch schon angenommen.

»Ja, Tom Hellmeister«, hörte sie eine Männerstimme.

»Hier ist Maike Schuster, Tessas Mutter«, sagte sie.

»Wo ist unsere Tochter?«, fragte Arwens Vater, ohne sie zu begrüßen. »Ich würde sie gerne kurz sprechen.«

»Ganz ehrlich, ich weiß es nicht«, erwiderte Maike wahrheitsgemäß. Das Kind in ihrem Bauch, das eben noch so munter gewesen war, hielt ganz still. Als wüsste es, dass es jetzt nicht angebracht war, auf sich aufmerksam zu machen. »Heute Morgen, als der Inselpolizist kam«, fuhr Maike fort, »ist sie einfach verschwunden. Wir haben das leider zu spät mitbekommen.«

»Und warum hat Tessa sie nicht aufgehalten?«

Maike zögerte einen Augenblick. »Wie sollte sie das denn geschafft haben?«, fragte sie dann. »Mit Gewalt? Meine Tochter konnte nichts tun.«

Tom Hellmeister schnaubte. »Ich bin mir ziemlich sicher, dass Ihr Kind einen enormen Einfluss auf Arwen hat. Unsere Tochter ist gewiss nicht allein auf die Idee gekommen, mit Tessa zu Ihnen auf die Insel zu fahren, ohne uns etwas zu sagen.«

»Das müssen Sie die Mädchen schon selbst fragen«, sagte sie.

Maike hörte ein Schluchzen, Arwens Mutter hatte zu weinen begonnen. Hilflos schloss sie die Augen. Bitte, lieber Gott, flehte sie stumm, wenn es dich gibt, dann mach, dass Arwen nichts Schlimmes geschehen ist.

Arwen ging langsam weiter, in die Richtung, von der sie annahm, dass es der Rückweg zum Strand war. Es war gar nicht einfach, voranzukommen. Der Boden war schlickig, an manchen Stellen mehr, an manchen weniger. Kam das Wasser zurück? Setzte die Flut schon ein? Sie konnte ihre Füße kaum noch sehen, so dicht war der Nebel jetzt. Zweimal schon war sie tief im Schlick eingesunken und hatte voller Angst gedacht, dass sie stecken blieb, aber dann hatte sie sich doch wieder befreien können. Allerdings hatte es sich wie eine Ewigkeit angefühlt. Schließlich zog sie ihre Schuhe aus. Barfuß war es leichter.

Sie fröstelte. Ihre Kleidung war feucht vom Nebel. Dumm, dass sie den Meeresboden nicht mehr sehen konnte, da waren nämlich so viele Muscheln. Wenn das Wasser auflief, öffneten sie sich, um Nahrung aufzunehmen, und es konnte sehr schmerzhaft sein, auf sie zu treten. Das hatte Jarik ihnen gesagt.

War es eigentlich noch nebliger geworden? War das überhaupt möglich? Sie hatte von diesen Seenebeln in Gruselgeschichten gelesen, Geschichten von Leuten, die sich im Watt verlaufen hatten. Daran versuchte sie aber nicht zu denken.

Arwen fühlte, dass das Wasser ihre Füße umspülte. Hatte sie nur den Eindruck, oder kam es schneller zurück, als sie das in Erinnerung hatte von den ersten Tagen auf der Insel? Anscheinend war sie in der falschen Richtung unterwegs. Sie wusste es nicht. Es fühlte sich an, als wüsste sie überhaupt nicht, wo oben und unten, rechts oder links war. Lief sie auf das Wasser zu? Sie drehte sich erneut um. In welche Richtung sollte sie dann gehen? Wohin konnte sie sich retten?

Vor einer Stunde hatte sie noch gedacht, dass es das

Schlimmste wäre, dem Polizisten in die Arme zu laufen, aber sie hatte sich geirrt: Das Schlimmste war, wenn sie hier niemand fand, wenn sie auf immer von diesem weiten Grau, diesem Nichts verschluckt wurde.

Arwen wischte sich erneut mit dem Handrücken über das Gesicht. Sie konnte ihre Tränen einfach nicht zurückhalten. Auf ihre Hilfeschreie hatte niemand reagiert. Warum nicht? War sie so weit draußen? Ihre Hand glitt zum wiederholten Mal zur Gesäßtasche ihrer Jeans, aber das Handy war nicht da. Natürlich nicht. Sie hatte es vergessen, als sie so überhastet aufgebrochen war, weil Tessa sie verraten hatte. Es lag auf dem Nachttisch am Aufladekabel.

Mist. Mist. Mist.

»Hilfe!«, versuchte sie es noch einmal. »Hiiilfe! Hört mich denn keiner?«

Es kam ihr vor, als könnte auch ihre Stimme nicht durch diese verdammte dicke Suppe dringen. Und wieder drehte sie sich um, kniff die Augen zusammen, versuchte, etwas zu erkennen. Sollte sie in diese Richtung gehen oder in diese? Sie sah einfach nichts mehr. Aber sie fühlte etwas. Das Wasser klatschte gegen ihre Waden und zog sich nicht wieder zurück. War es noch höher gestiegen? In dieser kurzen Zeit? War sie etwa eingeschlossen?

Am Strand hatte sie in den letzten Tagen oft gemeinsam mit Tessa beobachtet, wie die Priele vollliefen, wenn die Flut kam. Aber es gab da doch diese Sandbank, auf der man noch lange stehen konnte, wenn das Wasser zurückkam. Auf der hatte sie während der Challenge gestanden. Sie musste ganz in der Nähe sein.

Arwen schaute nach oben, wo der Himmel sein musste,

aber auch der war inzwischen grau ... Wo war die Sonne? Da war keine Sonne, nur eine diffuse Helligkeit in der nebligen Suppe.

Sie glaubte, durch eine Mulde zu gehen. Das war ein Priel, und sie hatte ihn vielleicht auf dem Hinweg durchquert. Da war er noch ein schmaler Bach gewesen, der sich inzwischen in einen Fluss verwandelt hatte. Die Strömung war stark, und sie wusste, was es bedeutete, wenn das Wasser aus den Prielen kroch. Sie bemerkte, wie ihr Herz in ihrer Brust hämmerte bis in den Hals hinauf. Wo war nur die Sandbank? Oder stand sie etwa schon drauf?

»Hilfe«, schrie sie, und noch einmal: »Hilfe!« Es fühlte sich an, als würde ihre Stimme einfach in den Weiten verklingen. »Hilfe!« Es nutzte nichts. Die Tränen strömten ihr über die Wangen. »Hilfe! Hilfe!«

Ihre Stimme kippte, und sie erschauderte. O Gott, wie hatte das passieren können? Jarik hatte Tessa und sie mehrfach eindringlich gewarnt. Seid vorsichtig, wenn die Flut kommt, hatte er gesagt. Geht kein Risiko ein. Unterschätzt nicht, wie schnell das Wasser zurückkommt. Als sie ihn nach dem Weg durchs Watt zum Festland gefragt hatten, hatte er betont, dass man Erfahrung brauchte, um diesen Weg zu gehen, und dass man es niemals ohne Führer tun sollte. Und er hatte ihnen von ein paar Jugendlichen berichtet, die sich beim Muschelnsammeln zu weit vom Strand entfernt hatten. Wegen eines zugelaufenen Priels, den sie nicht mehr hatten durchqueren können, hatten sie gerettet werden müssen. Allerdings hatten diese Jugendlichen wenigstens ein Handy dabeigehabt.

Ich hab keins, ich werde ertrinken ...

Vielleicht war man ja noch nicht mal auf der Suche nach ihr? Vielleicht hatte Tessa nichts gesagt, weil sie, Arwen, so sehr darauf beharrt hatte, dass sie den Mund halten solle?

Sie lief noch ein paar Schritte, blieb wieder stehen. Welche Richtung? Welche verdammte Richtung sollte sie nehmen, um dem Wasser zu entkommen? Eine Richtung führte ganz sicher in den Tod. Das wusste sie, aber sie wusste nicht, welche es war. Dennoch musste sie eine Entscheidung treffen.

Sie überlegte, lief wieder los, dann schrie sie auf. Sie war in eine Muschel getreten.

Vorsichtig stakste sie weiter, musste immer wieder scharf Luft einziehen vor Schmerzen. Warum hatte sie nur die Schuhe ausgezogen? Warum ging alles schief in ihrem Leben? Das Wasser war kalt, es umspülte jetzt ihre Knie. Arwen begann zu weinen, erst leise, dann lauter und verzweifelter. Und dann schrie sie. Schrie, so laut sie konnte.

»Hilfe! Hört mich denn keiner?«

»Arwen?«

»Hilfe, Hilfe, Hilfe!«

»Arwen!«

Sie schrie wie von Sinnen, hielt irgendwann erschöpft inne. Hatte da jemand ihren Namen gerufen? Jetzt wurde sie auch noch verrückt. Hörte eine Stimme, die ihr antwortete.

»Arwen!«

O Gott, da war jemand. Sie bildete sich das nicht ein. Sie war nicht mehr allein. Das war Jariks Stimme.

»Hier bin ich! Ich bin hier!«

»Arwen, ruf weiter, hör nicht auf zu rufen.«

Sie rief und rief, bis sie heiser war, und dann tauchte Jarik plötzlich vor ihr auf, schloss sie spontan in die Arme.

Aber es blieb keine Zeit für Erleichterung. Sie mussten sofort weiter. Das Meer wartete nicht.

Die Rettungskräfte empfahlen, Arwen aufs Festland in ein Krankenhaus bringen zu lassen und dort eine Nacht zur Beobachtung zu behalten.

»Nur zur Sicherheit. Auf den ersten Blick sieht alles gut aus«, sagte einer der Männer. »Die Schnittwunde an ihrem Fuß ist versorgt, ihr muss nur wieder warm werden. Aber junge Menschen kriegen das gewöhnlich rasch hin. Sie hatte wirklich einen Schutzengel. Da gab's schon andere Fälle.«

Maike und Jarik wechselten einen Blick. Sie wussten beide nur zu gut, wovon er sprach. Maike hatte den Laden geschlossen, es war sowieso Mittagspause. Kurz nachdem Jarik und Famke Arwen gefunden hatten, war die Sandbank, auf der Arwen gestanden hatte, überspült gewesen, und der Weg durch das Wasser in Richtung Strand war kraftraubend und mühsam gewesen. Sie hatten Arwen vom Strand aus mit dem Rettungswagen zum Strandfliederhaus gebracht und ihre Eltern informiert.

Kurz darauf meldeten sich diese noch einmal per Videochat.

»Wir sind bald am Anleger«, sagte Arwens Mutter. »Wir haben uns überlegt, dass wir hier auf euch warten und dann mit ins Krankenhaus fahren«, sagte ihre Mutter.

»Nein.« Arwens Stimme klang scharf. »Ich möchte, dass Tessas Mutter mitfährt.« Sie wandte sich an Maike. »Würdest du mitkommen?«

Für einen Augenblick wusste Maike nicht, was sie sagen sollte.

»Ich kann gern auch mitkommen ... äh ... ja, aber solltest du nicht ... Ich meine, deine Eltern ...«

Die Rettungskräfte drängten zum Aufbruch. Doch für Arwens Vater war das letzte Wort noch nicht gesprochen.

»Was bildest du dir eigentlich ein, Arwen?«, platzte es aus ihm heraus. »Weißt du, was du deiner Mutter und mir angetan hast? Weißt du, welche Ängste wir ausgestanden haben? Wir werden hier auf euch warten, basta.«

Maike sah, dass Famke sich aufrichtete, sah ihren empörten Gesichtsausdruck und warf ihr einen beschwichtigenden Blick zu. Bitte, bat sie stumm, sag nichts. Dann wandte sie sich an Arwens Vater.

»Bleiben wir doch alle erst einmal ruhig und geben uns ein bisschen Zeit. Das war ziemlich viel Aufregung für einen Vormittag. Versuchen wir also, Ruhe zu bewahren und nachzudenken. Wir bringen Arwen ins Krankenhaus, dann sehen wir weiter.« Sie strich Arwen sanft über den Rücken.

Arwens Mutter kam ins Bild. »Gut«, sagte sie, »bis später dann. Meldet euch, wenn ihr wisst, wann ihr ankommt.«

Sie beendete den Chat.

»Das wird schon wieder«, sagte Maike zu Arwen. »Komm, ich helf dir, trockene Sachen anzuziehen und deinen Rucksack zu packen. Für eine Nacht brauchst du ja nicht viel.«

Jarik kam aus dem Bad, er hatte heiß geduscht und sich umgezogen. »Fiete kann Arwen mit zum Festland nehmen«, sagte er.

Sein Freund Fiete hatte ein Boot, mit dem er Urlaubsgäste zu den Seehundbänken brachte. Während seines Biologiestudiums hatte er im Rettungsdienst gearbeitet und war somit für einen Krankentransport gut vorbereitet.

»Ich hoffe, mir wird nicht schlecht«, sagte Arwen mit leiser Stimme.

Die Rettungskräfte brachten sie schließlich zum Bootssteg.

»Entschuldige bitte«, sagte Arwen auf der Fahrt, »entschuldige den Ärger, den ich euch gemacht habe, Maike.«

Maike schüttelte den Kopf. »Lass uns später darüber reden, okay? Jetzt sind wir erst mal alle froh, dich wiederzuhaben.«

Arwen sieht wirklich furchtbar erschöpft aus, fuhr es ihr durch den Kopf, sie ist noch bleicher als sonst.

»Meine Eltern sehen das sicher anders«, sagte sie und schluchzte auf.

Zum ersten Mal hatte Maike den Eindruck, Arwen könnte die Beherrschung verlieren. »Das glaube ich nicht«, erwiderte sie, »aber ihr habt sicher einiges zu besprechen.«

»Wahrscheinlich ...« Arwen schwieg wieder. »Wenn Tessa nichts gesagt hätte ...«, setzte sie dann an.

»Glaubst du nicht, dass deine Eltern dich gesucht und sich um dich gesorgt haben?«

»Ich glaube nicht, dass es sie viel kümmert, was ich mache oder will ...«

Maike nickte. »Darf ich dich etwas fragen, Arwen?«

»Natürlich.« Arwen schaute sie aufmerksam an.

»Warum bist du hergekommen, ohne deinen Eltern Bescheid zu geben? Warum hast du sie nicht einfach gefragt, ob sie es erlauben?«

Arwen musste nicht lange überlegen. »Das hab ich Tessa schon gesagt«, kam es, wie aus der Pistole geschossen. »Ich will nicht mehr das Anhängsel meiner Eltern sein. Seit Jahren muss ich sie begleiten: auf Partys, auf ihren Reisen ... Sie haben mich nie gefragt, ob ich das will, und alle gehen davon aus, dass ich es toll finde, überallhin mitzufahren. Aber ich bin sechzehn, und ich will meine eigenen Entscheidungen treffen. Jetzt war mal eine Gelegenheit, weil ich nicht mit ihnen fahren konnte. Es war ja noch Schule, als sie los sind zu ihrem Kurztrip. Außerdem ...«, zum ersten Mal zeigte sich ein kleines Lächeln auf ihrem Gesicht, »... engagier ich mich im Klimaschutz, und nicht nur von kurz vor acht bis vier Uhr an Schultagen. Diese ständigen Flugreisen will ich einfach nicht mehr unterstützen.«

Maike nickte erneut. Es war nicht zu übersehen, dass sich Arwen Gedanken machte.

Wind war aufgekommen, und der Nebel hatte sich verzogen, so schnell, wie er gekommen war. Es dauerte nur eine gute Stunde, bis Fiete Arwen und Maike auf seinem Boot ans Festland gebracht hatte. Dort warteten ihre Eltern schon, um sie ins Krankenhaus zu bringen. Arwen begrüßte sie sehr reserviert. Ihre Mutter nahm sie spontan in die Arme, doch sie blieb stocksteif.

»Ich werde dich von jetzt an nicht mehr aus den Augen lassen«, sagte sie. »Ich bleibe an deiner Seite im Krankenhaus.«

Arwen protestierte. »Nein. Ich muss schlafen. Ich muss mich ausruhen. Außerdem kommt Maike mit.«

Ihre Mutter sah Maike mutlos an. »Ich dachte, es täte ihr gut, wenn ich bei ihr bleibe. Ich habe solche Angst, dass wir uns verlieren ...«

»Ich denke, Arwen braucht nur etwas Zeit für sich.«

Maike tätschelte Arwens Mutter den Arm, während Arwen in einem Rollstuhl von einer Krankenschwester in die Notaufnahme gefahren wurde, wo einige Untersuchungen gemacht werden sollten. »Sie wird sich ausschlafen. Morgen sieht es schon anders aus.«

»Meinen Sie?«

»Klar.« Natürlich wusste sie es nicht, aber was sollte sie sagen?

Maike sah, dass Arwens Vater sie beobachtete. Worüber er wohl nachdachte?

»Und wo sollen wir bleiben?«, fragte Arwens Mutter mit Tränen in den Augen. »Ich will nicht weg von meiner Kleinen, auch wenn sie mich gerade ...«, sie kämpfte gegen die Tränen an, »... nicht will.«

»Ich weiß vielleicht jemanden«, erwiderte Maike.

Sie holte ihr Smartphone aus ihrer Tasche und entschuldigte sich kurz. Jette hatte doch ein Gästezimmer. Jette schien ihr eine gute Wahl. Dennoch telefonierte sie erst mit Jarik, der ihre Idee befürwortete.

»Jette ist eine gute Gastgeberin«, sagte er. »Arwens Eltern werden dort zur Ruhe kommen können. Wenigstens ein bisschen. Soll ich anrufen?«

»Nein, nein, das mache ich schon.«

Jette war überrascht, dass Maike sie anrief, war aber sofort bereit, Arwens Eltern ihr Gästezimmer zu überlassen. Maike bedankte sich überschwänglich.

Jette lachte. Sie hatte ein schönes Lachen. »Sind wir nicht eine Familie? Wir sollten einander helfen. Und wir sollten uns endlich mal wieder treffen und quatschen. Ich würde mich freuen. Echt.«

Maike suchte einen Augenblick lang nach Worten. Ja, das hatte sie auch schon gedacht. Aber irgendwie hatte sie immer noch Skrupel. Jette gehörte zu Jariks Vergangenheit. Sie waren verheiratet gewesen. Er hatte ihr gesagt, dass sie letztendlich nicht zueinandergepasst und sich deshalb getrennt hatten. Sie musste gestehen, dass sie Probleme damit hatte, sich das vorzustellen.

»Ja …«, sagte sie langsam, es fiel ihr nichts Besseres ein. Rasch fügte sie hinzu: »Wir kommen dann gleich.«

»Wo seid ihr?«

»Im Krankenhaus in Wittmund.«

»Gut, da hab ich ja noch etwas Zeit, um das Zimmer zurechtzumachen.«

»Ich weiß nicht, wie ich dir danken soll.«

»Ist schon gut. Wie gesagt, in einer Familie ist man füreinander da.«

VIERZEHNTES KAPITEL

Maike war noch eine Weile bei Arwen im Krankenhaus geblieben und hatte dann die letzte Fähre auf die Insel genommen. Schon am nächsten Morgen wurde Arwen entlassen, ihre Eltern sprachen mit den Ärzten, die ihnen zum Glück bestätigten, dass sie bis auf die Fußverletzung gesund und munter sei. Sie bestand darauf, die restlichen Ferien auf der Insel zu verbringen. Ihre Mutter stimmte sofort zu, ihr Vater war anderer Meinung, doch er beharrte nicht darauf, seine Tochter wieder mit zurück nach Frankfurt zu nehmen. Sie begleiteten Arwen zusammen nach Spiekeroog und verabschiedeten sich dann aufs Festland. Über die Ostertage wollten sie noch bleiben. Maike spürte, dass da etwas zwischen ihnen und Arwen war, das der Klärung bedurfte, aber sie hatten die Worte dafür wohl noch nicht gefunden. Sie hoffte, dass sich das bald ändern würde.

Sofort nach ihrer Ankunft zog sich Arwen in Tessas Zimmer zurück. Sie wollte schlafen, sie war immer noch erschöpft. Tessa hatte die vergangene Nacht bei Famke verbracht. »Ich brauchte jemanden zum Reden«, hatte sie gesagt. Die Mädchen hatten sich nach Arwens Verschwinden noch nicht wiedergesehen, jetzt konnte Tessa es kaum erwarten, mit ihrer

Freundin zu reden. Sicher hatte das Gespräch mit Famke ihr gutgetan. Maike sah die Enttäuschung in Tessas Gesicht, als sie hörte, dass Arwen noch nicht bereit war. Ihre Tochter tat ihr leid, andererseits wusste sie, dass sie allein da durchmusste. Sie konnte ihr nicht helfen. Um die Mittagszeit wurde Arwen wieder wach, und Maike bereitete ihr einen kleinen Snack vor. Ihr Blick fiel auf Tessa, die schon den ganzen Morgen auf dem Sofa saß und nicht wusste, wohin mit sich.

»Ich wollte das Arwen bringen«, sagte Maike. »Willst du mitkommen?«

Tessa überlegte kurz und schüttelte dann den Kopf. »Sie will mich nicht sehen.«

Maike schaute ihre Tochter ernst an. »Du hast nichts Falsches getan, Tessa.«

Tessa zuckte mit den Schultern. »Das sieht sie leider anders.«

»Ich weiß. Mach dir dennoch keine Vorwürfe. Das wäre nicht richtig.«

»Mach ich auch nicht, aber ich hasse es, Streit mit Arwen zu haben. Sie ist meine beste Freundin, wir vertrauen einander. Eigentlich.« Tessa unterdrückte einen Seufzer. Maike nickte. So war das Leben. Oft gab es kein Schwarz-Weiß, keine klaren und eindeutigen Entscheidungen. Das Leben war manchmal grau und manchmal regenbogenbunt – es hatte viele Facetten. »Ich finde, dass sie nicht verlangen konnte, dass ich weiter für sie lüge, außerdem löst es keine Probleme, wegzulaufen«, fuhr Tessa fort.

Maike drehte sich unwillkürlich weg, weil sie lächeln musste. Na so etwas, dachte sie, das hätte sie vor Kurzem wohl noch ganz anders gesehen.

»Ich bin stolz auf dich«, sagte sie. »Du hast eine schwierige Entscheidung getroffen, obwohl du wusstest, dass sie für dich möglicherweise unangenehme Folgen haben würde.«

»Ja, das war ziemlich gut, oder, Mum?«

»Du bist eben ziemlich gut gelungen«, erwiderte Maike mit einem Lächeln.

»Das sagst du jetzt nur, weil ich deine Tochter bin.« Tessa grinste. »Du kannst ja wohl kaum was anderes sagen.«

»Möglich.« Maike grinste zurück.

An diesem Abend machte Maike noch einen kleinen Spaziergang durchs Dorf mit Jarik. In den letzten Tagen hatten sie wenig Zeit für sich gehabt. Sie hatten einander vermisst.

»Wie geht es dir?«, flüsterte Jarik ihr ins Ohr. »Wie geht es unserem Geheimnis?«

»Uns geht's gut.« Maike sagte ein paar Schritte nichts, dann fügte sie hinzu: »Lange werden wir es allerdings nicht mehr geheim halten können.«

»Du bist ein bisschen feige, stimmt's?«

»Ich fürchte, du hast recht ... Aber ich weiß nicht, wie Tessa reagieren wird ... Und was die anderen sagen ... Überhaupt ... Vielleicht bin ich doch zu alt für ein zweites Kind.«

»Das ist nicht dein Ernst.«

Sie überlegte. »Nein«, sagte sie bedächtig. »Das glaube ich nicht wirklich.«

»Sollte dich also stören, was die anderen sagen?«

»Wahrscheinlich nicht.«

»Genau.« Jarik zog sie in die Arme und küsste sie zärtlich. »Das sollte es nicht.«

Auch am Ostersamstag ließ sich Arwen nicht sehen. Nur zwischenzeitlich hatte man sie gehört, als sie in die Dusche gehuscht war. Maike bereitete ein Frühstück zu, das leere Tablett stand irgendwann im Flur. Tessa hatte erneut bei Famke geschlafen. Die hatte ihr zwar unmissverständlich klargemacht, dass das Zimmer, in dem Arwen sich aufhielt, ja wohl ihres sei, aber Tessa scheute die Auseinandersetzung weiterhin. Maike konnte sie gut verstehen. Sie bat Tessa, im Laden auszuhelfen, an diesem Morgen würden viele Ostergäste kommen. Die Ferienunterkünfte waren fast ausgebucht.

»Ich hab auch meine Baustellen, Tessa«, sagte Famke mit einem schiefen Lächeln, als sie die Regale gemeinsam auffüllten und das Gespräch wieder auf Arwen kam. Sie wussten natürlich, dass sie auf ihre Eltern anspielte, und ganz besonders auf ihren Vater.

»Willst du ihr vielleicht heute Mittag etwas zu essen bringen?«, fragte Maike.

Sie konnte sehen, dass Tessa ablehnen wollte, doch dann nickte sie. »Okay, mach ich.«

In der Mittagspause ging sie mit Tessa rüber, sie kochten gemeinsam eine Suppe, schmierten Brötchen und bereiteten für Arwen ein Tablett vor.

»Sie mag gern heißen Kakao«, sagte Tessa.

»Eine gute Idee, Schokolade ist gut für die Seele«, erwiderte Maike. Tessa ist auf einem guten Weg, dachte sie. Sie schafft das schon.

Tessa klopfte an die Tür ihres Zimmers, auch wenn sie sicher war, dass Arwen ihre Schritte auf der Treppe und im Flur erkannt hatte. Es war kein »Herein« zu hören, Tessa öffnete dennoch. Ihre Freundin saß im Bett und sah ihr stumm entgegen.

»Hallo, Arwen«, grüßte Tessa sie zaghaft.

Arwen schwieg. Tessa stellte das Tablett nach kurzem Überlegen auf dem Tisch ab und wandte sich ihrer Freundin zu.

»Darf ich mich setzen?«, fragte sie.

In Arwens Augen blitzte es kurz auf: Wut, Enttäuschung, Traurigkeit ... Dann zog sie die Schultern hoch. »Ist dein Zimmer, oder? Bald hast du's wieder ganz für dich. Wahrscheinlich wolltest du das ohnehin von Anfang an.«

Tessa versuchte, sich nicht reizen zu lassen, es kostete sie einige Beherrschung. Meine Güte, langsam war es aber mal gut mit der Arwen-Show. War sie wirklich der Meinung, dass sie sich vollkommen richtig verhalten hatte und alle anderen nicht? Tessa spürte, wie Ärger in ihr hochstieg und das schlechte Gewissen ersetzte. Sie setzte sich, atmete tief durch, um nicht zu heftig zu antworten.

»Vielleicht«, sagte sie, »hättest du mich ja mal fragen können, wie es mir geht damit, dass ich für dich lügen soll beziehungsweise etwas verschweigen.«

Arwen konnte es offenbar nicht fassen, dass sie so etwas zu ihr sagte. Sie öffnete den Mund und schloss ihn wieder. Es dauerte einen Augenblick, bis sie sich gefangen hatte.

»Ich dachte, wir sind Freundinnen. Ich dachte, du wärst auf meiner Seite, weißt du?« Ihre Stimme klang hilflos. »Deshalb hab ich dich gebeten, mitzumachen. Ich hab dir vertraut.«

Tessa schlang die Arme um ihren Oberkörper. Irgendwie war ihr plötzlich kalt. »Aber das heißt doch nicht, dass ich dauerhaft für dich schweige. Es fühlte sich für mich an wie zu lügen«, fuhr sie fort. »Natürlich bin ich auf deiner Seite. Aber wie, hast du dir vorgestellt, sollte das alles weitergehen?«

Sie wusste, dass sie ihre Zeit nutzen musste. Sie musste Arwen sagen, warum sie getan hatte, was sie getan hatte. Sie musste sich erklären und sie auf ihre Seite ziehen. Damit sie wieder Freundinnen sein konnten. Nichts anderes wollte sie.

Eine Weile war es still zwischen ihnen. Dann räusperte Arwen sich. »Okay, vielleicht hab ich nicht genug darüber nachgedacht, wie's meinen Eltern damit geht ... und dir. Aber ich wusste mir echt nicht zu helfen.«

»Hm.«

Tessa wusste nicht, wie sie reagieren sollte. Jetzt kam ihr der Stimmungsumschwung doch etwas schnell vor. Es war natürlich auch gut möglich, dass Arwen schon darüber nachgedacht hatte. Das war sogar sehr wahrscheinlich.

Ihre Freundin schluckte heftig und sagte dann: »Meine Eltern planen alles, ohne mich zu fragen, weißt du. Früher als Kind war das okay, jetzt nicht mehr. Diese ganzen Reisen, jede Ferien irgendwo anders sein. Ich mag das nicht. Zumindest möchte ich mitentscheiden, wohin es geht. Hab ich dir ja schon öfter gesagt. Jetzt bin ich eben so weit gewesen, dass ich die Nase voll hatte. Ich wollte mit dir die Ferien verbringen, auf Spiekeroog.«

Tessa beugte sich zum Tablett herüber, nahm den heißen Kakao und reichte ihn Arwen.

»Hier, trink mal was. Tut dir sicher gut.«

Arwen sah sie verwundert an. »Ja, danke ...«

Sie trank und nahm ein Käsebrötchen. »Nimm dir auch was«, forderte sie Tessa auf.

»Aber das ist doch für dich.«

»Na, ich werd schon nicht verhungern. Außerdem kannst du ja Nachschub holen, oder?« Sie zwinkerte Tessa zu.

Sie setzten sich nebeneinander auf das Bett. Tessa schaute auf Arwens Fuß, der immer noch verbunden war. Am Abend musste der Verband gewechselt werden.

»Tut es noch weh?«

»Es geht.« Arwen seufzte. »Nein, so schlimm ist es nicht mehr, wenn ich ehrlich bin, aber ich hätte nicht gedacht, dass Muscheln so verdammt scharfkantig sind.«

»Tut mir leid.«

»Na ja, jetzt bin ich eben um eine Erfahrung reicher ... Nimm noch was.«

»Schau mal, Mum und ich haben auch eine Suppe für dich gemacht.«

»Super, die teilen wir uns. Ich fang mal an.«

Während Arwen ihre Suppe löffelte, ließ sich Tessa ein weiteres Brötchen schmecken. Sie freute sich darüber, dass Arwens Wangen rosiger wurden und ihre Stimme unternehmungslustiger. Sie war schon fast wieder die Alte. Sollte sie diese Gelegenheit nutzen?

»Du musst mit deinen Eltern reden«, sagte Tessa unvermittelt und hielt die Luft an.

Arwen explodierte jedoch nicht wieder. Sie presste kurz die Lippen aufeinander, dann erwiderte sie: »Ich weiß nicht, ob das hilft.«

Tessa schüttelte entschlossen den Kopf. »Es hilft doch

auch nicht, so zu tun, als wäre nichts gewesen. Es muss sich etwas ändern. Sie müssen wissen, was in dir vorgeht.«

Arwen wirkte auf einmal traurig. »In meiner Familie wird nicht über Gefühle geredet.«

Tessa dachte daran, dass sie immer den Eindruck gehabt hatte, dass sich alles nach Arwen richte, aber da hatte sie sich offenbar geirrt. Von außen betrachtet, konnten Familien wirklich vollkommen anders wirken, als man das so vermutete. Sie stützte sich mit den Ellenbogen auf die Knie.

»Verzeihst du mir?«, fragte sie. »Ich hab nicht nachgedacht. Ich hätte mit dir reden müssen, bevor ich deine Eltern angerufen habe. Wir hätten gemeinsam eine Lösung finden können.«

Arwen stellte die Suppentasse ab und blickte auf. »Klar, ich weiß aber, dass du es nicht böse gemeint hast. Wahrscheinlich war es das Richtige ... Wahrscheinlich hast du die ganze Zeit recht gehabt.« Sie verstummte und sagte eine Weile nichts, dann streckte sie die Hand aus. »Freundinnen?«

»Klar, ich wollte nie etwas anderes.« Tessa ergriff Arwens Hand und hielt sie fest. Schließlich fragte sie: »Okay, und wann sprichst du mit deinen Eltern?«

»Du kannst ganz schön hartnäckig sein.« Arwens Stimme klang nur ein kleines bisschen genervt.

Als Tessa zu ihr zurückkam und ihr erzählte, dass sie sich mit Arwen versöhnt hatte und jetzt mit ihr und Nils Eier färben wolle, spürte Maike, wie erleichtert sie war, aber auch, wie erschöpft. Die Geschichte mit den Mädchen hatte ihr doch sehr zugesetzt. Sie legte sich aufs Sofa, für einen Augenblick atmete sie tief ein und aus. Das war zu viel Aufregung gewesen. Sie war schon wieder müde. Vielleicht litt sie auch an Eisenmangel. In der Schwangerschaft mit Tessa hatte ihr jedenfalls Eisen gefehlt. Tessa ... Sie wusste noch immer nicht, dass sie große Schwester wurde. Maike schloss die Augen. Einen Moment später war sie eingeschlafen.

FÜNFZEHNTES KAPITEL

Für Ostersonntag hatten sie einen Brunch geplant und Arwens Eltern dazu eingeladen, sie würden mit der Vormittagsfähre kommen. Famke hatte vorgeschlagen, dass sie doch auf der Insel bleiben und in der Nacht auf Ostermontag in ihrer Wohnung übernachten könnten. Sie würde noch einmal in dem kleinen Hinterzimmer im Strandfliederhaus schlafen.

Maike fand, dass das eine gute Idee war. Sie war etwas angespannt, aber zuversichtlich, dass Arwen und ihre Eltern einen Weg finden würden, sich zu versöhnen. Tessa hatte sie doch immer nett gefunden. Manchmal war sie nach der Schule mit zu Arwen gegangen, und abends hatte Maike sie abgeholt. Sie und Arwens Mutter hatten dann immer noch etwas miteinander gequatscht. Und Arwen ... Maike vermutete, dass Arwens Probleme auch damit zusammenhingen, dass sie fürchtete, ihre Freundin zu verlieren. Sie war richtig verzweifelt gewesen, als Tessa ihr nach dem letzten Sommer mitgeteilt hatte, dass sie im nächsten Jahr die Schule verlassen und eine Ausbildung beginnen würde, hier oben, Hunderte Kilometer entfernt von Frankfurt, auf Spiekeroog. Es hatte einiger langer, intensiver Gespräche bedurft, bis sich die Lage entspannt hatte.

Es klingelte.

»Machst du auf?«, rief Jarik aus der Küche. »Ihr könnt euch ja schon mal auf den Balkon setzen und einen Kaffee trinken. Die Kanne steht auf dem Tisch. Ich brauche hier noch einen Moment. «

Maike lächelte. Jarik hatte versprochen, die Küche zu übernehmen, und den Kids gesagt, sie könnten ausschlafen.

Sie ging nach unten und öffnete die Haustür. »Frohe Ostern!«, sagte sie. »Schön, dass ihr kommt. Wir haben euch schon erwartet. Ich bin übrigens Maike. Wir sollten uns endlich duzen.«

»Frohe Ostern, das wünschen wir euch auch«, sagte Arwens Mutter. »Ich bin Julia, und das ist Tom.«

Maike fand Arwens Vater immer noch etwas reserviert, aber sie hoffte, das würde sich legen.

Sie setzten sich mit einem Kaffee auf den Balkon, nachdem Jarik sie begrüßt hatte und rasch wieder in der Küche verschwunden war. Die vormittägliche Sonne tauchte die Umgebung in ihr frühlingshaftes Licht.

»Das ist ein sehr schöner Blick«, sagte Julia.

Maike nickte. »Ja, bei gutem Wetter sitze ich gern hier draußen. Man kommt zur Ruhe.«

»Das kann ich mir vorstellen. Man spürt sofort, wie friedlich es hier ist. Das ist beeindruckend.«

»Wo ist unsere Tochter?«, fragte Arwens Vater.

»Die Mädchen und Jariks Sohn Nils wollten ausschlafen, sie werden später zu uns stoßen. Ich hoffe, ihr konntet euch inzwischen von dem Schreck erholen. Ich kann nachempfinden, wie es euch ergangen ist. Das muss furchtbar gewesen sein.«

»Ich glaube tatsächlich kaum, dass du das nachempfinden kannst«, platzte es unvermittelt aus Tom heraus. »Eigentlich würde ich Arwen am liebsten heute noch nach Hause mitnehmen. Was hat sie sich nur dabei gedacht? Wir sollen hier Milde und Verständnis walten lassen? Du meine Güte!« Sein Gesicht war rot vor Empörung.

Also hab ich recht, dachte Maike. Für ihn ist die Sache noch längst nicht ausgestanden. Arme Arwen.

»Tom«, sagte Julia leise, aber bestimmt. »Haben wir nicht geredet? Ich dachte, wir sind schon weiter. Sie hat das ja nicht grundlos gemacht.« Sie beugte sich vor und griff energisch nach ihrer Tasse, nahm einen Schluck Kaffee. »Ich möchte jetzt erst mal ihre Seite hören.« Sie suchte Maikes Blick. »Wir bieten ihr alles. Sie bekommt das, was sie will. Und sie hat schon mehr von der Welt gesehen, als die meisten ihrer Mitschülerinnen in ihrem ganzen Leben sehen werden ... Ihr fehlt es einfach an nichts. Warum verhält sie sich also so störrisch?«

»O ja, das würde ich auch gern wissen«, polterte ihr Mann.

Julia ließ sich zu Maikes Erstaunen nicht aus der Ruhe bringen. »Na ja, wenn ich es recht bedenke, wird der Grund sein, dass sie sich verändert hat, sie ist jetzt ein Teenager und hat ihre eigenen Vorstellungen vom Leben. Würden wir nicht so viel arbeiten, hätten wir längst mitbekommen, wie es unserer Tochter geht. Wir fragen sie nie, so ist es doch.«

Auf der Treppe waren Schritte zu hören, dann kam Arwen ins Wohnzimmer.

»Arwen!«, rief Julia, sprang auf, lief zu ihrer Tochter und nahm sie überschwänglich in die Arme.

Zuerst sah es so aus, als wollte Arwen zurückweichen,

dann ließ sie die Berührung doch zu. Maike atmete erleichtert auf. Plötzlich stand auch ihr Vater auf und legte die Arme um seine beiden Frauen. Einen Augenblick lang sagte keiner etwas.

Endlich gab Arwen sich einen Ruck. »Setzen wir uns? Reden wir? Aber hört mir erst zu.«

»Ja, natürlich«, sagte ihre Mutter. Ihr Vater nickte.

Maike zog sich zu Jarik in die Küche zurück, hier wurde sie nicht mehr gebraucht.

Sie hatten einen wunderschönen Brunch gehabt, Famke war nach Ladenschluss dazugekommen. Tessa, Nils und Arwen hatten stolz einen großen Korb voller bunter Eier präsentiert. Danach machten sie alle zusammen einen langen Osterspaziergang am Strand. Gegen Abend kochten die Mädchen gemeinsam mit Arwens Mutter. Es gab eine Gemüselasagne und eine Fleischlasagne.

Tom sagte zu Jarik: »Ein Glück gibt's auch Fleisch, ich bin ja schließlich kein Kaninchen.«

»Das hab ich gehört«, rief Arwen aus der Küche. »Ich hab aber noch nie ein Kaninchen gesehen, das Lasagne gegessen hätte.« Sie und Tessa lachten, aber Arwen fügte flüsternd hinzu: »Er kann eben nicht von seinen eingefahrenen Wegen ablassen. Da sieht man's wieder.«

Julia sah ihre Tochter Verständnis heischend an. Gemeinsam hackten sie Zwiebeln und Knoblauch, schnitten frische Tomaten. Julia bereitete die Béchamelsauce vor. »Die kriegt keiner besser hin als meine Mutter«, behauptete Arwen mit Nachdruck, was Julia zum Lächeln brachte. Sie hatte ein hübsches Lächeln.

Bald erfüllte ein wunderbarer Duft das Haus. Jarik und Tom deckten den Tisch, sie setzten sich alle zusammen, aßen und lachten und hatten gute Gespräche. Als sie fertig waren, erklärte Maike sich bereit, die Küche aufzuräumen, die anderen zogen sich warm an und setzten sich auf die Terrasse an den Außenkamin. Abends war es doch noch recht frisch. Famke wollte für die Erwachsenen Espresso machen. Sie holten die silberne italienische Espressokanne aus dem Küchenschrank, die sie bei den Renovierungsarbeiten in der Rumpelkammer gefunden hatten. Hilde hatte sie offenbar nicht mehr genutzt. Das Wasser in der Kanne blubberte und stieg hoch. Maike freute sich, dass auch die hübschen Espressotassen, die sie in einem der Schränke entdeckt hatten, wieder benutzt wurden.

Famke stellte alles auf ein Tablett und trug es mit einem Lächeln raus, Maike folgte ihr.

»Wusstet ihr, dass ich während meines Studiums gekellnert habe?«, fragte Famke. »Das merkt man noch, oder?«

»Echt jetzt?«, fragte Tessa.

Sie platzierte die Tassen professionell auf dem Terrassentisch, legte einen kleinen Keks auf jede Untertasse und stellte noch ein Glas Wasser dazu.

»Ich wusste es«, sagte Jarik.

»Ich nicht«, bemerkte Maike.

»Hast du viel verdient?«, fragte Arwen.

»Es war ganz okay. Mit dem Trinkgeld. Aber am Ende des Tages oder Abends tun dir die Füße weh, und der Kopf dröhnt.«

»Das wär nichts für mich«, sagte Tessa.

»Das glaub ich, du bist besser bei mir in der Werkstatt aufgehoben.«

»Apropos Werkstatt ... Ich hab vorhin mitbekommen, wie du mit Maike über deine Arbeit gesprochen hast, Famke«, sagte Tom.

»Ach ja?«

Famke wechselte einen Blick mit Maike. Ganz offenbar wusste sie nicht recht, ob sie misstrauisch sein sollte. Sicherlich dachte sie gleich wieder an Nicolas. Das Thema hatten sie noch nicht wieder angeschnitten.

»Es ist nämlich so«, erklärte Tom, »ich bin Unternehmensberater. Und vorhin beim Essen habt ihr über ein Ausstattungsprojekt für Hotels gesprochen, oder? Tessa hat uns auch etwas erzählt von deiner Arbeit. Also, ich würde mir gerne mal deine Pläne ansehen.« Famke starrte ihn an. Ihr Blick verunsicherte Arwens Vater offenbar, denn im nächsten Augenblick fügte er hinzu: »Ich möchte dir wirklich nicht zu nahe treten, ich hab nur überlegt, ob ich nicht helfen kann ...«

»Aber natürlich«, sagte Famke schnell. »Das wäre wunderbar. Ich war nur etwas verblüfft und wusste nicht, was ich sagen soll im ersten Moment ... Nein, das wäre wirklich ganz, ganz wunderbar ... Ich ... Ich ... Ich glaube, mir fehlen einfach die Worte.«

»Dann ist ja gut«, erwiderte Tom und lächelte. Zu Maikes Überraschung errötete er. Zum ersten Mal, seit er bei ihnen war, wirkte er entspannt und irgendwie sogar sympathisch, und er hatte ein wirklich schönes Lächeln. »Wann passt es denn?«

»Gleich?« Auch Famkes Wangen röteten sich.

»Gerne. Wollen wir rübergehen?«

Maike sah den beiden nach und freute sich für Famke. Sollte das bedeuten, dass sie einen neuen Auftrag bekäme?

Sie legte die Hand auf ihren Bauch, wie sie es sich in letzter Zeit angewöhnt hatte. Unter einer weiten Tunika ließ sich ihre Schwangerschaft noch gut verbergen. Oder? Sie warf einen kurzen Blick auf Tessa, aber die alberte mit Nils und Arwen herum. Entspann dich, dachte sie, genieß einfach diesen Abend. Sie lauschte den Gesprächen und atmete tief die milde Abendluft ein.

Nach einer Weile kamen Tom und Famke zurück. Jarik bot ihnen ein Bier an.

»Ich bin beeindruckt von der Werkstatt, aber auch vom Geschäft«, sagte Tom.

»Ja, du hast wirklich sehr hübsche Dinge in deinem Laden, Famke«, sagte Julia.

»Danke«, erwiderte Famke. »Ich nehme vieles in Kommission, den Schmuck zum Beispiel und ...«

»Die Keramiken stammen aber von ihr«, mischte sich Tessa ein.

»Die sind wirklich sehr schön.« Tom räusperte sich. »Vielen Dank, dass du mir den Laden gezeigt hast. Jetzt geht es darum, herauszufinden, wie man dauerhaft davon leben kann. Ich meine, die Einnahmen des Ladens reichen nicht allein. Du musst dir ein zweites Standbein aufbauen, mit den Kacheln für Öfen zum Beispiel oder Ausstattungen von größeren Objekten.«

»Papa!«, rügte Arwen. »Du kannst auch nur ans Geschäft denken.«

»Weil man es muss, Arwen, weil man es muss, wenn man erfolgreich sein will. Man verfolgt eine Liebhaberei, macht einen Laden auf, plant, gut zu verdienen. Und wenn es läuft, kann man sich nicht zurücklehnen, man muss immer weitermachen, damit es so bleibt. Wenn man allein nicht weiterkommt, holt man sich Hilfe.«

Maike sah, dass Tom Famke in den Blick genommen hatte. Sie wich ihm nicht aus. Ihre Unsicherheit war verflogen. »Ja, natürlich. Anfangs habe ich mir nicht ganz klargemacht, was an einem solchen Geschäft alles hängt, inzwischen hab ich viel gelernt. Maike sorgt dafür, dass unsere Buchhaltung sauber ist. Daran haperte es nämlich bei mir, und dafür bin ich ihr sehr dankbar.« Unwillkürlich huschte ein Lächeln über Maikes Gesicht. Der Anfang war schwierig gewesen, aber jetzt waren sie ein super Team. »Ich würde sagen«, sprach Famke weiter, »es läuft ganz gut. Ich konnte in diesem Jahr damit anfangen, mir einen externen Kundenstamm zu erarbeiten, und bekam die Chance, Entwürfe für eine Hotelkette zu machen. Ich hab einiges gelernt, auch wenn das Projekt letztendlich nicht zustande kam.«

Tom trank einen Schluck Bier und stellte seine Flasche zurück auf den Tisch.

»Und deshalb müssen wir unbedingt dranbleiben. Ich helf dir. Stell mir doch eine Mappe mit deinen Arbeiten zusammen. Dann überleg ich mir was.«

»Das würdest du tun? Das wäre wunderbar.« Famke wippte unruhig mit ihrem Stuhl. »Am liebsten würde ich sofort loslegen.«

»Na, dann lasst uns darauf anstoßen«, sagte Julia.

SECHZEHNTES KAPITEL

Maike stand bei strahlendem Sonnenschein auf dem Balkon und hatte den Eindruck, endlich mal wieder durchatmen zu können. Der Ostersonntag war friedlich verlaufen. Am Abend zuvor hatten Tom und Famke noch lange miteinander geredet, dann hatte er sie nochmals in die Werkstatt begleitet, und Famke hatte so glücklich ausgesehen wie schon lange nicht mehr.

Maike beugte sich über das Geländer und sah in den Garten. Die Osterglocken blühten, daneben weiße, rosa und lila Hyazinthen. Es sah wunderschön aus. Sie genoss es, allein ihre erste Tasse Tee zu trinken. Allein mit ihrem Kind. Sie lächelte in sich hinein. Mit der Schwangerschaft war alles in Ordnung, trotz ihres Alters. Der letzte Besuch beim Gynäkologen hatte eine gute Entwicklung und eine ebenso gute Versorgung des Kindes gezeigt. »Wir freuen uns alle auf dich, Kleines«, flüsterte sie. »Nur noch drei Monate, und wir dürfen dich auf der Welt begrüßen.«

Nur noch drei Monate …

Tessa musste es endlich erfahren.

Am frühen Nachmittag des Ostermontags reisten Tom und Julia ab. Arwen wollte mit Tessa bis Mittwoch bleiben, und ihre Eltern hatten nichts dagegen. Die Mädchen waren überglücklich, bedankten sich wortreich, Arwen fiel ihrer Mutter um den Hals. Alle gemeinsam brachten sie Tom und Julia zum Hafen und machten danach einen Spaziergang über den Deich und die Richelwiesen, ein Stück den Hellerpad entlang, dann zur Dünenbank und schließlich wieder zurück. Es war noch etwas wärmer als am Tag zuvor, Maike trug nur ein Langarmshirt und eine Jacke. Zweimal hatte sie den Eindruck, Tessas prüfenden Blick auf sich zu spüren, aber sie verdrängte das.

»Du musst dich langsam etwas schonen«, sagte Jarik, als sie wieder am Haus ankamen. »Und ...«

»Quatsch, mir geht's gut«, unterbrach sie ihn ungehalten. »Und ja, ich weiß, was du eigentlich sagen wolltest. Ich rede schon noch mit Tessa. Vielleicht ergibt sich heute ja eine Gelegenheit.«

Jetzt würde sie jedenfalls erst mal die Wäsche in die Waschmaschine werfen. Sie würde sie später nach draußen hängen. Danach duftete sie immer so unvergleichlich frisch. Maike betrat den kleinen Hauswirtschaftsraum im Erdgeschoss und fing an, die Wäschestücke zu sortieren.

»Mum?«

»Ja, was ist denn?«

Sie steckte ein paar T-Shirts in die Maschine und wandte sich um. Tessa und Arwen standen an der Tür und starrten sie an. Dann fiel Tessas Blick auf ihren Bauch.

»Sag mal, bist du etwa schwanger, Mum?«, war im nächsten Moment ihre irritierte Stimme zu hören. Gleich darauf wisperte Arwen Tessa etwas ins Ohr. Maike wusste nicht, was sie sagen sollte. Sie starrte zurück, sah dann an sich herunter. »Nein«, sagte Tessa langsam. »Nein, das kann nicht wahr sein.«

Maike schluckte, legte die Hand sanft auf ihren Unterleib und sah wieder auf. »Tessa, ich ...«

»Das ist nicht dein Ernst, Mum!«, platzte es aus ihrer Tochter heraus.

»Wie meinst du das?«, fragte sie, um Zeit zu gewinnen. Wie sollte sie jetzt nur die richtigen Worte finden?

»Dass du viel zu alt bist vielleicht? Was sollen meine Freundinnen denken? O Gott, ist das peinlich!«

Maike senkte den Blick erneut und betrachtete die Wölbung. Sie hatte den Eindruck, dass ihr Bauch in der vergangenen Nacht um einige Zentimeter gewachsen war. Konnte das sein? Oder hatte auch ihre Tochter zuerst gedacht, dass sie zugenommen hatte, und vielleicht höflich nichts gesagt? Ja, und wenn sie es recht bedachte ... Sie spürte einen zarten Stupser, es war ein wirklich wunderbares Gefühl ... Ich soll peinlich sein?, schien das Kleine zu sagen.

Sie hob den Kopf. »Und was soll deine Freundinnen stören? Dass ich noch Sex habe, oder was?«

In dem Moment, in dem sie es ausgesprochen hatte, wusste sie, dass es das Falsche war. Zu schnippisch, zu viel Information für einen Teenager. Zurücknehmen konnte sie es allerdings nicht mehr. Andererseits musste sie auch zugeben, dass Tessas Reaktion ihr wehtat.

Tessa zog nur die Augenbrauen hoch und drehte sich dann zu Arwen hin. »Komm, lass uns gehen.«

Maike gab sich einen Ruck. »Tessa, bitte, ich wollte es dir

sagen. Ich hab nur noch nicht den richtigen Augenblick gefunden. Lass uns reden.«

»Worüber denn?« Tessa schaute sie düster an. »Das ist zum Fremdschämen, Mum, weißt du das? In ein paar Jahren denken sie alle, du bist die Großmutter, das ist dir schon klar, oder? O Mann!« Sie wechselte einen vielsagenden Blick mit Arwen.

Maike seufzte innerlich. Aber irgendwie bewunderte sie sich auch für ihre Ruhe. Womöglich lag es daran, dass sie mit so einem Ausbruch ihrer Tochter gerechnet hatte.

Die beiden Mädchen verschwanden in Tessas Zimmer. Tessa würde darüber hinwegkommen, und dann sah die Welt ganz sicher wieder anders aus. Sie musste jetzt erst mal zu Jarik, ihm berichten, dass sie es endlich geschafft hatte, mit Tessa zu reden – wenn auch nicht ganz freiwillig.

»Wo ist denn Jarik?«, fragte Maike, als sie wenig später Famkes Werkstatt betrat. Sie hatte ihn im Haus und im Garten gesucht, aber nicht gefunden.

»Moin, Maike. Jarik? Der hat einen dringenden Anruf bekommen und wollte zur Kogge. Ich sollte dir Bescheid sagen, aber ich hab so konzentriert gearbeitet, bin noch gar nicht dazu gekommen, tut mir leid.«

»Zur Kogge?«

Maike runzelte die Stirn. Was wollte er denn ausgerechnet am Ostermontag im Haus des Gastes, und wer hatte ihn angerufen? Sie schüttelte den Kopf. Warum machte sie sich überhaupt Gedanken? Hatte sie das Gespräch mit Tessa so aus der Bahn geworfen? Famke schien nichts von ihrer seltsamen Stimmung zu bemerken. Sie zuckte mit den Schultern.

»Ja, aber ich denke, er wird bald zurück sein. Sonst ruft er dich sicher gleich an.«

»Hm, okay, danke ...«

Maike war schon wieder auf dem Weg nach draußen. Sie wusste nicht recht, was sie denken sollte und warum sie auf einmal so verunsichert war. War es nur ein Gefühl? Es war untypisch für Jarik, ihr nicht Bescheid zu geben, wenn er wegging. Ganz ehrlich drängte es sie, mit ihm zu sprechen. Sie fühlte sich emotional aufgewühlt ...

Schnell zog sie die Tür des Strandfliederhauses hinter sich zu und eilte in Richtung Dorf. Das Wetter war gut. Die Sonne schien, der Wind war ungewöhnlich lau. Normalerweise hätte es sie bei einem solchen Wetter auf einen längeren Spaziergang gezogen, aber sie musste jetzt mit Jarik sprechen.

Auf dem Weg zur Kogge begegnete sie einigen Feriengästen. Ostern hatte nicht wenige Inselliebhaber angelockt. Als sie ankam, war sie völlig außer Atem. Sie schaute sich um. Ihr Blick wanderte in Richtung des kleinen Pavillons, zum Schwimmbad, zum Kino, zum Café ... Sie hielt inne. War das Jarik? Doch, sie hatte sich nicht geirrt. Da saß er, vor dem Café, aber er war nicht allein. Jette war bei ihm, und die zwei waren in ein angeregtes Gespräch vertieft. Maike war verwirrt. Es war das erste Mal, dass sie die beiden so zusammen sah. Was machte Jette überhaupt auf der Insel, und warum traf Jarik sich hier mit ihr, ohne ihr etwas davon zu sagen? Wollte er ihr das verschweigen?

Tatsächlich hatte sie Jette noch nicht häufig auf Spiekeroog gesehen. Andererseits kümmerten sie und Jarik sich sehr bemüht um Nils, ihr gemeinsames Kind ... Vielleicht wollte Jette Nils abholen.

Maike sah, dass Jarik eine Hand auf Jettes Rücken legte, sich dann zu ihr hinüberbeugte und ihr einen zärtlichen Kuss gab. Auf die Wange? Oder war es ihr Mund gewesen?

Ich muss hier weg, schoss es Maike durch den Kopf. Er soll mich nicht dabei sehen, dass ich ihn und Jette beobachte. Er soll mir keine Lügengeschichten darüber erzählen, warum er hier mit seiner Ex sitzt und warum sie sich küssen ... Jette und er hatten wieder zueinandergefunden, so einfach war das.

Sie konnte nicht sagen, woher diese Gedanken kamen. Aber sie drehte sich um und lief los. Sie wollte nicht, dass Jarik dachte, sie wäre ihm nachgelaufen, und als hätte sie das, was sie da eben gesehen hatte, entsetzt. Natürlich hatte es das, nur würde er das nicht erfahren.

War es doch eine falsche Idee gewesen, ihr Leben in Frankfurt aufzugeben und nach Spiekeroog zu ziehen? War das dumm gewesen? Und jetzt war sie auch noch schwanger ... Über vierzig, ohne Job und alleinerziehend. Das hatte sie ja super gemacht. Was um Gottes willen hatte sie sich nur dabei gedacht?

Sie lief am Strandfliederhaus vorbei, weiter in Richtung Meer. Sie musste nachdenken. Sie musste entscheiden, wie es weitergehen konnte. Sie war lange nicht mehr am Strand gewesen, um nachzudenken ... Sie erinnerte sich an den Tag, als sie – Hildes Brief in der Tasche – angereist war, um das Testament einzusehen, das dann erst mal unauffindbar gewesen war, der Tag, an dem sich alles geändert hatte ...

Der Nachmittag war schon weit fortgeschritten, als sie sich auf den Heimweg machte. Sie war eine Weile am Strand entlanggelaufen, dann hatte sie sich am Rand der Dünen in den

Sand gesetzt. Sie hatte nachdenken wollen, aber es war ihr schwergefallen, sich zu konzentrieren.

Jarik war zu Hause, als sie ankam. Er stand in der Küche am Herd. Wo Jette wohl war? War sie zurück aufs Festland gefahren, oder hatte er sie irgendwo untergebracht? Wie es sich wohl angefühlt hatte, sie zu küssen als werdender Vater eines Kindes, das er mit einer anderen Frau gezeugt hatte? Sie wusste nicht, wie die Dinge wirklich liefen, das war ihr heute nur zu klar geworden.

Er wandte sich zu ihr hin und lächelte sie an. »Hey! Du bist aber spät.« Zur Begrüßung gab er ihr einen Kuss. Sie musste sich beherrschen, sich nicht von ihm wegzudrehen, doch sie schaffte es. Er küsste sie noch einmal und lächelte wieder. »Warst du spazieren?«

»Hm.«

»Ich hab dich vermisst«, sagte er. »Irgendwann warst du einfach weg.«

Sie schaute zum Herd hinüber, reagierte nicht auf das, was er sagte. »Was gibt es zu essen?«

»Ich hab eine Gemüsesuppe gekocht.« Sie schloss kurz die Augen, spürte, wie er den Arm um sie legte und sie an sich zog. »Hörst du mir überhaupt zu? Ich hab dich vermisst, hab ich gesagt.«

»Wirklich?« Maike war erstaunt, wie bissig ihre Stimme klang, und das, obwohl sie ihre Gefühle eigentlich hatte verbergen wollen. Vielleicht sollte sie gleich mit der Wahrheit herausrücken. Am Strand hatte sie lange Zeit gehabt, zu überlegen, was sie sagen sollte. Sie musste schlucken, bevor sie weitersprechen konnte. »Ich hab dich heute mit Jette gesehen.«

Jariks Arm glitt von ihrer Schulter, und sie hörte für einen Moment nur die Suppe vor sich hin köcheln. Er schaute sie fragend an.

»Du hast uns gesehen? Warum bist du nicht zu uns gekommen? Jette wollte sich doch mal wieder mit dir treffen. Du wolltest das auch, hat sie gesagt. Ihr habt das doch letztens erst ausgemacht.«

Ja, das stimmte. Und warum war sie dann nicht zu ihnen gegangen? Weil ich mich nicht verarschen lasse, dachte sie ... Du hast sie geküsst, mein Lieber. Die Bitterkeit ließ Worte in ihr hochkommen, die sie normalerweise gar nicht benutzte.

Sie wich seinem Blick aus und trat näher an den Herd. Sie mochte Jariks Gemüsesuppe. Heute würde sie sich zwingen müssen, etwas davon zu essen.

»Ich wollte euch nicht stören«, sagte sie.

Stimmte das? Klang das ehrlich? Sie versuchte, sich zu erinnern. Die beiden hatten sehr einträchtig ausgesehen. So war es doch. Sie hatte es unpassend gefunden, zu ihnen zu gehen. Immerhin waren sie bis vor einigen Jahren ein Paar gewesen. Eine lange Ehe war eben nicht nichts. Das hätte sie wissen müssen, bevor sie sich auf das hier einließ. Sie schnupperte unwillkürlich. Es roch wirklich lecker, aber sie hatte einfach keinen Appetit.

»Schade. Kann ich mal an den Herd? Ich muss sehen, wie weit die Suppe ist und was an Gewürzen noch fehlt.«

Maike trat zur Seite. Er nickte mit dem Kopf zu einem der Stühle hin.

»Setz dich doch. Du siehst fertig aus. Warst ja lange unterwegs.«

»Hm.«

»Und du warst die ganze Zeit spazieren?«

»Na und?«

»Ist ja schon gut.« Er lüpfte den Deckel des Topfes und begann zu rühren.

»Was wollte Jette eigentlich hier?«, fragte sie.

»Noch fünf Minuten«, murmelte Jarik und setzte den Deckel wieder auf den Topf, dann drehte er sich zu ihr um und sah sie erstaunt an.

»Meine Güte ...« Er lachte. »Wenn ich es nicht besser wüsste, würde ich sagen, das klingt wie ein Verhör. Also, wenn du es wissen willst: Sie hat sich von ihrem Freund getrennt und hatte Gesprächsbedarf.«

»Wollten sie nicht heiraten?«

Irgendwie hatte Jette da doch mal was anklingen lassen. Die zwei kannten sich immerhin seit ihrer Schulzeit.

»Das weiß ich nicht. Ich fand, dass sie echt gut zusammenpassen. Aber da hab ich mich wohl geirrt. Es war jedenfalls nicht von Dauer.«

Er zuckte die Achseln und drehte sich zum Küchenschrank, um Teller herauszuholen, dann nahm er Besteck aus der Schublade. Für einen Moment drehte sie ihm den Rücken zu, bemüht, ihre Fassung wiederzugewinnen. Sie hörte Stimmen und trat ans Fenster. Jette und Famke standen unten und sprachen miteinander.

Das glaub ich jetzt nicht, dachte sie.

»Kannst du mir helfen, den Tisch zu decken?«, fragte Jarik. »Ich denke, wir haben alle Hunger, oder?«

»Ja ...«

Maike war froh, dass ihre Stimme halbwegs klar klang.

Sie nahm die Teller und das Besteck entgegen, immerhin konnte sie Jarik auf diese Weise ausweichen. Wenig später war der Tisch gedeckt, und sie stand wieder in der Küche. Jarik lächelte ihr zu. Etwas verunsichert erschien er ihr jetzt doch, aber er bemühte sich, sich nichts anmerken zu lassen.

»Gibst du mir mal die Suppenschüssel?«, bat er.

Maike erfüllte seine Bitte, dann ging sie wieder ins Wohnzimmer, deckte Servietten und Wassergläser. Noch einmal trat sie ans Fenster, Jette und Famke unterhielten sich immer noch unten. Wie gut kannten die beiden sich eigentlich? In diesem Moment hatte sie den Eindruck, dass sie nicht wusste, wer hier wen kannte. Jarik kam und stellte die Suppenschüssel auf den Tisch.

»Ich hol mal die Kids und Famke und Jette«, sagte er und verschwand nach unten. Kurz darauf kam er mit Tessa, Nils und Arwen zurück, die wie ausgehungert auf den Tisch zustürzten. »Jette hat noch keinen Hunger«, teilte er mit, als er zurückkam. »Famke und sie quatschen noch etwas. Jette fühlt sich gerade nicht so gut. Das ist ja klar.«

Er füllte allen Suppe in die Teller und schnitt Brot auf.

Wie aus der Ferne hörte Maike die Kinder miteinander reden. Tessa und Arwen ignorierten sie. Ob sie Nils eingeweiht hatten? Er würdigte sie ebenfalls keines Blickes. Und Jarik ... Er war ungewöhnlich schweigsam. Deine Ex ist einsam, und als Erstes fällst du ihr ein, schoss es Maike durch den Kopf, während sie langsam ihre Suppe löffelte. Sie spürte einen leichten Stich im Herzen, über den sie sich wunderte. War ihre Reaktion übertrieben? Aber sie konnte einfach nichts gegen das Gefühl tun, sich furchtbar verlassen zu fühlen. Erst von Tessa und nun auch noch von Jarik.

»Jette schläft übrigens heute im Hinterzimmer vom Strandfliederhaus«, hörte sie Jarik sagen. »Ich hoffe, du hast nichts dagegen …«

Sollte ich?, vernahm sie eine kleine Stimme in ihrem Kopf.

Sie zuckte mit den Schultern. »Natürlich nicht«, sagte sie.

Maike konnte später nicht recht sagen, womit sie den Tag verbracht hatte. Sie hatte nachts schlecht geschlafen und war morgens einfach länger liegen geblieben. Sie hatte niemanden sehen wollen. Famke und Jarik schaffen das schon ohne mich, hatte sie niedergeschlagen gedacht, vielleicht ist ihnen Jette ja auch eine Hilfe. Und die Kinder ignorierten sie sowieso.

In Niedersachsen waren die Ferien zu Ende, Nils würde am Abend mit seiner Mutter zurück aufs Festland fahren. Tessa und Arwen wollten noch etwas mit ihm an ihrem letzten gemeinsamen Tag unternehmen, danach mussten auch sie packen. Arwens Vater hatte am Ostermontag auf der Fähre zum Festland kurzentschlossen umgeplant. Er hatte einen geschäftlichen Termin in Bremen wahrnehmen können, weshalb er und Julia sich immer noch in der Gegend befanden. Am kommenden Morgen würden die Mädchen nach Neuharlingersiel fahren, da holten Arwens Eltern sie ab, und sie fuhren alle gemeinsam zurück nach Frankfurt. Auch für Famke hatte es in Bremen Neuigkeiten gegeben. Irgendwie öffneten sich gerade für jeden Türen …

Bevor sie mit Nils losmusste, kochte Jette für sie alle –

sie kannte sich in Hildes ehemaliger Küche noch sehr gut aus –, und sie saßen zum letzten Mal gemeinsam um den Tisch. Maike musste sich dazu zwingen, mitzuessen, und war schweigsam. Sie bemerkte, wie Jarik sie immer mal wieder anschaute, aber sie konnte das Gefühl der Distanziertheit Jette gegenüber nicht überwinden, sosehr sie sich auch bemühte, entspannt zu wirken. Dazu kam, dass Tessa sie kaum ansah, sie flüsterte nur hin und wieder mit Arwen und Nils. Auf Fragen antworteten die beiden einsilbig. Nur Famke war wirklich fröhlich. Sie wusste von einem neuen Auftrag über Toms Kontakte zu berichten, immerhin war das schön zu hören. Jettes Risotto schmeckte gut, nach dem zu urteilen, was die anderen sagten, aber in Maikes Mund fühlte es sich wie Pappe an. Zum Ende hin holte Jarik eine Käseplatte und Brot aus der Küche.

»Käse schließt den Magen«, sagte Jette fröhlich.

»Oh, lecker«, rief Famke, »das Brot ist selbst gebacken, oder? Ich erinnere mich noch daran. An dir ist eine Bäckerin verloren gegangen. Meine Güte, hättest du das nicht eher sagen können? Dann hätte ich weniger gegessen.«

Jette lachte. »Soll ich dir trotzdem eine Scheibe abschneiden?«

»Gerne. Widerstehen kann ich eh nicht.«

Maike konnte den Blick nicht von Jette nehmen. Wie vertraut sie sich hier bewegte. Famke, Jarik und Jette kannten sich seit Langem, und sie war die Neue, der Eindringling. So war es doch. Die drei würden sich immer an gemeinsame Erlebnisse erinnern können. Das würde sich nie ändern.

Maike starrte das Brot an. Jette war also auch noch eine gute Bäckerin. Später, als sie das Geschirr in die Spülmaschine gestellt und die Küche aufgeräumt hatten, sagte Famke: »Das war richtig schön. Wie früher, wisst ihr noch?«

Wie früher ... Die zwei Wörter versetzten Maike einen Stich. Es war genau dieser Moment, in dem sie eine Entscheidung traf.

SIEBZEHNTES KAPITEL

»Maike! Das ist aber eine Überraschung.« Kajas Stimme war durch die Gegensprechanlage zu hören, dann folgte ein unterdrücktes Gähnen. »Komm hoch!«

Der Türöffner surrte. Maike betrat den Eingang des Gebäudes. Der großzügige Flur wirkte immer noch so beeindruckend wie damals, als sie ihn zum ersten Mal gesehen hatte. Der Boden war aus grauem Marmor, die Wände schimmerten in Braun und Silber. Von der massiven Tür aus ging es direkt auf die Aufzüge zu, die einen in die jeweilige Wohnung brachten.

Am Tag der Einweihungsparty hatte Tessa ihr gesagt, sie wolle zu ihrem Vater ziehen. Kurz darauf hatte sie von Hildes Tod erfahren. Seitdem hatte sich ihr Leben auf den Kopf gestellt.

Nein, ich hab mein Leben auf den Kopf gestellt. Ist das richtig gewesen? Darüber hatte sie am Tag zuvor schon viel nachgedacht. Sie war kurzentschlossen mit Tessa und Arwen aufs Festland gefahren, angeblich zu einem Termin bei ihrer Gynäkologin, und dann heimlich weiter nach Bremen. In Bremen hatte sie eine Nacht im Hotel verbracht. Auch im Hotelzimmer hatten sich ihre Gedanken immer wieder um diese Frage gedreht. Jarik hatte mehrfach versucht, sie anzurufen, aber sie war nicht rangegangen, hatte lediglich eine kurze SMS geschrieben, dass sie etwas Zeit für sich brauche. Das musste genügen. Sie hatte das Handy schließlich auf Flugmodus gestellt. Am Morgen hatte sie einen frühen Zug nach Frankfurt genommen.

Der Aufzug kam. Maike schulterte ihren Shopper, betrat ihn und drückte das oberste Stockwerk. Kaja empfing sie in einem Loungeanzug, die Haare nur nachlässig zusammengebunden. Auch halb zurechtgemacht und mit wenig Make-up sah sie sehr hübsch aus. Maike kam sich mit einem Mal aufgeschwemmt vor. Kaja zog sie in die Arme.

»Hey, was machst du denn hier? Du hast übrigens wahnsinniges Glück, ich hab die letzten Tage durchgearbeitet und mir heute und morgen freigenommen. Sven ist in der Dependance in Berlin, Dylan ist wieder im Internat. Wir haben also die Wohnung für uns. Ist das nicht geil? Sturmfreie Bude. Meine Güte, freu ich mich, dich zu sehen. Komm, leg ab.«

»Ich freu mich auch.«

Kajas Blick streifte ihren Bauch. »Okay«, sagte sie dann gedehnt. »Hierzu braucht es wohl keine weiteren Infos.« Sie lachte.

Maike hatte, ohne nachzudenken, ein paar Sachen in ihren Shopper geworfen, weite Shirts oder Blusen waren nicht dabei. Es war jetzt ja auch egal. Sie wollte ihren Schwangerschaftsbauch nicht mehr verstecken müssen. Wohl oder übel würde sie sich aber ein paar Umstandsklamotten kaufen müssen. Kaja nahm ihr die Tasche ab und half ihr aus der Jacke.

»Tee? Kaffee?«

»Erst einmal einen Tee, glaub ich.«

»Glaubst du?« Kaja lachte wieder und ging voraus in die offene Küche des Penthouse. Sie folgte ihr. »Setz dich«, sagte Kaja.

»Ja, doch, einen Tee bitte«, wiederholte sie entschlossener. »Du hattest früher immer Verveine da. Den hätte ich gerne.«

»Okay, dann also Verveine ...« Schubladen wurden geöffnet und wieder geschlossen, eine Kanne und Tassen bereitgestellt, ein Teller mit Karamellplätzchen. »Du hast keine Reisetasche dabei«, sagte Kaja dann langsam. »Bleibst du nicht länger? Wo wohnst du? Bei deiner Mutter? Ist da denn Platz? Ich dachte, Tessa lebt bei ihr und ihre Wohnung sei eher klein?«

So viele Fragen ...

Maike bemerkte, dass sie ihr Gesicht schmerzlich verzog, und versuchte, wieder entspannter zu schauen. Natürlich hatte sie gewusst, dass es zu dieser Frage kommen würde. So war Kaja. Ihr entging einfach nichts. Was sollte sie sagen? Hatte sie sich überhaupt Gedanken gemacht, wie das hier laufen sollte? Sollte sie sagen, dass es nur ein Besuch war, oder konnte sie Kaja anvertrauen, dass sie sich über ein paar Dinge klar werden musste? Dass es Dinge gab, die sie verunsichert hatten? Dass sie mit ihrer Entscheidung, ihr altes Leben aufgegeben zu haben, haderte?

Als ihr auf Spiekeroog bewusst geworden war, dass sie mit jemandem reden musste, war ihr gleich Kaja eingefallen.

Kaja ließ kochendes Wasser aus dem Quooker in die Kanne laufen und setzte sich ihr gegenüber an die Kücheninsel.

Ihre Freundin schaute sie einen Moment an, dann sagte sie: »Du kannst selbstverständlich hierbleiben.«

»Danke.«

Wieder betrachtete Kaja sie nachdenklich. »Und jetzt erzähl!«, sagte sie.

»Also die Schwangerschaft überrascht mich doch ziemlich, muss ich zugeben«, sagte Kaja, als sie ihnen eingeschenkt hatte. »Im wievielten Monat bist du noch mal?« Kaja zog die Augenbrauen zusammen.

»Anfang siebter.«

»Ups ... So weit schon? Und Jarik weiß es?«

Maike nickte. »Natürlich.«

»Wie hat er reagiert?«

»Er hat sich gefreut.«

»Das ist doch super. Was ist denn dann passiert?«

Maike zuckte mit den Schultern. »Ich weiß es nicht. Montag hab ich ihn mit seiner Ex gesehen. Vorm Café im Inseldorf. Er hat ihr einen Kuss gegeben.« Sie schüttelte den Kopf. »Und da hat sich gefühlt einfach alles für mich geändert.«

»Hast du mit ihm geredet?«

Sie betrachtete ihre Hände. »Ich weiß nicht«, murmelte sie. »Nicht wirklich ...«

»Maike, du bist eine erwachsene Frau. Das ist nicht dein Ernst!«

Sie wusste nicht, was sie antworten sollte. Es gab so viele Dinge, über die sie plötzlich nachdenken musste.

»Es ist gerade nicht leicht«, sagte sie dann und schluckte. »Es kamen so viele Dinge zusammen. Tessas Freundin war ohne das Wissen ihrer Eltern bei uns und hat sich im Watt verlaufen ...«

»O mein Gott ...«

»Wir dachten, sie wäre ertrunken, aber sie konnte gerettet werden.«

»Puh!«

»Es geht ihr wieder gut. Aber dann hat Tessa die Schwangerschaft entdeckt, bevor ich es ihr sagen konnte ... Du kannst dir ja denken, dass sie das eher nicht so toll fand ...«

Kaja hob die Augenbrauen. »Dass du es ihr noch nicht gesagt hattest oder dass du schwanger bist?«

»Dass ich schwanger bin. Na ja, dass ich es ihr nicht früher gesagt habe, bestimmt auch.«

»Das kann ich mir denken. Die Vorstellung, dass ihre Eltern Sex haben, ist für Teenies beschämend. Uns geht's mit Dylan genauso.« Kaja überlegte. »Mal ganz ehrlich«, fuhr sie dann fort, »hast du dir je deine Eltern im Bett vorgestellt?«

»Um Himmels willen, nein!« Maike schlug eine Hand vor die Stirn. »Na ja, meine Mutter hatte nach dem Tod meines Vaters immer nur kurze Beziehungen. Viel Aufregung gab es da nicht.«

»Du bist auch ein ziemlich beständiger Typ.«

Jetzt musste sie doch lachen.

»Wie geht's Dylan denn in seinem Internat?«, fragte sie.

Kaja streckte die Arme über den Kopf und dehnte sich. »Ach, dem geht's gut. Über Ostern war er mal wieder hier. Mit seiner Freundin. So ein Barbiepüppchen. Ich hätte ja nicht gedacht, dass es jemanden gibt, der mehr Wert auf Make-up legt als ich, aber ich wurde eines Besseren belehrt.« Kaja grinste. »Mademoiselle geht noch nicht mal zur Mülltonne, ohne sich zu schminken ... Das Verrückte dabei ist ja«, sie sah Maike nachdenklich an, »die Mädels sehen ganz hübsch aus, wirklich individuell, und dann übertreiben sie's mit dem Make-up, und zum Schluss kann man sie nicht mehr voneinander unterscheiden.« Sie machte eine kurze Pause. »Na ja, die beiden sind glücklich miteinander. Das ist wohl die Hauptsache. Wirklich, ich hab Dylan lange nicht mehr so ausgeglichen gesehen. Eine Zeit lang wirkte er doch so antriebslos, du erinnerst dich bestimmt. Das war schwierig. Wir waren das nicht gewohnt, weißt du? Eigentlich war er immer ein Macher. Einer mit Plänen.«

»Hm. Tessa hat auch wieder Kontakt zu ihm.«

Maike dachte daran, wie schwierig ihre Beziehung zu Tessa gewesen war seit ihrer Trennung von Florian und dass sich das erst in den letzten Monaten geändert hatte. Die Schwangerschaft hatte sie beide wohl wieder ein paar Schritte zurückgeworfen. Jedenfalls fühlte sich das so an.

»Noch Tee?«, riss Kajas Stimme sie aus den Gedanken.

»Ja, bitte.«

Maike spürte bereits, dass ihr das Gespräch guttat. Kaja schenkte ihnen nach, der Tee duftete wunderbar.

»Und jetzt lass uns mal überlegen, wie's mit euch weitergehen kann.«

Sie ließen sich Zeit, redeten und redeten, bestellten Essen in einem indischen Restaurant, setzten sich auf die Dachterrasse und tranken alkoholfreie Cocktails. Bei Kaja ging es immer extravagant zu. Maike ließ sich mehr und mehr fallen. Sie hatte fast vergessen, was für eine gute Freundin Kaja war, eine, deren Prioritäten manchmal anders lagen, die sich aber dennoch fokussierte auf das Wichtige. Ihre Gedanken schweiften ab zu gemeinsamen Erlebnissen aus der Studienzeit. Nein, sie war nicht allein, auch wenn einige hundert

Kilometer zwischen Frankfurt und Spiekeroog lagen. Heutzutage war das ja auch nicht schlimm, es gab Handys und das Internet und Skype und Facetime und solche Dinge.

Am späten Nachmittag saßen sie immer noch zusammen. Maike war gefühlt hundertmal auf der Toilette gewesen – eine unangenehme Begleiterscheinung der Schwangerschaft. Sie sah auf die Uhr.

»Okay, heute fahre ich bestimmt nicht mehr zurück.«

»Hattest du das etwa vor? Erzähl mir nichts! Wie wär's also, wenn wir einen Mädelsabend starten?«, schlug Kaja vor.

»Könnte eine Idee sein.«

»Könnte eine Idee sein ... könnte eine Idee sein. Natürlich ist das eine Idee!«, rief Kaja. »Morgen kannst du dann Tessa und deine Mutter besuchen. Davor machen wir aber einen Ausflug auf die Goethestraße«, endete sie gut gelaunt.

»Ach, ich weiß nicht.« Maike sah an sich herunter. »Im Moment passe ich doch in nichts rein.«

»Genau, deshalb werden wir dir ein hübsches Umstandskleid kaufen und eine dieser Hosen mit Elastaneinsatz, damit du dich nicht mehr mit so schrecklichen Haushaltsgummis rumschlagen musst. Denk mal an unsere gemeinsamen Shopping-Ausflüge vor ein paar Jahren ... Wir hatten so viel Spaß. Komm, ich lade dich ein. Ich will die werdende Mutter verwöhnen. Wir können auch nach Babykleidung schauen. Ja, genau, das werden wir.«

Maike wehrte sich noch etwas und ließ sich dann überreden. Warum auch nicht, sie war schon lange nicht mehr auf der Goethestraße gewesen. Sie würden es am kommenden Tag also gemütlich angehen, über die Einkaufsmeile flanieren, zu Mittag irgendwo einkehren. Danach würde sie sich bei ihrer Mutter und Tessa melden. Einen kurzen Augenblick dachte sie an das Handy, das in den Tiefen ihrer Handtasche lag. Sollte sie den Flugmodus wieder ausschalten? Sie entschied sich dagegen. Sie wollte sich keine Gedanken um Jarik machen.

Kaja war schon auf, als sie am nächsten Morgen erwachte. Die Haushaltshilfe hatte ein himmlisches Frühstück zubereitet. Es gab Croissants, frische Brötchen, Schinken, Käse, Salami und Marmeladen aus dem Feinkostladen, Kaffee und Tee.

»Erwartest du noch jemanden?«, fragte Maike, während sie auf den hübsch gedeckten Tisch sah.

»Nein, ich will, dass es dir gut geht. Du sahst traurig aus, als du gestern ankamst. Aber es ist schon ein bisschen besser, oder?«

Maike musste nicht überlegen. »Ja, das ist es tatsächlich.«

Es fühlte sich an, als könnte sie bereits etwas klarer denken. Sie waren in ihrem Lieblingslokal etwas trinken gewesen, hatten Tapas gegessen und fast bis Mitternacht weitergeredet. Jetzt wusste sie auch alle Neuigkeiten aus der Kanzlei. In der vergangenen Nacht hatte sie dann so gut geschlafen wie lange nicht mehr. Kajas und Svens Gästezimmer war ein Traum, das konnte man nicht anders sagen.

Kaja und sie frühstückten in Ruhe und fuhren danach in Kajas Sportflitzer in die Stadt.

»In ein paar Wochen passe ich hier wahrscheinlich nicht mehr rein«, scherzte Maike, erstaunt über ihre gute Laune.

Kaja schaute dabei zu, wie sie sich aus dem Sitz quälte.

»Kann sein, notfalls benutzen wir einen Schuhlöffel.«

Sie mussten beide lachen. Ein älterer, distinguierter Herr warf ihnen einen amüsierten Blick zu. Maike war nicht überrascht, dass sein Blick länger an ihrer Freundin hängen blieb. Früher war das manchmal schwierig für sie gewesen, heute störte es sie nicht mehr.

Sie stürzten sich ins Getümmel, und Maike fühlte sich wirklich wie zu Studentenzeiten.

ACHTZEHNTES KAPITEL

Natürlich hatte Jarik Famke in der Woche nach Ostern nicht allein lassen können. Zu viele Feriengäste waren noch auf der Insel. Er hatte mehrfach versucht, Maike zu erreichen, aber ihr Handy war ausgeschaltet. Dann hatte er überlegt, ihre Mutter oder Tessa anzurufen, aber er wollte die beiden nicht beunruhigen. Eigentlich wusste er nicht recht, was er denken sollte. Maike war weg, und er hatte keine Ahnung, wohin. Die SMS, die sie ihm geschrieben hatte, sagte nichts darüber, wann sie wiederkommen würde oder warum sie davongelaufen war. Sie erklärte nichts. Sie war einfach weg, und er machte sich Sorgen. Um sie und um ihr gemeinsames Kind.

Zu wem war sie wohl gefahren?

Irgendwann nachmittags rief Jette an, und er hielt kurz inne, als er ihre Nummer auf dem Display sah. Konnte Jette das Problem sein? Jette, für die er da gewesen war, als sie ihn gebraucht hatte? Maike war deshalb missgestimmt gewesen, das war ihm aufgefallen, aber er war davon ausgegangen, dass sich das geben würde, wenn sie erkannte ...

Er drückte auf Annehmen. »Hallo?«

»Das hat aber lange gedauert. Hattest du dein Handy verlegt, oder willst du nicht mit mir sprechen?«

Es verwunderte ihn, Jette das sagen zu hören.

»Nein. Ich musste nur rasch etwas ablegen. Geht's dir besser?«

Jette schnalzte mit der Zunge. Sie litt sehr darunter, dass ihre Partnerschaft zerbrochen war, das war nicht zu überhören.

»Ich hasse ihn, das kannst du mir glauben, aber es geht besser. Ich kann dir gar nicht sagen, wie gut es getan hat, mit dir über alles zu sprechen. Ich würde mich gerne revanchieren. Wie ist es? Hast du Lust, Nils und mich heute zu sehen und gemeinsam mit uns eine Kleinigkeit zu essen? Maike kann natürlich auch kommen.« Wahrscheinlich zögerte er zu lange, denn sie sprach weiter, und er konnte an ihrer Stimme hören, dass es ihr wichtig war, dass er zustimmte. Die Trennung hatte sie doch stärker aus der Bahn geworfen, als er das vermutet hätte. »So ein bisschen Zeit und Unterstützung brauch ich noch ... Ein bisschen Vertrautheit und Nähe ... Das ist ja nicht alles weg zwischen uns, oder? Wir sind Freunde. Freunde helfen einander. Das verstehst du doch sicher.« Er hörte sie schlucken. »Ich weiß einfach nicht, mit wem ich sonst reden soll, Jarik.« Er verstand sie, natürlich tat er das. Andererseits gab es da etwas, das er klären musste, und das war ihm in diesem Moment klar. »Jarik, ich ...«

»Jette«, unterbrach er sie in einem sehr bestimmten Tonfall. Sie verstummte tatsächlich. Er konnte sie atmen hören. »Maike ist verschwunden.«

»Oh«, gab sie zurück, mehr nicht.

Vielleicht stimmte es nicht ganz, dass Maike verschwunden war. Sie hatte ja geschrieben, hatte ihm mitgeteilt, dass sie über ein paar Dinge nachdenken müsse. Aber für ihn war es so, als wäre sie verschwunden, und es ließ sich nicht leugnen, dass es sich nicht gut anfühlte.

Es war lange her, dass er in einer großen Stadt gewesen war. Natürlich hatte er ab und zu beruflich in Hamburg zu tun, aber dann fuhr er gezielt einen Kunden an und hielt sich nicht länger auf. Es war laut, zu viele Menschen waren da, und es war zu hektisch. Immer wieder musste er jemandem ausweichen, oder er wurde angerempelt. Manche Leute waren gut gelaunt, andere latent aggressiv. Es fiel ihm nicht leicht, sich daran zu gewöhnen. Von den Gleisen des Fernbahnhofs hatte er es irgendwie hinunter zu den S-Bahnen geschafft und dann eine Weile damit verbracht, die passende Linie zu finden. Als die Bahn kam, drängte er sich gemeinsam mit einem Pulk von Leuten hinein. Es war der letzte Ferientag in Hessen, das wusste er von Tessa. Wahrscheinlich glaubte jeder, an diesem Samstag noch einmal shoppen gehen zu müssen.

Er sah auf die Uhr. Es ging auf fünf zu. Zum Glück hatte er einen Sitzplatz gefunden, wenn auch zwei albernen Teenies gegenüber, die sich lachend irgendetwas auf ihren Handys zeigten. Das eine Mädchen trug Henna-Tattoos auf den Armen, das andere hatte die Haare halb schwarz, halb gelb gefärbt.

Er kramte sein Handy heraus, scrollte sich durch die Adressliste und tippte auf Tessas Nummer.

Tessa konnte ihr Erstaunen nicht verbergen. »Jarik? Ist was?«

»Ist Maike bei euch?«, platzte er heraus.

Tessa hielt einen kurzen Moment inne, dann antwortete sie: »Nein. Wieso?«

»Weil sie sich ... eine Auszeit genommen hat. Sie wollte ...«

Hatte sie mehr gesagt? Nein, sie hatte ihm nur diese SMS geschickt, in der stand, dass sie sich über ein paar Dinge klar werden musste – sinngemäß. Sie war abgereist, ohne zu sagen, wohin sie wollte. Doch wohin sollte sie sonst gehen als zurück in ihre einstige Heimat? Er hörte ein Geräusch, ein Knistern.

»Ist irgendetwas passiert?«, fragte Tessa dann.

»Nein, eigentlich nicht.« Er war erstaunt, wie schnell er antwortete. »Jedenfalls nicht von mir aus.« Du hast dich mit Jette getroffen, und dann war sie auch noch bei euch zu Besuch, sagte gleich darauf eine kleine Stimme in seinem Kopf. Was ist, wenn Maike die falschen Schlüsse gezogen hat?, dachte er. Er sagte es nicht laut, die Sache war zu kompliziert, um sie rasch am Telefon zu besprechen – in einer überfüllten Bahn, in der ein Stimmengewirr herrschte, das ihn völlig konfus machte. Ganz sicher wollte er Tessa auch nicht verunsichern. Er musste zuerst mit Maike sprechen. Er musste dieses Missverständnis, das er wahrscheinlich durch seine Gedankenlosigkeit verursacht hatte, aufklären. Je mehr er darüber nachdachte, desto klarer wurde ihm, wie sein Verhalten auf sie gewirkt haben musste. »Also, hast du eine Idee, wo sie sein könnte?«

»Hast du mir alles erzählt, Jarik?«, schoss Tessa zurück. »Kannst du dir nicht vorstellen, dass ich mir Gedanken mache, wenn Mum einfach abreist, ohne zu sagen, wohin?«

Vielleicht hätte er sich denken sollen, dass Tessa clever genug war, um ihn zu durchschauen. Er seufzte.

»Mach dir bitte keinen Kopf. Ich kümmer mich darum. Weißt du, wo sie ist?«

»Bist du dir sicher, dass sie dich sehen will?«

»Tessa!«

»Vielleicht will sie einfach nachdenken. Ohne dich. So was kenne ich von ihr.«

»Bitte, Tessa, ich verspreche dir, ich werde die Sache klären.«

»Okay, okay, sie hat noch eine Freundin hier, Kaja. Die beiden waren in einer Clique, als sie zusammen studiert haben. Da könntest du es mal versuchen.«

Er erinnerte sich. Kaja, natürlich. Das war eine Möglichkeit. Kaja hatte sie in der Erbschaftssache beraten, sie hatte Maike Geld geliehen, weil ihr Anteil aus dem Verkauf der Frankfurter Wohnung nicht gereicht hatte, um die Erbschaftssteuer zu bezahlen. Als nicht direkt Verwandte musste sie tief in die Tasche greifen. War das eigentlich vollends geklärt?

»Okay, hast du ihre Adresse?«

»Hab ich. Moment.« Kurz war nichts zu hören, dann wieder Tessas Stimme. Er notierte Adresse und Telefonnummer in seinem Smartphone-Adressbuch. »Ich hoffe, dass du sie findest«, fügte Tessa hinzu. »Ich glaube, ihr seid ein ziemlich gutes Paar.«

Kurz wusste er nicht, was er sagen sollte. Dann sagte er leise: »Danke, Tessa!«

Eine Sekunde später hatte sie aufgelegt. Jarik stützte sich auf seine Reisetasche, die er auf seinen Schoß gestellt hatte, und schaute nachdenklich vor sich hin. Er kontrollierte die Adresse auf seinem Handy. Mit halbem Ohr bekam er die Durchsage der nächsten Station mit. Besser er stieg aus und fand in Ruhe heraus, in welche Richtung es weiterging. Er war jetzt an einer Haltestelle, die Konstablerwache hieß, lief mit dem Strom der anderen die Treppen nach oben, verließ die U-Bahn-Station, suchte die richtige Verbindung und saß wenig später im passenden Zug. Zum Glück fand er wieder einen Platz und versank erneut in Gedanken.

Als sein Zielbahnhof angesagt wurde, nahm er das gar nicht richtig wahr. Im letzten Moment sprang er durch die noch geöffneten Türen aus der Bahn. Er fand sich auf einem leeren Bahnsteig wieder. Nur zwei andere Leute waren ausgestiegen, die offenbar wussten, wo sie hinwollten, und rasch verschwunden waren. Jarik nahm sein Smartphone aus der Tasche und gab die Adresse bei Google Maps ein.

Kaja und Maike hatten den Vormittag auf der Goethestraße verbracht und es sich dann in Lounge-Klamotten auf Kajas Designercouch gemütlich gemacht. Maike wollte sich noch etwas Zeit lassen, bevor sie sich dem kritischen Blick ihrer Mutter und den Fragen ihrer Tochter aussetzen musste. Sie konnte auch noch gegen Abend zu ihnen fahren.

Ihr Shopping-Ausflug war unerwartet lustig gewesen. Er hatte sie an früher erinnert und ein Gefühl der Leichtigkeit zurückgebracht. Mittags hatten sie etwas in einem kleinen italienischen Restaurant gegessen – handgeschriebene Speisekarte, drei Gerichte – und nach einer zweiten Einkaufsrunde in Umstandsabteilungen mit vollen Tüten ein Café aufgesucht, sich einen großen Macchiato und ein Stück Kuchen gegönnt. Kaja hatte sie um Rat gebeten, wie sie mit einer Kollegin umgehen sollte, die immer wieder für Spannungen in der Kanzlei sorgte, und Maike hatte ihr Tipps geben können, was sich gut angefühlt hatte.

Auf dem Weg zur Toilette warf sie einen Blick in den Spiegel. In Kajas Leggins und einen oversized Hoodie, der ihr bis zu den Knien reichte, passte sie noch rein. Grinsend streckte sie sich die Zunge heraus.

Wenn mich Tessa jetzt sehen könnte, schoss ihr durch den Kopf, endlich mal wieder coole Klamotten.

Doch, es war gut gewesen, nach Frankfurt zu fahren und Kaja zu besuchen. Die Entscheidung war genau richtig gewesen.

»Und?«, fragte Kaja, als sie zurückkam. »Wie geht's dir?«

Maike nahm einen Schluck von ihrem Cocktail aus frisch gepressten Säften. »Viel besser.«

»Hat dir auch der Shopping-Ausflug gutgetan?«

»Auch der.«

»Zuerst hattest du was dagegen.«

Sie lächelte. »Hab mich geirrt.« Ihr Blick wanderte zu der Tüte von Petit Bateau. Das Baby würde zauberhaft in diesen Sachen aussehen. Sie freute sich schon darauf.

Es klingelte.

»Oh«, sagte Kaja erstaunt, »wer könnte das denn sein, zu dieser Zeit an einem Samstag? Ich erwarte eigentlich niemanden. Sven hat mir geschrieben, dass er erst am Montag wiederkommt, und er hat eh einen Schlüssel.«

Es klingelte erneut. Kaja stellte ihr Glas ab und machte sich auf den Weg zur Tür. Maike trank noch einen Schluck. Der Saft war wirklich sehr lecker, ebenso der von Kajas Haushaltshilfe selbst gebackene Knabberkram. Sie musste unbedingt nach dem Rezept fragen.

Wo blieb Kaja nur? Offenbar war das wirklich Besuch, es dauerte ja eine Weile, bis man oben ankam. Schade, dass sie jetzt nicht mehr allein sein würden. Sie hatte die Zeit echt genossen. Na ja, immerhin fühlte sie sich gestärkt für das, was kommen würde, wenn sie nachher zu ihrer Mutter fuhr. Wie spät war es eigentlich? Sie hörte Schritte im Flur und dann Kajas Stimme.

»Hier ist jemand für dich.«

NEUNZEHNTES KAPITEL

Famke war sehr früh aufgestanden, um noch ein paar eilige Sendungen fertig zu machen, bevor sie in den Laden musste. Normalerweise hätten Jarik oder Maike das übernommen, aber die schienen ein paar Dinge klären zu müssen. So war das eben manchmal, und sie verstand das natürlich. Rasch wickelte sie einige bestellte Kaffeebecher und Kachelmuster in Papier und anschließend in Noppenfolie, verstaute sie in Kartons und adressierte sie. Nur zur Post musste sie noch, das allein war leider eine logistische Herausforderung, denn es bedeutete, dass sie den Laden früher schließen musste, was gerade an einem Samstag nicht so toll war. Aber gut, wahrscheinlich war es das wert. Zufrieden ließ sie den Blick über die größeren und kleineren Päckchen gleiten. Tom hatte den Kontakt zu einer anderen expandierenden Hotelkette hergestellt. Sie brauchte die Dreesens nicht.

Stimmte das?

Sie konnte einfach nicht aufhören, an Nicolas zu denken, es tat immer noch zu weh. Sie hatte gehofft, ihn schneller zu vergessen, aber dem war nicht so.

Verdammt, waren das Tränen?

Famke fuhr sich mit dem Handrücken über das Gesicht.

Sie musste sich auf andere Dinge konzentrieren, als Erstes darauf, den Bollerwagen zu beladen.

Tatsächlich hatte sie nicht sehr viele Kunden an diesem Samstag. Die Osterferien waren wohl in allen Bundesländern zu Ende, die meisten Gäste hatten die Insel am Morgen mit der ersten Fähre verlassen. Die neuen, die mit der nächsten Fähre ankamen, mussten sich bis zum Sonntag gedulden, denn am Wochenende hatte das Strandfliederhaus nur von zehn bis vierzehn Uhr geöffnet. Sie räumte noch schnell auf, dekorierte ein wenig um. Der Osterschmuck hatte seine Schuldigkeit für dieses Jahr getan. Sie hatte einige neue Ideen hinsichtlich des Schaufensters. In der letzten Woche hatte sie Spots bestellt, die den Blick auf bestimmte Objekte lenken sollten. Sie freute sich darauf, sie auszupacken. Es tat gut, etwas für das Geschäft zu tun. Schon in den Osterferien war es recht gut gelaufen, aber die besten Monate lagen noch vor ihr. Im Sommer war die Insel ausgebucht.

Famke suchte unter der Ladentheke nach einer Verlängerungsschnur für die Spots, als sie die Türglocke hörte. Rasch kam sie wieder dahinter hervor und wusste für einen Moment nicht, was sie sagen sollte.

»Mama?«, entschlüpfte es ihr dann.

»Hallo, Famke!«, begrüßte ihre Mutter sie.

»Mama, was machst du denn hier?«

Ihre Mutter schaute sich sichtlich erstaunt um, kam dabei langsam auf sie zu.

»Ich wollte es endlich einmal sehen. Ich hab eigentlich viel zu lange gewartet.« Sie atmete durch. »Er ist sehr hübsch, dein Laden«, fügte sie hinzu.

Famkes Augenbrauen zogen sich zusammen. Sie wusste,

dass sie düster schaute, aber sie konnte nichts dagegen tun. Es ließ sich nicht leugnen: Ein Teil von ihr freute sich, ihre Mutter zu sehen, der andere war zu verletzt wegen dem, was in der Vergangenheit geschehen war. Was sollte sie tun? Und warum war ihre Mutter eigentlich gekommen?

»Weiß Papa, dass du mich besuchst?«, fragte sie vorsichtig. Etwas kratzte in ihrem Hals. Sie musste sich räuspern.

»Nein ... Ja ... Ich weiß es nicht.« Ihre Mutter hielt inne und schaute sie dann ernst an. So hatte sie früher geschaut, wenn sie zu einem Lehrergespräch gebeten worden war, konzentriert auf eine Sache. »Kommt es denn darauf an?«, fügte sie mit fester Stimme hinzu.

Famke überlegte. »Wahrscheinlich nicht«, gab sie zurück.

Kurz war es still zwischen ihnen, dann fragte ihre Mutter: »Kann ich mich einmal umsehen?«

»Klar ... Soll ich ...?«

»Lass mich einfach schauen, in Ordnung? Danach reden wir. Achte für den Moment nicht auf mich. Wir haben Zeit.«

Famke nickte, musste sich aber zwingen, ihre Mutter nicht zu beobachten. Sie dachte nach. Wie sollte sie sich verhalten? Als ihre Mutter zur Ladentheke zurückkehrte, bot sie ihr spontan einen Stuhl an.

»Setz dich doch.«

Ihre Mutter zögerte kurz. »Ach, warum nicht?«, erwiderte sie unerwartet und nahm Platz.

Famke gesellte sich zu ihr in die kleine Sitzecke, die sie erst kürzlich im Laden eingerichtet hatten. »Also, warum bist du hier?«, fragte sie.

Dieses Mal antwortete ihre Mutter schnell.

»Ich denke schon eine ganze Weile nach. Ich hab ja viel

zu viel Zeit. Ich fand immer, dass dein Vater unrecht hat, aber ich konnte mich nie behaupten. Jetzt möchte ich endlich für mich selbst einstehen. Ich hab schon viel zu lange damit gewartet.« Sie erhob sich abrupt auf und ließ ihren Blick erneut durch den Laden schweifen. »Du hast hier etwas sehr Schönes aufgebaut, Famke. Ich bin stolz auf dich. Das wollte ich dir schon so lange sagen, und es tut mir sehr leid, dass ich das bisher nicht getan habe.«

Famke wurde es warm ums Herz, sie musste sich sehr beherrschen, nicht in Tränen auszubrechen. Es war schwierig, denn für ihre Verhältnisse war sie an diesem Tag sehr emotional. Sie fühlte sich ihrer Mutter plötzlich so nah wie schon lange nicht mehr. Sie hatte immer den Eindruck gehabt, dass ihre Mutter insgeheim auf ihrer Seite war, bereit, sie zu unterstützen, während ihr Vater stets sicher gewesen war, dass sie eines Tages von ihren in seinen Augen törichten Ideen ablassen würde. Ihre Mutter und sie lächelten einander spontan zu. Sie merkte, wie die Wut, die sich in all den Jahren aufgestaut hatte und die immer noch in ihr lauerte, nachließ.

Vielleicht müssen wir ein neues Kapitel aufschlagen.

»Möchtest du einen Tee, Mama?«, fragte sie.

»Tee wäre sehr schön.«

»Dann mache ich uns rasch einen. Es dauert nicht lange, gleich hinter der Tür ist meine Werkstatt mit der Küchenzeile.«

»Ich passe derweil auf den Laden auf.«

Die Äußerung ihrer Mutter kam sehr spontan und verblüffte sie. »Traust du dir das zu?«, erkundigte sie sich.

»Aber natürlich. Für wen hältst du mich denn? So schwer kann das ja nicht sein.«

Famke lachte. »Danke, Mama. Es ist wunderbar, dass du gekommen bist.«

Sie tranken Tee und redeten.

»Verzeihst du mir wirklich?«, fragte ihre Mutter schließlich.

»Ich verzeihe dir, Mama«, sagte sie. »Wir haben beide Fehler gemacht. Wir müssen erst lernen, miteinander umzugehen.«

Es war, als hörte sie sich selbst beim Reden zu, und ja, sie verzieh ihrer Mutter. Dennoch war da immer noch etwas, das sie verunsicherte. Die Verletzungen waren da, und sie würden noch eine Weile bleiben. Sie streichelte ihrer Mutter über den Arm.

»Ich weiß nicht, ob das tröstlich ist«, sagte diese lächelnd, »aber wir werden wohl Zugeständnisse machen müssen und zusammenwachsen. Weißt du, dass ich sehr glücklich bin, dass du mir angeboten hast, in deinem Laden zu arbeiten? Es ist bedauerlich, dass ich mir nie einen Job gesucht habe.« Sie hielt inne und schaute einen Moment in die Ferne. »Ich wollte niemals nur Hausfrau und Mutter sein. Versteh mich nicht falsch, ich war es gerne. Ich mag es, mir Gedanken um ein hübsches Zuhause zu machen, aber ich wollte auch immer ...« Sie zuckte mit den Schultern, schien nicht zu wissen, was sie sagen sollte.

»Besser spät als nie. So sagt man doch, oder?«, sagte Famke leise.

»Ja, so sagt man.« Ihre Mutter schaute nachdenklich auf ihre Teetasse, dann stand sie auf. »Zeit, sich an die Arbeit zu machen. Erklär mir kurz das Wichtigste, und dann geh schnell zur Post. Es ist fast halb eins. Gleich schließt sie.« Sie hielt inne. »Wenn du willst, können wir die Öffnungszeiten erweitern, jetzt, wo ich regelmäßig da sein werde.«

Famke lächelte. »Ich finde es auch ganz nett, wenn wir etwas Zeit miteinander haben. Wir müssen viel nachholen. Meinst du nicht? Und was den Laden betrifft ... Vielleicht hast du irgendwann auch eigene Ideen. Ich kann mich daran erinnern, dass du früher mit mir gebastelt hast.«

»Kleinigkeiten«, wehrte Gesine ab. Dennoch lächelte sie zurück.

»Mir hat's Spaß gemacht.«

»Schön.«

Famke holte eine Schatulle mit Silberringen hervor, die am Morgen zur Ansicht gekommen waren. »Sieh mal. Ich denke, wir können die Ringe in den Verkauf nehmen«, sagte sie und schob sie ihrer Mutter hin. »Du kannst schauen, wo und wie wir sie dekorieren können. Ich lauf dann schnell, die Päckchen wegbringen. Sollten Kunden kommen, halt sie hin, bis ich wiederkomme, wenn du nicht klarkommst. Ich beeil mich.«

Famke zeigte ihrer Mutter auch die Werkstatt. Sie hatte mit einer Reihe Kacheln angefangen, die sie in limitierter Ausgabe herausbringen wollte, und Tom schon davon berichtet, der sich auf Beispielexemplare freute. Sie warf einen prüfenden Blick darauf – bald würden sie gebrannt werden können und glasiert. Ein Spruch kam ihr in den Sinn, in dem es darum ging, dass sich immer eine Tür öffnete, wenn sich eine andere schloss. Ob das stimmte? In ihrem Fall stimmte es jedenfalls.

»War Strandflieder nicht als Kind schon deine Lieblingspflanze?«, fragte ihre Mutter unvermittelt.

»Als Kind schon? Ich weiß das gar nicht mehr«, erwiderte sie. »Jedenfalls gefällt er mir immer noch.« Sie lachte. »Danke, dass du mir in Zukunft helfen wirst«, sagte sie dann ernst. »Du weißt nicht, was mir das bedeutet.«

»Doch, ich weiß es. Ich bin dir dankbar, dass du es zulässt, nachdem ich dich so lange allein gelassen habe.«

ZWANZIGSTES KAPITEL

Jarik …

Jarik stand da in der Tür und schaute sie an. Sie wollte aufstehen, aber es ging nicht, ihre Beine wollten ihr nicht gehorchen. Während sie sich hochkämpfte, ließ sie ihn nicht aus den Augen.

»Jarik!«

»Maike!« Er streckte die Arme nach ihr aus, dann war er auch schon bei ihr und drückte sie an sich. »Warum bist du weggelaufen?«, fragte er.

Sie hatte nicht erwartet, dass es so sein würde, wenn sie sich wiedersahen. Eigentlich hatte sie es vermieden, über sie beide nachzudenken.

»Ich …« Maikes Herz schlug schneller. Für einen Moment wusste sie nicht, was sie sagen sollte. Ihr Körper reagierte auf Jarik. Es war schön, ihn zu sehen. Zugleich versuchte ihr Kopf, die Kontrolle zu behalten. »Ich … Ich wollte Jette und dich nicht stören.«

Es hörte sich kindisch an, sich das sagen zu hören, aber so war es gewesen. Genau so hatte es sich verdammt noch mal angefühlt. Sie spürte, wie er über ihren Rücken strich, und schloss kurz die Augen.

»Aber das war falsch, und das weißt du hoffentlich mittlerweile«, sagte er sehr ruhig. »Du hättest uns nicht gestört, und das hättest du gewusst, wenn du mit uns gesprochen hättest.«

Sie war sich nicht sicher, ob er recht hatte, aber sie wollte ihm nur zu gerne glauben.

»Wollen wir uns setzen?«, fragte er schließlich. Sie nickte nur und sah, dass Kaja diskret aus dem Zimmer verschwand. »Ich hab mir wirklich Sorgen gemacht. Um dich. Um unser Kind.«

»Das tut mir leid.«

»Bitte rede mit mir, Maike, immer. Bitte sag, wenn etwas nicht stimmt. Es lässt sich immer alles klären. Ich wusste nicht, dass du uns gesehen hast, als ich mit Jette im Café saß, noch weniger, welche Schlüsse du daraus gezogen hast …«

Sie schaute auf ihre Füße und sagte nichts. Kaja hatte ihr Socken geliehen. Sie waren aus einem leuchtend weißen, sehr kuscheligen Material und erinnerten sie an Daunenfedern. Als sie aufblickte, schaute sie ihm direkt in die Augen.

Er zog sie wieder an sich. Für einen Moment blieb sie noch steif in seiner Berührung, dann konnte sie sich nicht mehr beherrschen und begann zu weinen.

Es dauerte eine Weile, bis Maike sich beruhigt hatte, und noch etwas länger, bis sie über alles gesprochen hatten. Sie hatte recht gehabt mit ihrer Vermutung, Jette hatte sich mehr versprochen, aber Jarik hatte ihr klargemacht, dass es kein Zurück mehr gab. Zuerst war es ihr schwergefallen, das einzusehen, letztendlich hatte sie jedoch verstanden. Ihre gemeinsame Zeit lag für immer hinter ihnen.

Und dann redeten sie über ihr Kind und Tessas Reaktion auf die Schwangerschaft.

»Sie wird sich an den Gedanken gewöhnen«, sagte Jarik. »Ganz bestimmt.«

Maike zog die Schultern hoch. »Wahrscheinlich schon, aber ich hab's mir einfacher vorgestellt.«

»Wirklich?« Er zog eine Augenbraue hoch und legte fragend den Kopf schief.

Sie überlegte. »Nein«, sagte sie dann mit einem Lächeln.

Kurz darauf steckte Kaja den Kopf durch die Tür. »Na, habt ihr nicht auch Hunger? Ich hab Antipasti bestellt. Sie sollten jeden Augenblick gebracht werden.« Sie schaute von einem zum anderen. »Ich geh mal davon aus, dass alles geklärt ist ...«

Maike und Jarik wechselten einen Blick miteinander und mussten beide lächeln. »Ich denke schon«, sagte Maike, und Jarik nickte.

Kurz darauf saßen sie alle an der Kücheninsel und ließen sich die Antipasti schmecken. Kaja fragte Jarik diskret aus, und der ließ es mit einem Lächeln über sich ergehen. Auch er stellte Fragen: über ihr gemeinsames Studium, die gemeinsame Arbeit und ihre Freundschaft.

»Ich möchte schließlich genauso viel über deine Vergangenheit wissen, Maike«, sagte er mit einem warmen Lächeln und sah sie an. »Ich hab den Eindruck, du weißt bereits reichlich über mich.« Dann lud er Kaja zu einem Besuch nach Spiekeroog ein.

Maike grinste breit. »Kaja mag es eher schnell und hektisch. New York ist ihr Ding, pulsierende Metropolen und so was. Ich weiß nicht, ob sie es auf unserer stillen Insel aushalten würde.«

Sie sah, wie sehr er sich freute, dass sie *unsere Insel* gesagt hatte. Kaja knabberte an einer Grissini-Stange, die sie in Olivenöl tunkte.

»Vielleicht versuche ich es ja doch einmal, wenn ich so charmant eingeladen werde ...«, überlegte sie. »Das wäre mal eine richtige Herausforderung.«

Jarik verbrachte die Nacht mit Maike im Gästezimmer. Das Kingsize-Bett war ohnehin viel zu groß für einen allein. Er lag schon darin, als sie frisch geduscht aus dem Bad kam und ihr Haar gerade noch trocknete. Mit einem Lächeln beobachtete er sie dabei.

»Dreh dich mal zur Seite«, bat er. Sie schaute ihn an, kurz verwundert, und tat dann, worum er sie gebeten hatte. »Es ist gut, dass Tessa es jetzt weiß. Du kannst es ohnehin nicht mehr geheim halten.« Maike schaute an sich herunter. Ja, ihr Bauch war gut gerundet, das Kleine reagierte prompt mit einem leisen Stupsen.

»Wahrscheinlich hast du recht.«

»Nicht nur wahrscheinlich. Und ist alles in Ordnung?«

»Ja, alles in Ordnung laut dem letzten Arztbesuch, das weißt du doch. Machst du dir Sorgen?«

»Na ja ...« Er zuckte die Schultern. »Ich kann mich jedenfalls erinnern, dass Jette ihre Schwangerschaft nicht so leichtgenommen hat. Sie hat sich sehr eingeschränkt gefühlt, und dass sie so viel zugenommen hat, fand sie ganz furchtbar. Ich musste immer vorsichtig sein mit dem, was ich sage.« Er lachte leise. Dann klopfte er auf den Platz neben sich. »Komm zu mir, ich hab dich viel zu lange missen müssen.«

Sie kuschelte sich in seinen Arm, und sie sprachen über die Dinge, die vor ihnen lagen.

»Wir müssen es noch Nils sagen«, sagte Jarik unvermittelt.

»Wie wird er es finden?«

»Ich weiß es nicht. Wahrscheinlich wird er kaum reagieren. Ich schätze, er wird es einfach akzeptieren.«

»Vielleicht ahnt er es schon. Er ist auf seine Art sehr aufmerksam.«

»Stimmt.«

Sie redeten noch über dies und das, bevor sie Arm in Arm einschliefen.

Am nächsten Morgen nach einem guten Frühstück plante Kaja, ins Büro zu fahren, weil es da an einem Sonntag stiller war. Maike wollte Jarik Frankfurt zeigen – während des Umzugs, bei dem er ihr natürlich geholfen hatte, waren sie nicht dazu gekommen. Sie buchten online Tickets, am späten Nachmittag würden sie in Richtung Bremen fahren und dort die Nacht im Hotel verbringen. Sie verabschiedeten sich schon von Kaja und nahmen ihr Gepäck mit, das sie in einem Schließfach am Hauptbahnhof ließen, bevor sie sich auf den Weg in die Innenstadt machten. Maike zeigte Jarik die Zeil und das Café Hauptwache, dann ging es zum Römer, zum Dom, den Überresten der Kaiserpfalz und damit der neu aufgebauten Altstadt. Danach führte sie ihr Weg zum Main hinunter, wo sie eine kleine Tour mit einem Ausflugsschiff unternahmen.

»Das hab ich schon ewig nicht mehr gemacht«, bemerkte Maike, während sie an der Reling stand und auf das Wasser hinunterschaute. Jarik bedauerte, dass sie keine Zeit mehr für das Senckenberg-Museum hatten, aber vielleicht würden sie in einiger Zeit ja einen Familienausflug dorthin machen können. »Ein wenig vermisse ich die Stadt ja schon«, sagte sie.

Es hatte ihr wirklich gefallen, wieder einmal in Frankfurt zu sein. Es gab Dinge, die sie vermisst hatte, und Erinnerungen, die ihr guttaten. Ihr Leben zu ändern war das Richtige gewesen, aber deshalb musste man nicht alles aufgeben.

Mittags suchten sie noch einmal den Italiener auf, bei dem sie schon gemeinsam mit Kaja gewesen war. Sie teilten sich eine Vorspeise und den Nachtisch. Maike aß Safranrisotto, Jarik ein Fischgericht, dessen Beschreibung ihn neugierig gemacht hatte.

»Schmeckt es dir?«, fragte sie ihn, nachdem sie eine Weile schweigend und in Nachdenken versunken gegessen hatte.

»Es ist sehr lecker. Hier sollten wir wieder hingehen, wenn es uns das nächste Mal in die Großstadt verschlägt.«

Sie hörte gerne, dass er sich solche Besuche vorstellen konnte. Nach dem Essen wollte Jarik sich noch nach Mitbringseln für Nils und Famke umsehen. In einem kleinen Andenkenladen in der Nähe des Doms wurden sie fündig. Zum Abschluss stiegen sie auf die Spitze des Glockenturms und ließen den Blick über die Häuserdächer schweifen. Maike schmiegte sich an Jarik.

»Als Wohnort ist Frankfurt mir zu groß, aber mit dir komme ich gerne zu Besuch hierher«, bestätigte Jarik noch einmal, was er schon früher gesagt hatte.

Bald darauf mussten sie sich auf den Weg zum Bahnhof machen. Sie nahmen das Gepäck aus dem Schließfach, holten sich noch etwas zu lesen, ein paar Knabbereien und Getränke. Sie picknickten im Zug. Irgendwann schlief Maike an Jariks Schulter gelehnt ein. Es tat gut, ihn wieder so nah bei sich zu fühlen. Es tat gut, dass es kein Misstrauen mehr zwischen ihnen gab und dass sie gemeinsam auf ihre Insel zurückkehrten, wo es ihnen allen gut ging. Der Besuch bei ihrer Mutter und Tessa musste warten. Bevor sie ins Land der Träume hinüberglitt, nahm sie sich vor, nie wieder ein wichtiges Gespräch vor sich herzuschieben.

EINUNDZWANZIGSTES KAPITEL

Famkes Mutter ging in ihrer neuen Aufgabe völlig auf. Auch am Sonntag war sie gekommen und hatte sich alles genau erklären lassen. Und dann erklärt, sie brauche keine Bedenkzeit mehr, sie sei entschlossen, zu bleiben.

»Denkst du, Papa wird das gefallen?«, hatte Famke gefragt.

Ihre Mutter hatte mit den Schultern gezuckt. Famke wusste, dass sie kein Mensch war, der Konfrontationen mochte. So hatte sie auch geäußert, dass es ihre Sache sei, zu entscheiden, was sie tun wolle, und dass sie das mit niemandem besprechen müsse.

»Ich werde keinen Streit mit ihm suchen, Famke, aber ich habe ihn viel zu lange die Entscheidungen treffen lassen. Ich kann für mich selbst verantwortlich sein, das hast auch du mir gezeigt ...« Sie hatte sie mit Tränen in den Augen angesehen. »Und wann soll ich damit anfangen, wenn nicht jetzt, Liebes? Ich werde nicht jünger. So ist es nun mal. Vielleicht ist das meine letzte Chance.«

Famke beschloss, nicht weiter nachzuhaken. Ihr Vater würde sicher versuchen, ihre Mutter umzustimmen, wenn sie ihm mitteilte, dass sie für ihre Tochter arbeiten wollte. Doch er würde es nicht verbieten, so weit würde er nicht gehen. Er würde sich an den Gedanken gewöhnen müssen, dass seine Gesine nicht mehr alles hinnahm, was er bestimmte.

Es war nicht zu übersehen, wie gut ihrer Mutter die Arbeit tat. Schon in den wenigen ersten Stunden war sie sichtlich aufgeblüht. Und sie verstand schnell. Ihr bisheriges Leben war nicht sonderlich herausfordernd gewesen. Manchmal hatte sie ihren Vater bei der Buchhaltung unterstützt, aber er hatte eher selten um Hilfe gebeten. Er kümmerte sich lieber allein um sein Eigentum.

Famke nahm die Unterstützung nur zu gern an. Sie kam im richtigen Moment, jetzt, da Maike schwanger war und sicher nicht mehr so oft einspringen konnte ab dem Sommer. Falls sie den neuen Auftrag über Tom erhielt, was so gut wie sicher war, würde sie viele Stunden in der Werkstatt verbringen müssen. Sie saß über ihren Zeichnungen, und da sie sich keine Gedanken um das Geschäft zu machen brauchte, war ihr Kopf frei dafür. Schon lange hatte sie nicht mehr so konzentriert arbeiten können. Die Stunden vergingen wie im Flug. Tatsächlich schreckte sie erst wieder hoch, als das Telefon klingelte.

Es war Jarik, der ihr mitteilte, dass Maike und er bald zu Hause sein würden.

Irgendwo auf der Strecke zwischen Bremen und Neuharlingersiel erreichte Maike Tessas Anruf.

»Und? Hat er dich gefunden?«, fiel ihre Tochter unverblümt mit der Tür ins Haus.

»Ja«, gab Maike zurück. »Ich musste mal raus, ein bisschen nachdenken.«

»Dachte ich mir.«

»Du hast ihm also den Tipp gegeben, es bei Kaja zu versuchen, hab ich gehört«, sagte sie dann. »Warum hast du mich nicht gewarnt?«

»War das nötig? Das war ja etwas zwischen dir und ihm. Und es geht euch doch wieder gut.«

»Ja, wir haben uns ausgesprochen.«

»Das freut mich.« Kurz war es still. Dann setzte Tessa leise hinzu: »Und wie geht es dir?«

»Alles gut.«

»Und dem Kind?«

»Dem geht es auch gut.«

Sie bemerkte, wie Jarik sie von der Seite ansah. »Mit wem redest du? Mit Tessa?«, las sie von seinen Lippen.

Maike nickte.

»Darf ich?«

Sie reichte ihm das Handy.

»Hallo, Tessa! Danke, dass du mir geholfen hast, sie zu finden. Ich ... ich wollte dir nur noch sagen, dass ich mich sehr auf das Kind freue. Und du? Wie geht's dir mittlerweile mit dem Gedanken, ein Geschwisterchen zu bekommen?«

Tessa antwortete irgendetwas, das Maike nicht hören konnte, das Jarik aber zum Grinsen brachte. Sie schaute über die weite, flache Landschaft hinweg, in der man Gehöfte, Häuser und saftig grüne Wiesen sehen konnte. Auf einigen standen Kühe.

Jarik berührte ihren Arm und reichte ihr das Handy zurück. Tessa wünschte ihr eine gute Überfahrt. Dann verabschiedeten sie sich voneinander.

»Wir sind gleich da«, sagte er.

Bald hatten sie den Hafen von Neuharlingersiel erreicht.

Maike erinnerte sich mit einem Mal, wie sie sich hier das erste Mal begegnet waren. Erste Begegnungen, erste Erinnerungen ... Das war noch gar nicht so lange her, und jetzt standen sie hier gemeinsam und würden bald Eltern werden. Hätte sie sich damals so etwas vorstellen können? Nein, natürlich nicht.

Jarik nahm ihr Gepäck. Er bestand darauf, es ebenfalls zu tragen. Sie hatten die erste Fähre verpasst, und die nächste ging erst in gut zwei Stunden, aber das war nicht schlimm, denn es war sonnig und warm. Jarik schlug ihr vor, ein wenig am Hafen entlangzuspazieren und etwas essen zu gehen. Sie entschieden sich für ein Restaurant, von dem aus man einen, wie Maike fand, sehr schönen Blick auf den Hafen hatte. Natürlich hätten sie auch Joss oder Fiete treffen können, doch sie fand es schön, allein mit Jarik zu sein. Sie wollte die gemeinsame Zeit genießen, bevor sie in den Trubel ihrer Patchworkfamilie zurückkehrte und viele Fragen würden beantworten müssen.

ZWEIUNDZWANZIGSTES KAPITEL

Das Klingeln des Telefons ließ Nicolas Dreesen zusammenzucken. Wieder einmal war er in Gedanken versunken, hatte am Schreibtisch sitzend nach draußen gestarrt, ohne wirklich etwas zu sehen. Tatsächlich hatte er gar nicht gemerkt, dass er sich nicht mehr auf die Arbeit konzentrierte, dass er schon lange nicht mehr auf den Bildschirm sah. Das passierte ihm öfter in letzter Zeit. Er hatte das nicht erwartet, aber er konnte Famke einfach nicht vergessen.

Wie hatte er sich nur einbilden können, dass es schon funktionieren würde mit seinem Vater – dem Boss, wie er sich gern selbst nannte. Dass er sich ihm weiter beugen und sich demütigen lassen würde, wie er es schon so oft vorher getan hatte? Dieses Mal war sein Vater zu weit gegangen. Dieses Mal war das Geschäftliche mit dem Privaten kollidiert, und er konnte es nicht einfach abhaken und zum Tagesgeschehen übergehen, auf die nächste Demütigung warten.

Famke …

Je öfter er darüber nachdachte, desto mehr schämte er sich dafür, nicht wenigstens von Angesicht zu Angesicht mit ihr gesprochen zu haben. Er schämte sich dafür, sich nicht mehr gemeldet zu haben, sie nicht persönlich über die Entscheidung seines Vaters informiert zu haben, aber vor allem dafür, dass er ihre gerade erst entstandene Beziehung so abrupt beendet hatte. Das war verdammt feige gewesen.

Was hab ich mir nur dabei gedacht?

Er schob die Computermaus hin und her und schaute zu, wie sich der Zeiger über den Bildschirm bewegte. Warum hatte sie sich nur nicht bei ihm gemeldet und ihn zur Rede gestellt? Schon im nächsten Moment schämte er sich für diese Gedanken. Sie trug keine Schuld daran, wie es gelaufen war. Er hätte ihr eine Erklärung geben müssen, nicht sie ihm, und das wusste er sehr gut.

Aber was hatte er ihr schon sagen sollen? Er wusste tatsächlich nicht, warum das Geschäft nicht zustande gekommen war. Sein Vater hatte nichts dazu sagen wollen. Es sei seine Sache, und noch sei er der Chef, hatte er gesagt. Irgendwann werde er, Nicolas, den Laden übernehmen, und dann könnten die Dinge auf seine Art und Weise laufen, doch bis dahin ...

Als Chef musste man sich anscheinend nicht erklären. Niemals. War das richtig? Nein, er würde es einmal anders machen.

Oh, verdammt. Das Telefon klingelte ja immer noch. Nicolas ging ran, meldete sich und ließ es so klingen, als wäre er etwas außer Atem.

»Warst du unterwegs?«, fragte seine Mutter. »Warum brauchst du denn so lange?«

»War nur einen Kaffee holen.«

»Und da bist du so außer Atem?«

»Ich hab mich eben beeilt. Ist viel zu tun.«

»Du solltest mehr Sport machen. Du bist nachlässig geworden.«

Es erstaunte ihn nicht, dass seine Mutter das Thema Sport aufbrachte. Bis zu ihrer Schwangerschaft war sie Leistungssportlerin gewesen, und sie lebte ihr Leben, als wäre sie es immer noch. Nun gut, ganz so viel trainierte sie nicht mehr, aber es stand außer Frage, dass sie unglaublich fit war. Bei den seltenen gemeinsamen Spaziergängen hatten sein Vater und er Mühe, mitzuhalten.

Vielleicht kam es gerade deshalb ja so selten dazu.

»Ja, ich weiß, ich schau mal ...« Er konnte ja mal wieder ins Fitness-Studio gehen. Da war er schon lange nicht mehr gewesen. »Ist irgendwas?«

»Ich wollte nur daran erinnern, dass dein Vater und du heute Abend pünktlich zum Essen zu Hause sein wolltet. Wir haben Gäste. Justus vergisst so etwas gerne.«

»Ich sag's ihm.«

Nicolas hatte das Gefühl, dass sie ihn jedes Mal vorschob, wenn es darum ging, seinen Vater früher von der Arbeit loszueisen. Na ja, es stimmte, dass er solche Einladungen gerne vergaß. Sie verabschiedeten sich voneinander.

Er arbeitete weiter. In letzter Zeit war er seinem Vater aus dem Weg gegangen, wann immer es möglich gewesen war. Er hatte auch keine Lust auf das gemeinsame Geschäftsessen, aber er wusste nicht, wie er sich dem entziehen konnte.

Gegen Mittag entschied er, eine Pause zu machen und joggen zu gehen. Lag das an der Bemerkung seiner Mutter? Er war ja noch nicht einmal außer Atem gewesen, er hatte nur so getan. Andererseits war es keine schlechte Idee, sich mal wieder zu bewegen. Er glaubte, dass ihm das guttun würde.

Er holte seine Sportklamotten aus dem Büroschrank, in kürzester Zeit war er umgezogen.

Zum Joggen hatte ihn seine Mutter schon als Kind angehalten. Unter der Woche hatten sie nach den Hausaufgaben ihre Runde gedreht. Damals hatte er sich öfter dagegen gesträubt, heute war es ein Teil seines Lebens, erst in letzter Zeit hatte er es vernachlässigt. Er verließ das Gebäude und verfiel bald in einen leichten Trab. Kürzlich erst hatte er sich neue Laufschuhe gegönnt. Vielleicht war ihm da schon klar gewesen, dass er das Laufen wieder regelmäßiger angehen wollte.

Bald hatte er das Gelände des Hotels verlassen und bog auf die Landstraße ein. Ein Stück musste er diese Straße entlanglaufen, bevor er wieder auf einen weniger genutzten Weg wechseln konnte. Es dauerte nicht lange, bis er seinen Rhythmus gefunden hatte. Beim letzten Mal hatte er noch eine Mütze getragen, weil ihm zu kalt gewesen war. Jetzt hatte die Sonne schon ziemlich viel Kraft. Frühling eben.

Es überraschte ihn ein wenig, wie schnell er seinen Rhythmus fand. Als er wieder zurückkam, war er durchgeschwitzt. Gut, dass er an diesem Tag keine Termine mehr hatte. Gut auch, dass es eine Dusche im Verwaltungstrakt des Hotels gab. Als er etwas später frisch geduscht wieder am Schreibtisch saß, fühlte er sich besser. Vielleicht würde er seiner Mutter irgendwann dafür danken, dass sie ihm das Laufen nahegebracht hatte. Er arbeitete weiter, doch kurz darauf schweiften seine Gedanken erneut ab.

Famke ...

Plötzlich sah er sie wieder vor sich: die kurzen dunklen Haare, die schlanke, sportliche Gestalt. Wenn er nicht bald etwas unternahm, drehte er noch durch.

Gegen fünf Uhr räumte er seinen Schreibtisch auf und verließ sein Büro. An der Rezeption warf er einen Blick auf die aktuellen Buchungen. Einige Stammgäste waren nach der Umgestaltung des Haupthauses, die mittlerweile abgeschlossen war, schon da gewesen und hatten sich erfreut über das Ergebnis gezeigt. Er schaute auf die Drucke, die rechts und links des Empfangsbereichs hingen. Seine Mutter hatte sie gekauft und rahmen lassen. Sie hatte Geschmack, dennoch musste er an die Vorschläge denken, die Famke gemacht hatte. Sie war nicht nur eine gute Keramikerin, sie hatte auch einen Blick für so etwas. Er tauschte sich noch mit der Rezeptionsmitarbeiterin aus, einer jungen Frau, die ihre Arbeit erst kürzlich begonnen hatte.

»Ist mein Vater noch da?«, fragte er mit einem Kopfnicken zur Tür am Ende des Ganges hin.

»Ja.«

Er zuckte unwillkürlich mit den Schultern. Alle hier wussten, dass das Verhältnis zwischen ihm und seinem Vater in den letzten Monaten nicht das beste gewesen war. Er zwang sich zu einem entspannten Lächeln.

»Gut, dann werde ich ihm wohl Bescheid geben müssen, dass er sich auf den Weg machen sollte. Wäre schlecht, wenn er zu spät zu seiner eigenen Party käme.«

Die junge Frau grinste. »Das wäre es wohl.«

Er mochte ihren trockenen Humor.

Nicolas nickte ihr noch einmal zu und ging den Flur entlang, auf die Tür zum Büro seines Vaters zu. Tatsächlich war dessen Stimme schon zu hören, als er noch ein paar Schritte entfernt war. Sein Vater schien angeregt mit jemandem zu sprechen. Offenbar telefonierte er, denn die Stimme des anderen war nicht zu hören. Und dann hörte Nicolas etwas, das ihn erstarren ließ.

»Ich bin nicht zufrieden damit, wie es gelaufen ist ... Ich mochte ihre Arbeiten, weißt du? Aber natürlich war ich dir den Gefallen schuldig.«

Nicolas hörte die Schritte seines Vaters. Er lief auf und ab, das tat er immer, wenn er angespannt war. Im nächsten Moment sprach er wieder: »Ja, ich weiß, dass du mir damals zur Seite gestanden hast, Erik. Das musst du mir nicht immer wieder sagen.«

Erik? Das konnte nur Famkes Vater sein. Nicolas ließ die Hand sinken, mit der er gerade an die Tür hatte klopfen wollen. Ja, er wusste natürlich, dass die beiden als Jugendliche befreundet gewesen waren und auch immer mal wieder geschäftlich miteinander zu tun gehabt hatten. Aber wie spielte das zusammen? Sein Vater sprach weiter. »Ja, ich weiß, dass man nur ein Leben zu verlieren hat und dass einem das wohl ein bisschen was wert sein muss ... Du vergisst ja auch niemals, mich daran zu erinnern, oder?«

Ah, natürlich ging es um die alte Geschichte. Sein Vater war als Fünfzehnjähriger mal im Watt verunglückt. Erik hatte ihn also damals gerettet? Sein Vater hatte ihm das nie erzählt. Privat hatte er seines Wissens nicht mehr viel mit den Wilkens zu tun gehabt. Famke und er hatten unterschiedliche Schulen besucht. Sie auf der Insel, er auf dem Festland. Und sie waren auf unterschiedlichen Unis gewesen und hatten beide Zeit im Ausland verbracht. Sie hatten sich erst im Januar kennengelernt ...

Erik sagte wohl wieder etwas, denn sein Vater brummte zustimmend. Und dann war es wieder einen Moment lang still, bevor sein Vater endlich kundtat: »Das muss aufhören, Erik, es wird mir zu persönlich. Das geht so nicht mehr.«

Nicolas drehte sich auf dem Absatz um und lief mit raschen Schritten in Richtung Ausgang. Er hatte seinen Vater nicht mehr an das Geschäftsessen erinnern können. Er konnte nicht glauben, was er da eben gehört hatte. Endlich hatte er die Wahrheit über das geplatzte Projekt erfahren, endlich erkannte er, dass er nichts als eine Spielfigur für seinen Vater und dessen besten Freund gewesen war.

Er musste nicht lange darüber nachdenken, was er zu tun hatte. Er hatte viel zu lange damit gewartet. Er würde sein Leben nicht von etwas bestimmen lassen, das vor so vielen Jahren zwischen Famkes und seinem Vater geschehen war und das sein Vater sicherlich schon mehrfach abgegolten hatte. Niemals.

Wie immer hatte er am Morgen das Fahrrad genommen und war in kurzer Zeit zu Hause, wo er in seinem Zimmer ein paar Sachen in eine Tasche warf. Bevor er das Haus verließ, überprüfte er schnell die Fährverbindungen – er hatte eine Chance, noch am Abend auf die Insel zu kommen, wenn er sich nur beeilte.

In der Eingangshalle kam ihm seine Mutter entgegen. Sie war schon für den Abend angezogen, trug ein schimmerndes, schmal geschnittenes Kleid zu hochhackigen silbernen Schuhen und hatte die silbergrauen Haare hochgesteckt. Ihr klares Gesicht war bis auf einen sehr roten Lippenstift ungeschminkt.

»Nicolas, du bist schon da?« Sie schaute an ihm vorbei. »Wo ist denn dein Vater? Du solltest ihm doch Bescheid geben.«

Seine Mutter wandte sich wieder ihm zu. Nicolas überlegte kurz, was er sagen sollte, entschied sich dann aber für das, was er sich schon auf dem Weg zurechtgelegt hatte.

»Hast du von der Sache mit Famke gewusst?«

»Famke?«

Die Stimme seiner Mutter klang überzeugend, so als wüsste sie tatsächlich nicht, auf wen er sich bezog. Er spürte Ärger in sich aufsteigen, wusste nicht, wie lange er sich noch würde beherrschen können oder wollen. Ja, in seiner Familie beherrschte man sich, da hatte man seine Emotionen stets unter Kontrolle. Er wollte das nicht mehr mitmachen. Schon gar nicht in diesem Moment.

»Die Keramikkünstlerin, die an der Neuausstattung der Hotels beteiligt werden sollte.«

Seine Mutter zögerte etwas zu lange. Vielleicht lag es daran, dass er sie in einem Augenblick erwischt hatte, in dem sie mit den Gedanken woanders war, wahrscheinlicher war allerdings, dass sie einfach nicht damit gerechnet hatte, dass es zu diesem Gespräch kommen würde. Nicolas ballte unwillkürlich die Fäuste.

»Ich ...«, setzte seine Mutter an.

Er schüttelte den Kopf. »Sag nichts, es wäre doch nur das Falsche. Ich kann nicht glauben, dass du ihn nicht davon abgehalten hast. Wofür? Welche Schuld hat er zu begleichen? Dass man ihm das Leben gerettet hat? Wie es der Zufall wollte, habe ich das heute herausgefunden. Er hat diese Schuld in den vergangenen Jahren sicherlich hundertmal beglichen. Er ist niemandem mehr verpflichtet.«

»Nicolas, wir ...« Wir ..., echote es in seinem Kopf. Sie sah ihn irritiert an, als er seine Tasche schulterte. Damit hatte sie offenbar nicht gerechnet. Aber sie hatte sich schnell wieder gefangen. »Wo willst du denn jetzt hin?«, erkundigte sie sich. »Wir haben doch Gäste!«

Er fragte sich, ob seine Anwesenheit an diesem Abend wirklich so wichtig für seine Eltern war oder ob es einfach ums Prinzip ging. Für seine Eltern musste die Familie stets geschlossen auftreten, ganz gleich, wie es hinter den Kulissen aussah.

»Eine Sache klären, die ich schon längst hätte klären müssen«, erwiderte er.

Er machte Anstalten, sich umzudrehen. Ihre Stimme hielt ihn noch einmal auf. »Aber du kannst doch nicht ...«

»Doch, das kann ich.«

Und damit war er zur Tür raus, beschleunigte seine Schritte, stieg in seinen Wagen und war schon wieder auf der Straße. Er sah nicht zurück, sondern trat das Gaspedal durch, als wäre jemand hinter ihm her.

Er hatte sich gefragt, was sie wohl als Erstes sagen würde. Er hatte es nicht gewusst. Famke würde vielleicht seinen Namen sagen, und er war sicher, dass es sich richtig anfühlte, dann ihren zu nennen. Er hatte ihn schon so oft in seinen Gedanken genannt, wenn er sich vorgestellt hatte, wie er mit ihr reden würde.

Er fuhr sich mit dem Jackenärmel über das Gesicht. Es hatte zu regnen begonnen, als er die Fähre verlassen und sich auf den Weg zum Strandfliederhaus gemacht hatte. Außer ihm waren Feriengäste angekommen, und ein paar Insulaner, die Termine auf dem Festland gehabt hatten. Die meisten hatten sich beeilt, vom Schiff zu kommen.

Er beeilte sich weder noch ließ er sich Zeit. Er überlegte, was er Famke sagen und wie sie reagieren würde. Er hatte Angst vor dem, was kommen würde, und dennoch wusste er, dass dieses Gespräch nötig war.

Der Weg durch das Dorf führte ihn vorbei an Restaurants, in denen man sich das Essen schmecken ließ und aus denen Lachen und angeregte Stimmen auf den Weg hinausdrangen. Am Eisladen erinnerte die Schlange schon wieder an den Feriensommer. Im Lebensmittelgeschäft war es noch hell. Bald konnte er das Strandfliederhaus sehen. Das Geschäft war bereits geschlossen, trotzdem spähte er durch die Schaufensterscheibe. Im Laden entdeckte er Famke nicht. Als Nächstes ging er ums Haus, um einen Blick in die Werkstatt zu werfen, doch auch die war leer. Auf die Terrasse, von der aus man in das Hinterzimmer sehen konnte, in dem Famke zuletzt gewohnt hatte, traute er sich nicht, zu gehen. Das war ihm doch zu privat.

Er zögerte nicht lange und lief auf das Wohnhaus zu, in dem Maike und Jarik lebten. Er musste dort nachfragen. Bestimmt konnte man ihm sagen, wo Famke war. Er beeilte sich, zu klingeln, bevor ihm die Feigheit noch eine andere Entscheidung aufzwang. Er hatte sich lange genug falsch entschieden.

Maike öffnete ihm. »Nicolas!«, rief sie.

»Hallo, Maike ...«

Er bemerkte, dass sie verunsichert war.

»Du möchtest zu Famke, oder?«, fragte sie dann, und er war dankbar für ihre Direktheit. »Sie ist wahrscheinlich in ihrer Wohnung.« Maike deutete auf das Strandfliederhaus. »Ganz oben. Sie hat sich mittlerweile auf dem Dachboden eingerichtet.« Er nickte. Er erinnerte sich daran, dass sie einmal davon erzählt hatte. »Es gibt eine Klingel.«

Klang das wie eine Aufmunterung? Er bedankte sich. Durch den Regen eilte er wieder zurück, drückte auf den Klingelknopf mit Famkes Namen. Die Haustür unten ließ sich aufstoßen. Während er sich auf den Weg nach oben machte, konnte er hören, wie die Tür geöffnet wurde. Mit jedem Schritt, den er weiterging, wurde er nervöser, aber er wusste, dass es kein Zurück mehr geben würde. Es war schon zu viel Zeit vergangen. Er versuchte zu lächeln, wollte entspannt aussehen.

»Nicolas!«, rief sie, als sie ihn sah.

»Famke!«

Sie sah ihm zuerst in die Augen und danach auf die Regentropfen, die ihm von den Haaren und dann die Wangen herunterperlten.

»Was willst du hier?«, fragte sie mit düsterem Blick.

»Lass mich etwas erklären.«

»Ich will es nicht hören. Es hat eine Zeit gegeben, da habe ich noch gehofft, dass du kommen würdest«, ihre Stimme klang entschlossen. »Du bist ein Feigling. Das ist mir klar geworden, auch wenn ich etwas länger dafür gebraucht habe.«

»Ja. Ich hab dich verletzt.« Er hoffte, den richtigen Tonfall zu finden, doch dem war offenbar nicht so.

»Stuf deinen Einfluss auf mein Leben nicht zu hoch ein.« Es entging ihm nicht, dass ihre Stimme zitterte, während sie dies sagte, und er wusste damit, dass es nicht der Wahrheit entsprach.

Verdammt, er liebte sie, und er hätte sich dafür ohrfeigen können, dass er nicht mutiger gewesen war. Obwohl er sich den ganzen Tag über Gedanken gemacht hatte, fehlten ihm jetzt die Worte.

»Ich weiß, dass ich dich gekränkt habe, bitte, ich will mich doch nur dafür entschuldigen.« Sie machte eine harsche Bewegung, wollte offenbar rasch etwas erwidern, dann hielt sie jedoch inne. Sein Gesichtsausdruck schien seine Hilflosigkeit widerzuspiegeln, denn da war auf einmal etwas in ihrem Blick, das ihm Hoffnung gab. »Darf ich reinkommen?«, bemühte er sich, die Gelegenheit zu nutzen.

Sie ging an ihm vorbei und zog die Tür entschlossen hinter sich zu. In ihre Wohnung wollte sie ihn ganz klar nicht lassen.

»Gehen wir in die Werkstatt.«

»Okay.« Er verschränkte unwillkürlich die Arme vor der Brust. »Da hab ich dich übrigens zuerst gesucht. Im Laden und dann in der Werkstatt. Irgendwie war ich sicher, dass ich dich dort finden würde. Aber ...«

»Wie hast du mich gefunden?«

»Maike hat mir gesagt, dass du auf den Dachboden gezogen bist.«

»Hm.« Sie sagte nicht mehr dazu.

»Ich hab neue Arbeiten im Schaufenster gesehen. Sie gefallen mir.«

Dieses Mal zeigte sie gar keine Reaktion. Sie liefen die Treppen hinunter und eilten durch den Regen zum Ladeneingang, von dort in die Werkstatt. Er dachte an die Stunden, die sie dort gemeinsam verbracht hatten, wie er ihre Arbeiten kennengelernt hatte.

Famke setzte sich auf den Hocker an ihrem Arbeitsplatz, bot ihm einen Stuhl an. Eine Reihe Becher stand vor ihr, wohl neue Entwürfe. Sie schaute ihn nachdenklich an, und, wie er meinte, zumindest etwas weniger düster als vorher. Dennoch konnte er immer noch nicht sagen, was sie von ihm dachte und wie es weitergehen würde.

»Famke, bitte ...«, sagte er noch einmal hilflos. Er sah, wie sie tief durchatmete. »Ich bin hier, weil ich weiß, dass ich etwas falsch gemacht habe.«

»Nein, du hast mir ganz unaussprechlich wehgetan, Nicolas«, sagte sie.

»Das habe ich, und jetzt möchte ich mich dafür entschuldigen. Ich hab die Wahrheit erst heute Nachmittag erfahren und ...«

»Das ist keine Entschuldigung, und das kannst du dir denken. Was auch immer diese Wahrheit ist, von der du da redest, du hättest mit mir sprechen müssen.«

Er hielt inne. »Ja, das hätte ich. Ich hätte mit dir sprechen müssen, stattdessen habe ich akzeptiert, was mein Vater angeordnet hat. Ich bin ein erwachsener Mensch, der eigene Entscheidungen treffen kann. Ich hätte das nicht tun dürfen. Und ich hätte dir nicht nur schriftlich mitteilen dürfen, dass nichts wird aus unserem Projekt, du hast recht. Das möchte ich dir sagen, nicht mehr und nicht weniger.« Sie sagte nichts, schaute ihn nur weiter an. Er war von ihrer Ehrlichkeit beeindruckt. »Ich würde dir gern alles erklären.«

»Gut.«

Er erzählte von dem Gespräch mit seinem Vater und was er ihn am Telefon hatte reden hören.

»Ich wusste nicht, welche Bedeutung die Beziehung meines Vaters zu deinem hat. Ich wusste irgendwie schon, dass sie als Jugendliche befreundet waren. Nicht jedoch, dass sie noch engeren Kontakt haben, dass es eine Abhängigkeit gibt ...«

»Mein Vater steckte von Anfang an dahinter«, murmelte Famke. »Ich hab das schon vor einiger Zeit herausgefunden.«

Sie schwiegen beide wieder, dann sagte Nicolas langsam: »Ich verstehe trotzdem nicht, warum mein Vater sich so hat beeinflussen lassen. Ich weiß, dass er von deiner Arbeit überzeugt war. Dass dein Vater ihm das Leben gerettet hat, ist natürlich großartig, aber irgendwann hat man doch auch eine solche Schuld abgegolten, oder nicht?«

Famke zuckte mit den Schultern. »Weißt du, was? Bis dato wusste ich gar nicht, dass mein Vater so etwas wie einen Freund hatte ... Er hat nie davon erzählt. Ich hatte immer den Eindruck, seine Familie sei das Einzige, was für ihn zählt ...«

Famke spürte ein Lächeln auf ihrem Gesicht. Sie konnte gar nichts dagegen tun. Es war seltsam und fühlte sich dennoch gut an, erleichternd.

»Möchtest du einen Tee?«, fragte sie.

»Gerne.« Auch Nicolas lächelte. Dann sagte er: »Famke, ich hoffe, wir können noch einmal von vorn anfangen, können die Zeit nachholen, die uns durch meine Feigheit verloren gegangen ist ... Ich hoffe es sehr, verstehe aber auch, wenn du dazu nicht bereit bist ...«

Sie stand auf, kochte schweigend Tee. Er drängte sie nicht zu einer Antwort.

»Ich werde darüber nachdenken müssen«, sagte sie, nachdem sie mit dem Tee zurückgekommen war, aber es gelang ihr, zu lächeln.

Nein, sie hatte ihre Entscheidung noch nicht getroffen, wusste dennoch irgendwie, welche Richtung diese nehmen würde. Dies hier war eine zweite Chance. Dass sie immer noch etwas für ihn empfand, ließ sich nicht leugnen. Schon als sie ihn die Treppe hatte hochkommen sehen, hatte mit ihrer Wut auch die Sehnsucht nach ihm pulsiert. Sofort waren da die Erinnerungen an ihre gemeinsamen Gespräche und Spaziergänge gewesen, so präsent, als hätten sie nie damit aufgehört.

Sie sprachen nur wenig, während sie den Tee tranken. Vielleicht war auch Nicolas klar geworden, dass sie sich Zeit lassen mussten. Schließlich entschieden sie, einen kleinen Abendspaziergang zu machen. Beim Laufen sprach es sich leichter.

Sie verließen die Werkstatt, es hatte aufgehört zu regnen, die Luft war mild und reingewaschen. Und dann begannen sie zu reden. Sie redeten und redeten, als müssten sie die Zeit aufholen, ja, es war tatsächlich so. Sie redeten, über ihre Familien und was der Einfluss ihrer Väter mit ihnen gemacht hatte, dass sie beide sich befreien wollten, ganz gleich, welchen Preis sie dafür bezahlen mussten. Auf einmal lagen sie sich in den Armen.

Famke schloss die Augen. Es tat gut, Nicolas' Wärme zu spüren. Es fühlte sich vertraut an.

»Darauf habe ich so lange gewartet«, sagte er. »Ich dachte, ich würde es nie wieder erleben können.«

»Hm«, flüsterte sie. Und dann küsste sie ihn. Er erwiderte ihren Kuss, ohne zu zögern. »Du kannst heute bei mir schlafen«, sagte sie unvermittelt.

»Jetzt bin ich aber doch erleichtert«, gab er mit einem

Lachen in der Stimme zurück. »Unsere Ferienwohnung ist nämlich vermietet.«

»Vielleicht überleg ich es mir ja noch«, gab Famke mit todernster Stimme zurück. Dann grinste sie. Sie löste sich von ihm, atmete tief durch, schaute ihn erneut ernst an. »Eigentlich bin ich immer noch sehr verletzt«, sagte sie dann. »Es fällt mir nicht leicht, mich zu öffnen.«

Er verbarg seine Betroffenheit nicht. Er war zu ihr gekommen, weil er sie liebte, das sah sie, und er war bemüht, seinen Fehler wiedergutzumachen.

»Es tut mir wirklich leid«, sagte er ergriffen. »Ich kann dir gar nicht sagen, wie leid es mir tut.«

Sie schaute ihn noch einen Augenblick an, dann schlang sie die Arme um ihn, als müsste sie ein Frösteln unterdrücken. »Ich weiß. Ich weiß doch.«

Arm in Arm liefen sie zurück. Als sie den Rand des Dorfes erreicht hatten, blieb Nicolas stehen.

»Ich freu mich darauf«, sagte er, »sooft es nur geht, herzukommen, hier bei dir zu sein. Ich werde mir etwas überlegen ...« Sanft zog er sie an sich, und wieder küssten sie sich. »Ich werde dich nie mehr verlassen«, murmelte er in ihr Haar.

Famke lächelte und schmiegte sich an ihn. Sie hatte immer gedacht, dass es ihr Angst machen würde, wenn das jemand eines Tages zu ihr sagte, aber so war es nicht. Es fühlte sich sogar ziemlich gut an.

»Famke, ich wollte die neuen Lieferungen mit dir besprechen. Da ist einiges reingekommen, um das wir uns zeitnah kümmern müssen ... Und hier ist eine größere Bestellung, die wirklich interessant ist …« Maike, die die Tür mit der rechten Schulter aufgeschoben hatte, wedelte mit ein paar dicken Briefumschlägen in der linken Hand, während sie auf die Notizen in ihrer rechten schaute. Dann sah sie von ihren Notizen auf und stockte.

»Oh«, entschlüpfte es ihr, »du bist nicht allein.«

»Nein, bin ich nicht«, gab Famke zurück. »Nicolas ist gestern Abend gekommen. Das weißt du ja schon.« Sie grinste verlegen.

»Guten Morgen, Maike«, sagte Nicolas.

»Hallo, Nicolas!«

Sein strahlendes Lächeln sagte ihr alles.

»Es ist okay«, erklärte Famke dennoch, »wir haben uns ausgesprochen.« Sie warf Nicolas einen Blick zu. »Er hat sich entschuldigt.«

Nicolas legte Famke einen Arm um die Schultern und warf ihr einen liebevollen Blick zu. »Jetzt haben wir Pläne«, fügte er hinzu.

»Ja, das haben wir«, bestätigte Famke.

Maike ließ den Blick schmunzelnd von einem zum andern wandern. Die beiden sahen etwas zerzaust aus, Famkes Wangen waren gerötet. Die Nacht hatten sie offenbar zusammen verbracht.

»Na dann«, gut gelaunt legte sie ihre Unterlagen ab und setzte sich an den Tisch, »wollen wir uns gemeinsam anschauen, was ich mitgebracht habe? Ich glaube, wir müssen uns langsam etwas wegen der Bestellungen überlegen. Es sind ganz schön viele geworden.«

»Das ist ja toll«, bemerkte Nicolas.

»Ja, nicht? Vielleicht brauche ich dich gar nicht mehr«,

erwiderte Famke, aber man konnte ihrem Gesicht ansehen, wie unglaublich glücklich sie war, dass er da war.

Jarik kam an diesem Abend erst spät von einer Besprechung mit einem Studienkollegen zurück, und Maike hatte den Eindruck, vor Spannung platzen zu müssen. Was er wohl sagte, wenn er hörte, dass Nicolas über Nacht geblieben war? Er war ganz besonders guter Dinge, das hörte sie schon, als er die Treppenstufen hochsprang. Oben angekommen, kam er rasch auf sie zu.

»Wie geht's dir, mein Schatz?«, fragte er und nahm sie in die Arme.

»Alles okay«, antwortete sie. Natürlich wurde mit dem Fortschreiten der Schwangerschaft alles ein bisschen beschwerlicher, aber sie fühlte sich noch nicht allzu eingeschränkt. Für einen Moment hielten sie einander nur in den Armen. Sie konnte kaum erwarten, zu hören, was er zu erzählen hatte, konnte jedoch nicht an sich halten. »Ich glaube, Famke ist im Glücksrausch. Nicolas ist über Nacht geblieben, und er ist immer noch da.«

Jarik trat einen Schritt zurück. »Was? Ehrlich? Bist du dir sicher?«

»Ja. Komm, lass uns hinsetzen. Ich hab mir Tee gemacht. Willst du auch einen?«

»Ich hol mir ein Bier.«

Einen Moment später saßen sie auf dem Sofa, und dann erzählte sie ihm, was sie erfahren hatte.

»Das ist ja mal ein Ding.« Jarik lachte. »Er ist also wieder an Bord, und die ganze Sache läuft?«

»Scheint so«, bestätigte sie ihm. »Außerdem haben wir

eine ganze Menge Bestellungen reinbekommen, die sich wohl auf die Ostergäste zurückführen lassen. Wieder zu Hause, haben sie sich anscheinend überlegt, dass sie doch gerne das eine oder andere Teil hätten, das sie im Laden gesehen haben.«

»Da müssen wir uns wohl etwas einfallen lassen, du wirst ja demnächst für eine ganze Zeit ausfallen. Gut, dass wir jetzt Famkes Mutter haben.«

»Ja. Schön, dass sie uns hilft.«

Maike beugte sich vor und stellte ihre Teetasse zurück auf den Tisch.

»Schaffst du das noch allein?«, fragte Jarik schmunzelnd.

»Jaja«, gab sie lächelnd zurück. »Keine Sorge, ich melde mich schon.« Dann lehnte sie sich wieder bequem zurück. »Und jetzt erzähl von dir. Wie war's?«

Sie konnte schon an dem Ausdruck auf seinem Gesicht erkennen, dass das Treffen zufriedenstellend verlaufen war. Sie hatten sich beide gefreut, als Jarik kürzlich von einem ehemaligen Studienkollegen angesprochen worden war, der ein Bootsbauprojekt geplant und Jarik gefragt hatte, ob er sich daran beteiligen wolle. Jarik hatte das mit ihr besprochen, und sie hatte ihn bestärkt, das Angebot anzunehmen. Sie wusste, wie sehr ihm die Arbeit mit den Booten fehlte, für die er in den vergangenen beiden Jahren kaum noch Zeit gefunden hatte. Nachdem es besser mit dem Strandfliederhaus lief, hatte er sich einige Gedanken darüber gemacht. Er hatte ihr immer wieder von seinen alten Projekten erzählt.

»Wir haben einen Deal«, erwiderte er.

»Das klingt sehr gut«, sagte sie.

»Das tut es.« Er lächelte. »Nach all der Zeit freu ich mich sehr auf die Arbeit.«

DREIUNDZWANZIGSTES KAPITEL

Ihre Mutter hatte ihr vorgeschlagen, an diesem Sonntag zum Essen zu kommen, Jarik und Maike wollten sie im Laden vertreten. Famke war mulmig zumute, doch sie fand, es war an der Zeit, dass sie mit ihrem Vater sprach. Seit Beginn des Jahres hatte sie kaum ein Wort mit ihm gewechselt. Natürlich waren sie einander manchmal begegnet – das war auf einer kleinen Insel wie Spiekeroog kaum zu vermeiden. Meist hatten sie dann so getan, als würden sie einander nicht sehen. Er wusste selbstverständlich, dass seine Frau jetzt im Strandfliederhaus arbeitete. Er sagte nichts dazu, hatte auch sie, Famke, bisher nicht darauf angesprochen. Und wenn, wäre es ihr gleich gewesen. Sie war nicht mehr auf seine Unterstützung angewiesen, musste nicht mehr um seine Aufmerksamkeit buhlen. Sie brauchte seine Zustimmung nicht mehr, wenn sie neue Pläne machen oder etwas in ihrem Leben ändern wollte. Dennoch wünschte sie sich, dass er ihre Entscheidungen akzeptierte und sie wieder zu dem wurden, was eine Familie ausmachte.

Sie war an diesem Vormittag früher gekommen, um ihrer Mutter beim Kochen zu helfen. Gemeinsam hatten sie Zwiebeln gehackt und Kartoffeln geschält und gerieben.

Die gemeinsame Arbeit ließ schöne Erinnerungen in Famke hochkommen. Früher hatten sie fast jedes Wochenende gemeinsam gekocht. In Erinnerung an diese Zeit sollte es ihr gemeinsames Lieblingsessen geben: Kartoffelklöße und Rouladen. Das hatte früher mindestens an einem Sonntag im Monat auf dem Tisch gestanden, ein Ritual, das Famke irgendwie gefallen hatte. Ihre Mutter hatte das Rezept aus einem Urlaub im Schwarzwald mitgebracht. Auch wenn sie kein Mensch vieler Worte war, hatte ihre Mutter immer wieder von diesem Urlaub berichtet, dem ersten, den sie als Familie gemeinsam unternommen hatten. Famke war damals noch sehr klein gewesen, noch nicht mal im Kindergarten. Sie erinnerte sich nicht wirklich an diese Tage, kannte nur die Bilder von sich auf einem Schlitten, umrundet von Bergen, die ihr heute noch sehr hoch erschienen. Wie viel höher mussten sie auf die kleine Famke gewirkt haben.

Die Stimme ihrer Mutter riss sie aus den Erinnerungen: »Sind die Zwiebeln fertig?«

»Ja, Mama.«

Das Butterschmalz schmurgelte schon. Bald darauf erfüllte der Duft von gebratenen Zwiebeln die Küche. Ihre Mutter würde sie zusammen mit Gurken und Schinken auf das mit Senf bestrichene Fleisch geben und es aufrollen. Famke liebte den Geruch. Sie legte die Rouladenscheiben auf ein Brett und klopfte sie, während ihre Mutter die Klöße formte. Zwischendurch tranken sie Tee zusammen, sprachen über die Arbeit, die in den nächsten Wochen anstand, über die Tage, an denen ihre Mutter den Verkauf übernehmen würde.

Als kurz vor Mittag die Haustür zu hören war, hielten sie

beide kurz inne. Es war nicht Angst, die sie das tun ließ. Vielmehr war es ein gewisser Respekt vor einer Begegnung, die nicht einfach werden würde. Für einen Moment regte sich nichts. Wahrscheinlich hatte ihr Vater gerade ihre Schuhe und ihre Jacke an der Garderobe gesehen. Ihre Mutter und sie wechselten einen Blick.

Dann waren Schritte zu hören, die vor der Küchentür kurz verharrten. Ihr Vater kam nicht herein, er war ins Esszimmer gegangen. Offenbar wollte er ihnen vorerst aus dem Weg gehen.

Als sie und ihre Mutter mit der Suppenschüssel ins Esszimmer kamen, saß ihr Vater am Tisch und las in der Sonntagszeitung. Er hob kaum den Kopf. Der Anblick war Famke durchaus vertraut. Ihr Vater las morgens die erste und die letzte Seite der Zeitung und durchstöberte, wenn Zeit blieb, noch den Lokalteil, bevor er sich nach dem Mittagessen dem Rest widmete. Es verärgerte sie, dass er sie nicht mal kurz begrüßt, sondern sich schon vor dem Essen dahinter verschanzt hatte, dass er sie auch jetzt keines Blickes würdigte. Ihrem Vater musste klar sein, dass sie aus einem bestimmten Grund hier war, aber er hatte offenbar nicht die Absicht, als Erster etwas zu sagen.

Als ihre Mutter die Kelle zur Hand nahm, um allen Suppe aufzutun, faltete er die Zeitung sorgsam zusammen und legte sie neben sich auf den Boden. Schweigend begannen sie zu essen. Ihre Mutter räumte, als die Suppenteller geleert waren, ab und trug die Rouladen und die Klöße auf. Famke sprang auf und holte die Salatschüssel, um wenigstens etwas zu tun zu haben. Es duftete herrlich, zum Dessert würde es

Vanillecreme geben, die ihre Mutter ganz früh am Morgen gemacht und zum Kühlen in den Kühlschrank gestellt hatte.

Famke machte sich daran, die Speiseteller auf dem Tisch zu verteilen. Der Vater nahm sich drei Klöße, Rouladen und Sauce und hob weiterhin kaum den Kopf.

»Du solltest dir anschauen, was sie macht«, sagte ihre Mutter so unvermittelt, dass Famke zusammenzuckte.

Ihr Vater schnitt ein Stück von seiner Roulade, schob es sich in den Mund und kaute. So ist es, dachte Famke, so war es schon immer: Den meisten Dingen ging ihr Vater mit Schweigen aus dem Weg. Aber sie wollte das nicht weiter hinnehmen. Sie überlegte. Was konnte sie tun? Dass er nicht mit ihr reden wollte, konnte sie ihm deutlich ansehen, und er war es nicht gewohnt, dass man das nicht respektierte. Er hatte in dieser Familie ja immer über alles bestimmt. So wie sein Vater das Oberhaupt seiner Familie gewesen war und davor sein Großvater, so war er es jetzt. Sind wir je schlecht damit gefahren?, hatte er sie früher mal gefragt. Da hatte sie sich noch nicht getraut, zu widersprechen.

Ihr Vater schaute kurz auf, und es kam ihr vor, als hätte er genau das gerade gedacht. Sind wir schlecht damit gefahren? Sagt schon! Die Familie Wilken stand wirtschaftlich gut da, war angesehen. Es ging ihnen gut, daran bestand ja wohl kein Zweifel.

Ihre Mutter aß nun auch wieder schweigend weiter. Erster Versuch abgeschmettert. Famke beobachtete sie. Etwas an ihrer Haltung irritierte sie, und dann erkannte sie es: Die Mutter wirkte nicht betroffen. Da hatte sich etwas geändert. Früher hätte sie sich von der ablehnenden Haltung ihres Mannes aus der Bahn bringen lassen. Sie hätte eingelenkt.

Nein, sie hätte sich gar nicht erst getraut, etwas zu erwähnen, das ihm missfallen könnte.

Dass ihrem Vater die Situation nicht gefiel, erkannte sie als Nächstes. Überlegte er, was er machen sollte? Sie glaubte das nicht. Bisher hatte er noch jede unangenehme Situation schweigend ausgesessen.

Als sie alle aufgegessen hatten, holte ihre Mutter den Nachtisch, während sie selbst abdeckte. Sie setzten sich wieder.

Auch jetzt kam kein Gespräch in Gang. Man konnte ihrem Vater ansehen, dass er nur darauf wartete, gehen zu können. Die Situation schien ihm doch unangenehm zu sein. Er saß vorgebeugt am Tisch, den Blick auf das Dessert gerichtet, um den Blicken seiner Frau und seiner Tochter auszuweichen. Als er fertig war, stand er abrupt auf, nahm seine Zeitung vom Boden auf, verabschiedete sich mit knurrigen Worten und verließ das Zimmer. Offenbar hatte er nicht die Absicht, etwas an seinem Tagesablauf zu ändern.

Sie hörten seine Schritte im Flur, tauschten einen kurzen Blick, bevor sie beide ebenfalls aufstanden. Schweigend räumten sie die Spülmaschine ein. Famke fühlte sich erneut an früher erinnert, an andere Momente gemeinsam mit ihrer Mutter. So viele hatte es allerdings nicht gegeben, sie war immer beschäftigt gewesen. Das sei so, hatte sie einmal gesagt, weil ihre Eltern sie dazu angehalten hatten, immer eine Arbeit zur Hand zu haben und nie müßig zu sein.

»Die Spülmaschine einräumen ... Eigentlich macht er das immer am Wochenende«, sagte ihre Mutter unvermittelt.

Famke nickte. Ja, das wusste sie. Als ihre Mutter eine Zeit lang einen Wochenendkurs besucht hatte – das hatte sie sich tatsächlich getraut –, hatte ihr Vater samstags und sonntags den Tisch abgeräumt und die Spülmaschine befüllt. Vielleicht war letztlich das der Grund gewesen, warum die Maschine erst angeschafft worden war. Ihr Vater machte sich jedenfalls normalerweise keine Gedanken um Hauswirtschaftliches.

»Und das macht er immer noch, ja?«

»Natürlich, du weißt doch, dass er keine Veränderungen mag. Ich glaube«, Gesine hielt einen Moment inne, »sie machen ihm Angst.«

»Und was ist mit dir?«, fragte Famke. »Machen dir Veränderungen auch Angst?«

»Du kennst mich«, gab ihre Mutter mit einem kleinen Lächeln zurück, »aber ich bessere mich.«

»Ja, das tust du.«

»Komm, setz dich. Trinken wir noch einen Kaffee zusammen?«

Erik saß in seinem Sessel im Wohnzimmer, die Zeitung aufgeschlagen in der Hand, aber er las nicht, er horchte. Aus der Küche hörte er Gemurmel, aber er verstand nicht, worüber gesprochen wurde. Es hatte ihn gewundert, dass sie nicht versucht hatten, ihn zum Reden zu zwingen. Frauen wollten immer reden, neuerdings sogar Gesine. Und nicht nur reden wollte sie, auch arbeiten. Dabei hatten sie doch ein gutes Leben, an dem sich weiß Gott nichts verändern musste, weil es eben gut war, wie es war.

Wieder lauschte er. Dann ließ er die Zeitung sinken, griff nach der Fernbedienung, zu seiner Überraschung hatte er jedoch keine Lust auf die Mittagssendung, die er eigentlich immer mit Gesine nach dem Essen anschaute. Aber heute hatte sie offenbar nicht die Absicht, zu ihm zu kommen, genauso wenig seine Tochter.

Erik zog die Augenbrauen zusammen. Eine kurze Zeit hatte es so ausgesehen, als wollte Famke zurückkommen. Es hatte Schwierigkeiten gegeben, einen geschäftlichen Rückschlag, für den er gesorgt hatte, aber dann war sie dummerweise doch wieder gegangen. An ihre Abwesenheit hatte er sich inzwischen gewöhnt, die seiner Frau dagegen irritierte ihn. Er wusste nicht, was er davon halten sollte, dass sie auf einmal glaubte, arbeiten zu müssen. Er wusste schon gar nicht, was er davon halten sollte, dass sie ausgerechnet im Strandfliederhaus arbeiten wollte. Er konnte nicht sagen, dass sie ihn vernachlässigte, keinesfalls, und wenn, er hätte wohl keine Handhabe. Tja, die Zeiten hatten sich geändert. Es war noch gar nicht so lange her, da hatten die Männer ihren Frauen das Arbeiten verbieten können. Vielleicht bedauerte er das. Sie hatten doch immer ihre Abläufe gehabt, hatten gewusst, was der eine vom anderen zu erwarten hatte.

Wo war seine Frau? Noch immer in der Küche mit Famke? Die beiden schauten sicher irgendeine Nachmittagsschmonzette. Vor ein paar Jahren hatte er Gesine ein Fernsehgerät für die Küche geschenkt. Sie musste zugeben, dass er alles für sie tat, und doch schien sie in letzter Zeit aufzubegehren. Reichte ihr nicht mehr, was er ihr bot? Sie beschwerte sich sogar, wenn auch ohne Worte. Sie setzte sich einfach über das hinweg, was er gut fand. Sie mied ihn.

In der nächsten Stunde versuchte er, sich auf die Zeitung zu konzentrieren. Irgendwann hörte er, wie jemand das Haus verließ. Dann sah er seine Tochter auf das Eingangstor zugehen. Es wollte ihm nicht gelingen, weiterzulesen. Leise, damit seine Frau es nicht mitbekam, ging er in den Flur.

Die Tür zur Küche war geschlossen. Tatsächlich konnte er den Fernseher hören. Noch einen Moment blieb er stehen, ohne wirklich einen Gedanken fassen zu können. Das war verwirrend, eigentlich war er so etwas nicht gewohnt. Kurzentschlossen zog er Schuhe und Jacke an. Im Flurspiegel warf er sich noch einen kurzen Blick zu, nicht aus Eitelkeit, sondern weil er das immer tat, um zu prüfen, ob alles korrekt saß. Das war ihm wichtig. Leise zog er die Haustür hinter sich zu und lief mit schnellen Schritten durch den Vorgarten.

Ob Gesine ihn sah? Sollte sie die Tür gehört haben, würde sie ihm wahrscheinlich hinterherschauen. Er wollte sich nicht umdrehen, um das zu überprüfen.

Er schob das Gartentor auf und verriegelte es wieder. Dann lief er los. Jetzt, am frühen Nachmittag, kamen ihm die Urlauber entgegen, die auf dem Weg zum Strand waren. Einer fuhr langsam und bemüht vorausschauend mit dem Fahrrad. Fahrradfahrer wurden in diesem Bereich nicht gerne gesehen. Erik grüßte einen Bekannten, man wechselte ein paar Worte. Dann ging es weiter, und bald hatte er das Strandfliederhaus erreicht.

Seit wann nannte man es eigentlich so? Nicht schon immer, da war er sich sicher. Wahrscheinlich war es Hildes Einfall gewesen, als sie vor Jahren hergekommen war. Die meisten hatte die Nichtinsulanerin mit ihrer Freundlichkeit überzeugt. Er hatte sie immer etwas zu selbstbewusst gefunden und zu schnell bereit, neue Dinge anzugehen.

Kurz verlangsamte er seine Schritte, als er eine junge Frau

aus dem Laden kommen sah. Sie trug eine Papiertüte mit dem Aufdruck eines stilisierten Strandflieders in der Hand, die sie sehr behutsam behandelte. Als sie auf den Weg trat, schaute sie nach links und nach rechts, bevor sie sich in Richtung Strand aufmachte. Er entschied, weiterzugehen.

Draußen vor dem Gartenzaun blieb er stehen. Hinter den Schaufenstern des Strandfliederhauses brannte Licht. Er zögerte. Tatsächlich hatte er wohl gedacht, dass ihm auf dem Weg klar werden würde, was er tun wollte, aber so war das nicht. Es hatte nicht funktioniert. Er war immer noch unentschlossen. Warum war er überhaupt hier?

Er schaute die Blumenrabatten im Vorgarten an. Er war lange nicht hier gewesen, sie hatten den Bereich vor dem Laden anscheinend umgestaltet. Sein Blick fiel auf die Öffnungszeiten. Seit vierzehn Uhr hätte geschlossen sein müssen, aber das nahm hier wohl niemand so genau. Gut, seine Tochter war bestimmt darauf angewiesen, jedes Geschäft mitzunehmen. Wer hatte überhaupt im Laden gestanden, während sie bei ihnen zum Essen gewesen war?

Die Tür zum Strandfliederhaus öffnete sich tatsächlich erneut. Ein Pärchen trat nach draußen, der Mann trug genau so eine Tüte wie die Frau gerade. Offenbar hatte Famke die Einkaufstüten mit dem Strandfliedermotiv entworfen. Er horchte, meinte die Stimme seiner Tochter zu hören. Ob der Laden jetzt leer war? Erik passierte leise das niedrige Gartentor, dann stand er vor dem Schaufenster und spähte hindurch. Es brauchte seine Zeit, bis er sich orientiert hatte und etwas erkennen konnte. Der Dekoration schenkte er keinen Blick, doch er entdeckte Famke, die an der Kassentheke stand. Einen Moment später schaute sie über die Schulter nach hinten. Jemand trat neben sie. Erik zuckte zusammen. Es war Nicolas, Justus' Sohn.

»Alle weg?« Nicolas schmiegte sich an sie.

»Ja. Ich schließ gleich ab.«

Famke schaute von ihrem Skizzenbuch auf. Ihr waren nach dem Gespräch mit ihrer Mutter einige Ideen gekommen. So war das oft, wenn sie Dinge verarbeiten musste.

Nachdenklich schaute sie zum Fenster. Stand da noch ein Kunde vor dem Schaufenster? Sie konnte es wegen der Strahler, die sie blendeten, nicht richtig sehen.

»Steht da draußen jemand?«

»Wer sollte das sein?« Nicolas legte den Arm um ihre Taille. »Ich sehe außer dir niemanden.«

»Ich schon«, murmelte sie.

Nicolas schien nicht bereit, seine Aufmerksamkeit von ihr zu nehmen. »Komm, gib mir einen Kuss. Wir haben so viel Zeit verpasst ...«

»Nein, warte ...« Sie hielt inne und löste sich von ihm. Irgendwie hatte sie ein komisches Gefühl. »Da war eben jemand, er hat nur geguckt, und jetzt ist er weg.«

»Na und? Es stehen oft Leute vor dem Schaufenster. Da sind ja auch schöne Sachen zu sehen.« Er schaute sie fragend an.

Famke schüttelte den Kopf. »Ich hatte den Eindruck, er beobachtet mich.«

Sie überlegte noch einen Moment, dann eilte sie zur Tür und nach draußen. Nicolas kam ihr hinterher. Auf dem Sträßchen schaute sie nach rechts und nach links. Es waren einige Feriengäste unterwegs, aber niemand, der ihr bekannt vorkam. Oder doch? Da hinten war jemand ... Eben drehte er sich noch einmal um und schaute zu ihr. War das etwa ihr Vater ...?

»Famke, was ist?«

Nicolas legte seinen Arm um ihre Schultern. Sie zuckte zusammen, weil sie so in Gedanken gewesen war. Sollte sie ihm sagen, dass sie glaubte, ihren Vater eben vor dem Schaufenster gesehen zu haben? Doch, sie würde es ihm sagen. Sie musste sich daran gewöhnen, dass da jetzt jemand an ihrer Seite war, dem sie vertrauen, mit dem sie alles besprechen konnte.

»Ich glaub, mein Vater war hier.«

»Echt?« Nicolas schloss sie fest in die Arme, als sie plötzlich zu zittern anfing. »Ganz ruhig, reg dich nicht auf. Lass uns überlegen, was du jetzt am besten tun solltest. Denkst du wirklich, er war es? Vielleicht will er endlich mit dir reden.«

»Nein ... ja ... Ich weiß es einfach nicht. Warum ist er mir dann vorhin beim Essen aus dem Weg gegangen?« Sie löste sich von Nicolas, sah ihn hilflos an. »Ich hab gedacht, dass genügend Zeit vergangen ist, dass ich ihm endlich zeigen kann, was ich geleistet habe im letzten Jahr. Aber mein Vater verweigert sich einfach. Er hat die ganze Zeit am Tisch geschwiegen, das hab ich dir ja schon gesagt. Ich kam nicht an ihn ran. Wir haben wirklich kein Wort gewechselt. Er hat Angst davor, dass sich etwas ändern könnte in seinem Leben, und in unserem, in dem meiner Mutter und in meinem. Und es hat sich ja etwas geändert, es wird sich noch viel mehr ändern.«

Nicolas zog sie wieder an sich. Sie barg ihr Gesicht an seiner Brust. Wie gut, dass sie nicht mehr allein war mit ihren Sorgen.

»Wir schaffen das«, flüsterte er. »Wir finden eine Lösung.«

Sie liefen am Strand entlang auf den ehemaligen Damenstrand zu, das Laufen tat ihr gut. Nicolas hatte sich eine Auszeit genommen, er war die ganze Woche geblieben, nur an einem Tag war er zurückgefahren, um mit seinem Vater zu sprechen. Es war nicht einfach gewesen, aber er hatte alles auf eine Karte gesetzt. Sein Vater hatte versprochen, mit Erik Wilken zu reden. Was daraus würde? Er wusste es noch nicht, aber er war guter Hoffnung.

Sie konnten es beide noch nicht fassen, dass sie wieder zueinandergefunden hatten. Aber es würde nicht leicht werden. Wieder redeten sie über ihre Familien, die Verbindung zwischen ihren Vätern. Damals, während ihrer Schulzeit noch, war das passiert, was sie auf immer miteinander verknüpft hatte, das, was Nicolas' Vater zu Dankbarkeit gegenüber Famkes verpflichtete.

»Vielleicht braucht dein Vater noch mehr Zeit«, sagte Nicolas. »Meiner tut sich noch schwer mit der jetzigen Situation, glaube ich«, sprach er weiter, »aber er versteht endlich, dass er mir mehr Freiraum geben muss, wenn ich mal in seine Fußstapfen treten soll. Er hat wohl endgültig eingesehen, dass er damals falsch entschieden hat.« Jetzt hielt er an und deutete auf eine geschützte Stelle am Rand der Dünen. »Wollen wir uns da etwas setzen?«

»Gerne.«

Sie bedauerte es, dass er am Abend wieder zur Fähre musste, und hoffte sehr, dass sein nächster Besuch nicht lange auf sich warten ließ. Sie legten sich in den warmen Sand. Die Sonne strahlte von einem herrlich blauen Himmel. Manchmal wandten sie einander den Blick zu, manchmal sahen sie nach oben, wo Möwen durch zarte Wolkenfetzen flogen. Famke kuschelte sich an Nicolas. Wie schön, dass die anderen ihn so herzlich aufgenommen hatten. Sie alle wuchsen immer mehr zusammen. Das fühlte sich wunderbar an. Sie wollte ihn nie wieder vermissen müssen.

VIERUNDZWANZIGSTES KAPITEL

»Was sagst du eigentlich dazu, dass du Halbbruder wirst?«

Tessa ließ sich neben Nils in den Sand fallen und lehnte sich rücklings gegen ihren Rucksack. Nils fuhr noch eine Weile damit fort, mit einem Stock Linien in den Sand zu ziehen, bevor er den Kopf hob. Sie kannte das schon von ihm. Meist dachte man, man bekäme keine Antwort, wenn man Nils etwas fragte. Aber man musste ihm nur Zeit lassen.

Er nahm sie kurz in den Blick und sah dann an ihr vorbei zum Meer. »Und was sagst du dazu, dass du Halbschwester wirst?«, fragte er.

Tessa runzelte die Stirn. »Was soll das überhaupt sein, eine Halbschwester?«

»Oder ein Halbbruder?«, ergänzte er.

Sie sahen sich an und lachten. Zuerst hatte es Tessa überrascht, dass sie sich über die gleichen Sachen Gedanken machen konnten, dass sie sogar über die gleichen Sachen lachten. Nils hatte einen feinen Humor, auch wenn man das nicht immer sofort bemerkte. Es gab auch Zeiten, in denen er zu gestresst war, um Dinge lustig zu finden, einfach zu lachen. Oft verstand sie nicht, weshalb, aber sie spürte es.

Sie schauten beide wieder zum Meer, zu ein paar Kindern,

die an einem Priel spielten, zu den Schiffen, die am Horizont auf den Einlass in irgendeinen Hafen warteten.

Tessa nutzte das verlängerte Wochenende an Pfingsten, um mal wieder zu Besuch auf die Insel zu kommen. Sie hatte Famkes Mutter kennengelernt, die mittlerweile ja regelmäßig im Geschäft arbeitete. Famke hatte ihr erzählt, dass sie das sehr freute. Mit ihrem Vater gab es Probleme, an den kam sie nicht ran. Er spionierte ihr anscheinend nach – sie hatte ihn mal am Strandfliederhaus gesehen, aber er war nicht zu ihr reingekommen. Er redete gar nicht mit ihr. Sie hatte ihrer Mutter aufgetragen, ihm auszurichten, dass sie es niemals wieder zulassen würde, dass er ihr Steine in den Weg legte. Famke hatte sehr entschlossen ausgesehen, als sie ihr das erzählt hatte, und Tessa hatte verstanden, dass dieser Moment etwas ganz Besonderes gewesen war. Ihr eigener Vater ging ihr manchmal ganz schön auf die Nerven, aber sie konnte sich nicht vorstellen, dass sie mal nicht mehr mit ihm reden würde.

Die nächste Überraschung war Nicolas gewesen. Sie hatte sofort gemerkt, dass da etwas zwischen den beiden war, Famke hatte nicht versucht, das vor ihr zu verbergen. Warum auch? Er kam jedes Wochenende auf die Insel, weil er auf dem Festland arbeitete, und Famke war wie ausgewechselt mit ihm zusammen. Sie hatte ihr ziemlich viel Persönliches erzählt, über Verletzungen und so, falsche Entscheidungen und geschäftliche Dinge, die voll schiefgelaufen waren. Tessa fand, dass es ein verdammt gutes Gefühl war, dass Famke ihr solchermaßen vertraute. Und dass sie jetzt Nicolas hatte, in den sie ganz schön verknallt zu sein schien.

Ihr Blick weitete sich, die Schiffe verschwammen zu blassen Flecken. Sie holte eine Tafel Kokosschokolade aus ihrem

Rucksack, die Nils besonders mochte, und zwei Flaschen Kakao.

Am Freitag – wegen einer Zeugniskonferenz hatte sie schon den Tag vor dem Pfingstwochenende freigehabt – hatte ihre Mutter sie am Busbahnhof in Neuharlingersiel überrascht. Sie hatte gefragt, ob sie sie nicht zu ihrer Ärztin begleiten wolle. Erst war sie sich unsicher gewesen, hatte sogar ablehnen wollen. Wie komisch war das denn, mit der eigenen Mutter zu einer Schwangerschaftsuntersuchung zu gehen? Doch die Neugier hatte obsiegt, und schließlich hatte sie staunend auf den kleinen Menschen gestarrt, der auf dem Ultraschall zu sehen gewesen war. Das Baby hatte mit beneidenswerter Leichtigkeit an einer seiner großen Zehen genuckelt.

»Echt, ich frag mich, wie sich das anfühlt, so ein Kind im Bauch zu haben«, erinnerte Tessa sich, gesagt zu haben.

Ihre Mutter hatte sie angesehen und mit einem Schmunzeln geantwortet: »Gut fühlt sich das an. Du lässt dir aber noch etwas Zeit damit, oder?«

»Ich weiß ja gar nicht, ob ich überhaupt irgendwann Kinder haben will«, hatte sie ernst erwidert.

»Ja, klar, entschuldige. Ich wollte dir nicht zu nahe treten. Man macht sich eben so seine Gedanken.«

»Kein Problem, Mum. Es ist jedenfalls spannend, das aus nächster Nähe beobachten zu können. Dass da etwas in einem ist, das einfach so wächst ... Tut das eigentlich nicht weh?«

»Nein. Anfangs spürt man manchmal, wie sich alles etwas ausdehnt. Aber wehtun? Nein.«

»Weißt du eigentlich schon, ob es ein Mädchen oder ein Junge ist?«

Ihre Mutter hatte wieder auf den Bildschirm geschaut, als müsste sie etwas überprüfen, und dann die Ärztin angesehen.

»Wollen Sie es jetzt doch wissen?«, hatte die gefragt.

Ihre Mutter hatte genickt. »Ja, ich denke, es wäre schön, wenn meine große Tochter und ich es zusammen erfahren würden«, hatte sie erwidert.

»Es ist ein Mädchen«, hatte die Ärztin dann gesagt. »Zu diesem Zeitpunkt der Schwangerschaft kann man das sicher sagen. Zu einem früheren ist das manchmal nicht ganz so leicht zu erkennen. Bei Jungen ist es einfacher ... Aber in Ihrem Fall wissen wir es ja schon seit dem Bluttest, den wir allen Spätgebärenden anraten.«

»Damals wollten Jarik und ich es noch nicht wissen«, hatte ihre Mutter erklärt.

Tessa erinnerte sich, versonnen gelächelt zu haben. »Eine Schwester, das ist ja cool.«

Inzwischen musste sie zugeben, dass sie sich sehr auf das Kleine freute. Sie konnte sich ihre erste Reaktion auf die Schwangerschaft ihrer Mutter gar nicht mehr recht erklären. Sie schämte sich auch nicht mehr. Nein, es war ihr gleich. Sie würde ihre Mum unterstützen, wenn sie mit ihrer Ausbildung zur Keramikerin begann. Dann wohnten sie ja alle zusammen in Hildes Haus. Bis jetzt fühlte ihre Mum sich noch ziemlich fit. Sie hoffte, dass das bis zu ihrem Umzug im Sommer so blieb. Arwen würde ihr helfen. Ihre Freundin wollte sie ohnehin so oft wie möglich besuchen und plante, nach dem Abitur in Bremen zu studieren.

»Und was?«, hatte Tessa Arwen neugierig gefragt.

»Egal, ich möchte in deiner Nähe sein.«

»Es gibt doch Facetime, im Netz können wir immer zusammen sein.«

»Das ist etwas anderes.«

»Ich freu mich auf unsere kleine Schwester«, riss Nils' Stimme sie aus den Gedanken. »Ich werde ihr die Insel zeigen. Wir können das zusammen machen.«

Tessa nickte. Ja, darauf freute sie sich auch.

Am Pfingstsonntag veranstalteten sie ein großes Familienessen mit Famke und ihrer Mutter Gesine, und Tessa lernte endlich Nicolas genauer kennen. Er war wirklich ein netter Typ. Danach wanderten sie alle zusammen zum Strand. Am Pfingstmontag musste Tessa schon wieder abreisen, in Frankfurt war der Dienstag zwar frei, aber sie wollte die Zeit nutzen, um für ihre mündliche Prüfung zu lernen. Ihre Mutter begleitete sie zum Fähranleger.

»Lass es nicht schleifen«, sagte sie, mehr aus Gewohnheit, als dass sie sich wirklich Sorgen machte.

Das war vorbei. Sie regte sich auch nicht mehr auf, wenn ihre Mutter solche Sachen sagte, denn sie wusste, dass sie scherzhaft gemeint waren.

»Die Klausuren hab ich doch eh schon hinter mir«, erwiderte sie. »Ich will einen guten Abschluss machen. Das hab ich mir vorgenommen, und den versau ich mir nicht mehr bei der Mündlichen. Im Zug hab ich genug Zeit, um noch mal alles zu wiederholen.«

»Oha.«

»Ich hab's Famke versprochen.« Tessa zwinkerte ihrer Mutter zu. »Weißt du doch.«

Ihre Mutter schloss sie in die Arme. »Du machst das gut.«

»Du denkst schon wieder viel zu viel über mich nach, Mum.«

»Hm.« Ihre Mutter versuchte erst gar nicht, es zu leugnen. »Ich werde wohl nie aufhören, mir Gedanken um dich zu machen. Damit musst du leben.«

Zu ihrem Erstaunen küsste Tessa sie auf beide Wangen.

»Das ist schon in Ordnung, Mum«, sagte sie dann. »Ist ja auch nicht mehr lange, bis ich hierher zu euch ziehe.«

FÜNFUNDZWANZIGSTES KAPITEL

Seit Tessas Abreise waren schon wieder zwei Wochen ins Land gegangen, die Zeit verging wie im Flug. Nur noch vier Wochen bis zur Geburt ... Auch wenn Jarik es mittlerweile nicht so gerne sah, ging sie weiter viel allein spazieren wie auch an diesem Tag. Allerdings hatte sie ihm versprechen müssen, stets ihr Handy mitzunehmen, und ja, sie musste zugeben, dass das vernünftig war. Wenn es ihn außerdem beruhigte, warum nicht ...

Sie liebte es, am Strand dem Rauschen der Wellen zu lauschen und dem Möwengekreisch, während der frische Nordseewind ihr ins Gesicht blies. Allein zu sein, Ruhe und Frieden zu genießen gab ihr die Kraft, die sie benötigen würde für die kommende Zeit. Es fühlte sich an, als könnte sie draußen besser denken, besser zu sich kommen. Sie sammelte immer noch gern Muscheln, allerdings war es inzwischen ziemlich beschwerlich, sich danach zu bücken. Wenn sie sich im Sand ausstreckte, was sie oft und gern tat in diesem wunderschönen Frühling, hatte sie Probleme, wieder hochzukommen. Sie musste sich auf die Knie wälzen und mühsam nach oben stemmen. Elegant war etwas anderes. Gut, wenn sie niemand dabei sah.

Am vergangenen Wochenende hatte Kaja sie überraschend besucht. Die Freundin hatte einen Termin in Bremen genutzt, um ihn mit einem Besuch zu verbinden. Sie fand, dass die Insel schön, aber dennoch nichts für sie war. Es war ihr einfach zu ruhig. Kaja brauchte das Großstadtleben – und das Nachtleben. Trotzdem hatten sie fast zwei schöne Tage miteinander verbracht. Maike hatte Kaja ihre Lieblingsplätze gezeigt. Sie hatten zusammen gekocht, wie sie es früher so oft getan hatten, und viel geredet. Kaja hatte ein paar Neuigkeiten von Florian zu berichten gewusst, den Sven und sie in Berlin besucht hatten. Es ging ihm gut. Nathalie und er waren tatsächlich immer noch auf ihre Art glücklich miteinander. Sie hätte das nicht erwartet.

Ich bin froh, aus diesem Leben raus zu sein, fuhr es Maike durch den Kopf. Sie und Jarik hatten darüber gesprochen, welchen Gegenwert Kaja und Sven für die finanzielle Unterstützung bei der Begleichung der Erbschaftssteuer erhalten würden. Die zwei hatten ihr einen zinslosen Kredit vorgeschlagen, den sie nur zu gern angenommen hatte. Maike hatte ihnen eine der Ferienwohnungen als Sicherheit angeboten. Letztendlich hatte Kaja abgewinkt und gesagt, dass sie ihnen vertrauten und gut damit leben könnten, das Geld einfach zu verleihen. Sie hatten es und benötigten es momentan ohnehin nicht. Am Sonntagabend hatte Kaja die letzte Fähre genommen. In Neuharlingersiel warte ihr kleiner Flitzer ungeduldig auf sie, hatte sie gesagt, und der würde sie dann zurück in die Zivilisation bringen.

Maike hatte lachen müssen. »War es wirklich so schlimm?«

»Nein, war es nicht.« Kaja hatte so cool geguckt, wie nur Kaja gucken konnte.

Für einen Moment blieb Maike stehen und sah sich um. Obwohl die Hauptsaison längst begonnen hatte, war der Strand eigentlich nie zu voll, dazu war einfach viel zu viel Platz. Sie schaute auf die Uhr. Es war Zeit, zurückzugehen. Sie hoffte, dass Jarik und sie abends noch eine Runde drehen würden. Sooft die Zeit es zuließ, taten sie das. Es war einfach herrlich, gemeinsam zu beobachten, wie die Sonne im Meer versank.

Maike schaute zum Meer hinüber. Der Sommer stand vor der Tür, ein Jahr Spiekeroog lag hinter ihr. Sie hàtte sich gut eingelebt, ja, anders konnte man es nicht sagen. Und die vor ihnen liegende Zeit würde ihr Leben sehr aufregend machen. Sie hatte keine Angst mehr vor dem, was auf sie zukam. Sie wusste, sie würden Unterstützung haben. Famke hatte sich angeboten, Gesine, Tessa sowieso. Sogar Nils. Und natürlich ihre Mutter – sie war stolz, noch einmal Großmutter zu werden. Jarik und sie waren dennoch fest entschlossen, es die ersten gemeinsamen Wochen allein zu schaffen und jede Minute zu genießen.

Maike hörte einen Hund bellen und sah sich um. Ein Ehepaar war mit seinem Vierbeiner unterwegs, eine Frau joggte barfüßig und mit hochgekrempelten Hosen nahe an der Wasserlinie entlang. Sie kam aus Richtung Damenstrand. Plötzlich hatte Maike den Eindruck, dass die Frau auf sie zugelaufen kam.

War das Zufall?

Maike kniff die Augen zusammen. Doch, die Joggerin steuerte tatsächlich auf sie zu, und je näher sie kam, desto bekannter kam sie Maike vor. Und dann war sie sich sicher: Es war Jette. Weshalb war sie auf der Insel? Gemeldet hatte sie sich jedenfalls nicht bei ihnen, und sie wusste, dass Jarik ihr davon berichtet hätte, wenn sie ihn hätte kontaktieren wollen – nach dem, was einige Wochen zuvor passiert war.

Jette hatte sie fast erreicht. Ob sie mit ihr reden wollte? War sie ihr etwa gefolgt? Das konnte sie nicht sagen, dazu hatte sie lange Zeit zu wenig auf ihre Umgebung geachtet.

»Hallo«, grüßte sie. Die andere sollte ruhig wissen, dass sie bereit für die Begegnung war.

Jette stoppte und brauchte etwas Zeit, um zu Atem zu kommen. »Hallo, Maike!«, sagte sie dann und warf einen kurzen Blick auf Maikes Bauch. »Ich glaube, ich hab euch noch gar nicht gratuliert. Herzlichen Glückwunsch!«

Maike zog unwillkürlich die Augenbrauen zusammen, bemühte sich dann aber, entspannt zu gucken. Sie war verwirrt. Nach ihrer Flucht nach Frankfurt hatte sie noch nicht wieder mit Jette gesprochen. Die beugte sich nach vorne und stützte sich mit den Händen auf den Oberschenkeln ab, während sie tief durchatmete.

»Danke schön«, antwortete Maike vorsichtig. Sollte sie misstrauisch sein?

»Ich freu mich für euch. Ganz ehrlich«, sagte Jette und sah sie von unten an. Endlich richtete sich wieder auf. »Ich weiß, dass das schwer zu glauben ist. Ich weiß, dass ich ein paar Fehler gemacht habe, aber ich war verzweifelt und wusste einfach nicht weiter, konnte nicht klar denken. Dass es falsch war, was ich getan habe, steht außer Frage. Bitte entschuldige, was geschehen ist.«

Der Blick, den Jette auf sie richtete, war klar. Sie meinte es ernst. Maike zögerte dennoch. Wie war ihre Beziehung zu Jariks Ex-Frau?

Jette legte die Stirn in Falten. »Wir haben wohl noch einige Dinge zu klären, was?«

Maike nickte. »Könnte durchaus sein.«

Jette ließ den Blick schweifen. »Na dann, gehen wir doch gemeinsam ein Stückchen. Was meinst du?«

»Na ja, ich war schon auf dem Heimweg, die werden sich Sorgen um mich machen.« Dass sie ein Handy dabeihatte und jederzeit anrufen konnte, musste Jette ja nicht wissen.

»Okay.« Verstand Jette, dass sie vielleicht noch nicht bereit für ein Gespräch war? »Darf ich dich dann begleiten?«, fragte sie.

Maike nickte. Na gut, sie war sich zwar nicht sicher, wusste aber auch nicht, was dagegensprechen sollte. Sie würde eben vorsichtig bleiben, ihre Antworten so gut wie möglich überdenken und sich auf nichts festlegen lassen. Ein paar Schritte liefen sie schweigend nebeneinanderher.

»Es tut mir wirklich leid«, sagte Jette schließlich. »Ich hätte mich nicht in euer Leben drängen dürfen, aber als ich so unverhofft sitzen gelassen wurde, bin ich einfach durchgedreht. Da ist etwas in mir aus dem Tritt geraten. Ehrlich, ich hab so was noch nie gemacht. Ich war einfach verzweifelt, und es hat so verdammt wehgetan, und da hab ich mich dann an die Person gewandt, der ich am meisten vertrauen konnte ... und der ich immer vertrauen werde ...«

»Jarik«, sagte Maike leise.

Sie bemerkte, dass sie beide stehen geblieben waren und einander anblickten. Jette sprach als Erste wieder.

»Kannst du das verstehen?« Maike nickte. Doch, sie konnte das verstehen. Jarik war ein Mensch, an den man sich mit seinen Problemen wenden konnte, jemand, der zuhörte.

Das war so. Jette holte Luft. »Es war nicht richtig«, sagte sie. »Ich weiß das. Ich werde es nicht mehr tun. Es kann trotzdem sein, dass ich hin und wieder eure Hilfe brauche. Wäre das möglich?«

Eure Hilfe …

Sie würde darüber nachdenken müssen, aber vielleicht gab es einen Weg. Nein, ausschließen wollte sie es nicht.

Jarik arbeitete im Vorgarten, als sie und Jette gemeinsam durch das Gartentor kamen. Als er sie bemerkte, hielt er verblüfft inne und richtete sich auf. Fragend schaute er von ihr zu Jette, während er sich auf eine Hacke stützte. Ein Sack Blumenerde, etliche Töpfe mit Sommerblumen und eine Gießkanne standen neben ihm.

»Überrascht?«, fragte Jette und stemmte die Hände herausfordernd in die Seiten.

»Allerdings«, gab er zurück. »Ich wusste nicht, dass du auf der Insel bist.«

Maike entschied, Jarik zur Begrüßung einen Kuss zu geben. Damit musste Jette klarkommen, sie, Maike, brauchte die Sicherheit, die er ihr gab, in diesem Moment. Dann betrachtete sie seine Gartenarbeiten. Sie hatten kürzlich darüber gesprochen, dass der Vorgarten dringend etwas Zuwendung benötigte, das Unkraut wuchs einfach zu schnell. Er hatte gesagt, dass er sich baldmöglichst darum kümmern würde. Es sah gut aus.

»Mir ist klar geworden, dass ich gerade dabei war, einen Ruf zu verlieren. Und das, nachdem Maike und ich eigentlich beschlossen hatten, uns mal öfter zum Quatschen zu treffen …«, sagte Jette. Sie warf ihr einen Blick zu. »Ich denke, wir sind auf einem guten Weg. Jedenfalls konnten wir schon ein paar Dinge klären.«

»Das konnten wir«, bestätigte Maike.

Jarik lächelte. »Das hört sich gut an. Wie darf ich das verstehen?«

Jette hob die Schultern und ließ sie wieder sinken.

»Ich hab mich bei Maike entschuldigt. Und jetzt würde ich auch dir gerne zum Nachwuchs gratulieren. Wann ist es eigentlich so weit?«

Jarik und Maike wechselten einen Blick miteinander. »Mitte Juli«, sagten sie wie aus einem Mund.

Am Abend ließ es Jarik sich nicht nehmen, sie zu verwöhnen. Es gab Spaghetti mit Olivenöl und frischem Parmesan, dazu einen großen Salat. Danach brachte er ihr einen Tee und holte sich ein Bier, und sie setzten sich auf den Balkon. Eine Weile tauschten sie sich über den Tag aus, besprachen die weiteren Arbeiten im Garten und wann der nächste Gästewechsel anstand.

»Ich hab mir ein paar Gedanken über unsere Wohnverhältnisse gemacht«, sagte Jarik dann. Er trank einen Schluck von seinem Bier, während sie ihn fragend ansah.

»Wohnverhältnisse?« Sie musste lachen. »Was meinst du damit?«

Jarik hob hilflos die Hände und grinste. »Was soll ich sonst dazu sagen? Mir ist kein anderes Wort eingefallen. Jedenfalls werden wir irgendwann ein Zimmer für das Kind brauchen.«

Maike nickte. »Klar, das hab ich ehrlich gesagt bisher noch verdrängt.« Sie stellte ihre Teetasse auf den Tisch. »Tessa hat kürzlich vorgeschlagen, dass sie sich das Hinterzimmer im

Strandfliederhaus einrichten könnte. Dann hätte sie es nicht so weit zur Arbeit, sagte sie.« Er grinste. »Und wir könnten ihr Zimmer hier im Haus für das Baby nutzen, wenn es zu groß ist, um in einem Babybett bei uns im Schlafzimmer zu liegen. Mit Babyfon ist das ja heute kein Problem mehr.«

»Das war ihre Idee?«

»Ja, das war tatsächlich ihr Vorschlag. Als sie das letzte Mal hier war, glaub ich. Ich kann mir vorstellen, sie fände es ganz schön, nicht so nah bei uns zu sein. Küche und Bad sind ja drüben, sie hätte also alles, was sie braucht, auch wenn sie mal nicht mit uns essen will.«

»Da hab ich auch schon dran gedacht, ich will nur auf keinen Fall, dass sie sich vertrieben fühlt.«

»Wir haben ja noch Zeit.«

»Aber man kann schon mal drüber nachdenken.«

»Eine alternative Idee wäre ein Anbau. Was hältst du davon?«, fragte Jarik dann.

Maike nippte an ihrem Tee. »Wie meinst du das genau?«

»Ich hab über die Terrasse unten nachgedacht. Wir könnten sie weiter hinten in den Garten verlegen. Wir müssen nur eine Lösung für den Außenkamin suchen. Zur Not legen wir ihn still und kaufen eine Feuerschale.« Maike nickte. Doch, das war eine gute Idee. »Also, was meinst du?«

»Du kannst wohl nicht ohne Umbaupläne, was?« Sie lachte. »Aber ja, lass uns das im Auge behalten.«

»Man müsste es mal ausmessen.«

»Ja, ja, ja ... Nur bitte nicht mehr jetzt. Ich bin hundemüde.«

»Klar.«

Sie lächelte ihn an. Er rückte ein Stückchen näher. Seine Lippen fanden ihre, und sie versanken in einem langen Kuss.

SECHSUNDZWANZIGSTES KAPITEL

Zu Tessas Abschlussfeier hatte sie nicht mehr fahren können, ihre Ärztin hatte ihr so kurz vor der Geburt von der langen Reise abgeraten. Tessa hatte Verständnis gezeigt und mit ihrem Vater, Nathalie und ihrer Großmutter vorliebgenommen. »Wir machen hier eine Party, wenn du umgezogen bist«, hatte Maike versprochen. »Dann können auch Nils und Famke dabei sein.«

Anfang Juli brach Tessa ihre Zelte in Frankfurt ab. Von ein paar Dingen hatte sie sich getrennt, anderes wollte sie behalten, wenn ihr Zimmer dann auch ziemlich vollgestellt sein würde. Zu Maikes großer Überraschung hatte Florian angeboten, seine Tochter mit ihren Habseligkeiten in einem gemieteten Sprinter nach Spiekeroog zu bringen. Sie waren in aller Herrgottsfrühe in Frankfurt losgefahren und kamen schon mittags an. Jarik hatte ein Unternehmen organisiert, das sich ab dem Hafen um die restliche Logistik kümmern würde, Spiekeroog war ja autofrei. Florian würde am kommenden Morgen mit dem Sprinter zurück nach Frankfurt fahren. Er konnte in Nils' Zimmer übernachten.

»Meine Güte, Mum, du stehst ja kurz vorm Platzen«, sagte Tessa zur Begrüßung.

»Charmant wie immer«, erwiderte Maike, doch sie konnte sich ein Grinsen nicht verkneifen.

Sie wusste nicht so recht, wie sie Florian behandeln sollte. Es war dieses Gefühl, das zwischen Menschen auftrat, die sich einmal sehr nahe gewesen waren und jetzt nicht recht wussten, wie sie miteinander umgehen sollten. Sie glaubte nicht, dass er sich wirklich geändert hatte, aber dieses Mal hatte er etwas Richtiges getan, und das konnte sie ruhig anerkennen.

»Es ist Tessa sehr wichtig, dass du sie gebracht hast«, sagte sie. »Das freut mich auch. Danke.«

»Hab ich gern gemacht«, sagte Florian.

Sie spürte, wie wohl er sich auf der Insel fühlte, deshalb hatte er anscheinend auch geplant, eine Nacht zu bleiben. Kurz bedachte er ihren schwangeren Bauch mit einem schiefen Grinsen, doch er fragte sie nicht, ob sie nicht zu alt dafür war. Frauen wurden heutzutage immer später Mutter, ja, sie hatte sich viel damit beschäftigt, sie wollte sich dennoch nicht mehr Gedanken darum machen als nötig. Sie war vielleicht über vierzig, aber sie war noch nicht tot.

Tessa verbrachte den Nachmittag mit ihrem Vater, sie aßen gemeinsam zu Abend, und die Stimmung war sehr ausgeglichen. Sie hatten über Tessas Ausbildung gesprochen, und auch wenn Florian nicht verstand, dass sie nicht zuerst ihr Abitur machen wollte, hatte er sich doch mittlerweile damit angefreundet, ihre Entscheidung zu akzeptieren. Maike war erleichtert.

Am nächsten Morgen musste er sich wieder auf den Weg nach Berlin machen. Maike entschied, Tessa zu begleiten, als sie ihren Vater zur Fähre brachte.

»Wie geht es Nathalie?«, fragte sie, als sich das Schiff schon näherte.

Aus den Augenwinkeln sah sie, wie Tessa die Augen verdrehte. »Ganz gut.« Florian überlegte kurz. »Sie denkt tatsächlich über ein Kind nach, und ich weiß nicht, was ich davon halten soll. Ich fühle mich eigentlich zu alt dafür ... Sorry ...«, sein Blick streifte ihren Bauch, »und ich weiß echt nicht, ob ich den ganzen Scheiß noch mal mitmachen will. Vielleicht schick ich sie mal hier vorbei, wenn das Baby da ist, damit sie weiß, dass das kein Zuckerschlecken ist ...«

»Scheiß nennst du das also?« Maike musste unwillkürlich lachen. Florian würde sich wohl nie wirklich ändern.

Er schaute sie betreten an. »Sorry, so meine ich das nicht. Aber es war doch ganz schön stressig die ersten Jahre. Ich meine, Windeln wechseln, nachts wieder hundertmal aufstehen, nicht mehr spontan ausgehen können ... Du weißt, was ich meine.«

Er grinste sie schief an. Sie erkannte etwas von dem alten Humor von früher. Doch, sie hatten auch viel miteinander gelacht. Das war gut gewesen an ihrer Ehe. Es war nicht schlecht, sich daran zu erinnern.

»Halt mich auf dem Laufenden«, sagte sie nur, während er seine Reisetasche auf die Schulter nahm.

»Wirklich?«, fragte er zurück.

Sie zuckte mit den Schultern. »Das wird die Zukunft zeigen, oder? Und wenn, ja, Tessa sollte all ihre Geschwister kennenlernen«, ergänzte sie todernst. Es dauerte einen Moment, bis sein Gesichtsausdruck zeigte, dass er verstanden hatte, was sie da sagte. »Ich wünsch dir jedenfalls das Allerbeste«, flötete sie weiter.

Er nickte und gab Tessa einen Abschiedskuss. Dann drehte er sich um und schaute nicht mehr zurück.

SIEBENUNDZWANZIGSTES KAPITEL

Maike hatte die Internetseite *Checkliste vor der Geburt* schon mehrfach aufgerufen, meist jedoch schnell wieder geschlossen. Anfangs hatte der Geburtstermin einfach noch zu weit in der Zukunft gelegen, dann hatte sie die Sache vor sich hergeschoben, weil es in ihren Augen immer noch zu früh war ... Dieses Mal wusste sie, dass die Zeit drängte. So lange konnte es jetzt nicht mehr dauern. Bald würde sie für eine Weile auf das Festland ziehen, wie es den Frauen der Insel nahegelegt wurde, und bis zur Geburt in Jettes Gästezimmer wohnen. Jette hatte ihr dieses Angebot ganz spontan gemacht, und Maike war sehr dankbar gewesen.

Sie klickte den Link *Kliniktasche* an und begann zu lesen, was man unbedingt im Krankenhaus dabeihaben sollte. Es gab viele Links neben diesem. Links, in denen stand, wie man Mutterschaftsgeld beantragte und Elternzeit und Kindergeld, Links, in denen aufgeführt war, wie man eine Nachsorgehebamme organisierte und einen guten Kinderarzt fand, was das Baby brauchte und was eine Wohlfühlgeburt ausmachte ... Manches erschien ihr unsinnig, manches bedenkenswert, manches ganz sinnvoll. Sicherlich lohnte es sich, sich Gedanken darüber zu machen, was einem guttun würde. In der letzten Woche war die Erstausstattung für das Baby gekommen, nachdem Famke energisch darauf bestanden hatte, dass es Zeit wurde und alles andere Aberglaube sei.

Natürlich hatte sie recht gehabt. Zudem waren diese Kleidungsstücke einfach so, unglaublich niedlich, kaum größer als etwas, das man einer Babypuppe anzog. Es war schwer, sich vorzustellen, dass Tessa auch mal so klein gewesen war.

Maike nahm sich einen Zettel zur Hand und begann, eine Liste anzulegen. Sie bezweifelte, dass sie warme Socken brauchte. Es war Sommer. Der Bademantel und ein paar Nachtshirts und Leggings konnten aber auf die Liste. Und Still-BHs, die hatte sie sich schon schicken lassen. Während des Krankenhausaufenthalts würde sie kaum etwas anderes tragen, daran erinnerte sie sich immerhin noch. Und an diese schicken Netzunterhosen.

Sie ließ den Blick über die Liste schweifen: Kopfhörer, Handy, Ladekabel ... Zu Tessas Geburt hatte sie eins ihrer ersten Handys gehabt, aber sie hatte keine Musik darüber hören können. Erstaunlich, wie sich die Zeiten geändert hatten. Als Nächstes studierte sie die Übersicht für Babykleidung, die mitgenommen werden sollte ... Autositz ... Sie hoffte, dass der Kinderwagen rechtzeitig ankam.

Aber vor ihrer Abreise kam noch die Willkommens- und Schulabschlussparty, die Famke, Jarik und sie für Tessa geplant hatten. Ein bisschen natürlich auch für sie selbst, in den kommenden Monaten würde sie so eingespannt sein mit dem Baby, dass fürs Feiern nicht viel Zeit blieb.

Maike legte die Babyliste zur Seite und warf einen Blick auf die Gästeliste. Längst waren die Einladungen rausgegangen, die meisten hatten bereits zugesagt. Florian würde natürlich nicht kommen, er war ja gerade erst wieder abgefahren und flog in den kommenden Tagen mit Nathalie auf die Seychellen. Wahrscheinlich war das gut so. Sie hatte ihn trotzdem eingeladen, weil er doch irgendwie dazugehörte, weil die Party für ihre gemeinsame Tochter war und weil sie eine ganz schön lange Zeit miteinander geteilt hatten. Es überraschte sie nicht, dass er diese Seychellen-Reise ausgerechnet jetzt geplant hatte, sie war auch nicht traurig, wie sie es vor Kurzem vielleicht doch gewesen wäre.

Natürlich hatte sie sich vorgestellt, dass es schön wäre, wenn ihre alte Clique wenigstens zum Teil mal wieder zusammenkam, aber Jo würde ja ebenfalls nicht kommen. Dessen Absage hatte sie am wenigsten erstaunt. Er war immer eher Florians Freund gewesen. Nach dem Ende des Studiums hatten sie sich nur noch sehr selten gesehen. Aus Frankfurt kamen Kaja und Sven, leider ohne Dylan, und ihre Mutter, Famkes Mutter Gesine hatte selbstverständlich schon zugesagt. Von ihrem Vater hatten sie bislang nichts gehört, obwohl Famke ihm eine Einladung geschickt hatte. Maike war ihm letztens noch begegnet, sie hatten sich sogar gegrüßt. Sie wusste nicht, ob das etwas änderte. Nicolas würde kommen, Jette, Nils, Joss und Fiete, ein paar Nachbarn. Mit dem Fest begann Tessas Zeit auf Spiekeroog, und natürlich startete sie nicht ohne Arwen an ihrer Seite, die dieses Mal von Anfang an von ihren Eltern begleitet wurde. Die zugereisten Gäste würden für das Wochenende in Ferienwohnungen untergebracht werden. Maike hatte mit Famke gemeinsam das Buffet geplant. Es gab noch viel zu tun.

Famke hatte ihr gesagt, dass sie schon allein mit den Vorbereitungen klarkomme, dass sie, Maike, sich schonen solle.

Sie musste lernen, sich zu schonen. Wann, wenn nicht jetzt? Andererseits hatte sie so viele Ideen, und es ging ihr ja eigentlich gut und ... Na ja, das Bücken war noch schwerer geworden, und wenn ihr etwas herunterfiel, überlegte sie mittlerweile einen Moment, ob sie es wirklich aufheben musste. Sie trug inzwischen auch nur noch Schuhe, in die man einfach hineinschlüpfen konnte. Das war eine große Erleichterung.

Maike lehnte sich im Stuhl zurück und versuchte, etwas zu entspannen. Ihr Rücken schmerzte an diesem Nachmittag besonders. Manchmal war sie jetzt auch kurzatmig. Ganz ehrlich freute sie sich langsam darauf, ihren Körper bald wieder für sich zu haben.

Für einen Augenblick legte sie eine Hand auf ihren Bauch, stützte mit der anderen den Rücken. Wenn sie sich bewegte, war das Kind meist still, sobald sie sich setzte, wurde es aktiver. Allerdings war es mittlerweile wohl etwas eng geworden, sodass die Bewegungen weniger wurden. Sie dachte an Famke, die gesagt hatte, dass sie und Tessa am Abend in ihrer Wohnung im Strandfliederhaus kochen würden, dass sie die Zeit nutzen wolle, um Tessa von ihren neuen Projekten zu erzählen. Also waren Jarik und sie allein. Lange würde das nicht mehr so sein.

Und dann kam das Wochenende, der Tag des Festes, und Maike war überrascht, dass sie alle Vorbereitungen noch so gut hinbekommen hatten. Ihr ging es nicht schlecht, aber zweifelsohne waren die letzten Wochen beschwerlicher gewesen. Mit einem Schmunzeln dachte sie an die ersten Monate der Schwangerschaft, als die anderen und sie selbst noch hatten glauben können, dass sie lediglich ein bisschen zu viel gegessen hatte. Kaja hatte sie in Frankfurt gedrängt, in ein Umstandsmodengeschäft zu gehen, und erst nachdem wirklich alle von der Schwangerschaft erfahren hatten, hatte sie sich Schwangerschaftskleidung im Internet bestellt. Erst dann hatte sie wirklich zugenommen, das war zumindest ihr Eindruck gewesen.

Soweit sie sehen konnte, war das meiste erledigt. Jarik und Famke würden später noch die Salate und Quiches aufs Buffet stellen. Sie würden im Garten feiern, das Wetter war zum Glück schön. Gesine wollte rote Grütze mitbringen. Tatsächlich hatte Famkes Vater ihr gesagt, er werde eine Platte mit geräuchertem Fisch und Meerrettichcreme bringen, bleiben wolle er allerdings nicht. Kürzlich hatte er Famke überraschend in ihrer Werkstatt besucht, aber er war so kurz da gewesen, dass sie sicher kaum hatten sprechen können. Egal, es war ein erster Schritt. Es würde wohl noch ein Weilchen dauern, bis sich die Dinge zwischen ihnen entspannt hatten. Ich kann damit leben, dass er distanziert bleibt, hatte Famke gesagt, die Hauptsache ist, dass er mir keine Steine mehr in den Weg legt.

Maike schaute sich noch einmal um. Hier drinnen war alles erledigt, sie würde nach draußen gehen. Wahrscheinlich musste sie sich dann schon wieder hinsetzen. Irgendwie fiel ihr an diesem Tag alles besonders schwer. Sie öffnete die Balkontüren, schloss für einen Moment die Augen und lauschte auf die Geräusche: auf die Stimmen, die von der Rasenfläche zwischen den Häusern zu ihr drangen, wo man die Tische für das Fest aufgebaut hatte, auf die Geräusche, die Singvögel und Möwen machten. Sie lief die Treppe hinunter und ging den schmalen Weg am Haus entlang in den Garten.

Ihre Mutter saß an einem der Tische und winkte sie fröhlich heran. Zwei Tage zuvor war sie mit der letzten Fähre gekommen.

»Du hast es richtig gemacht«, rief ihre Mutter ihr jetzt zu. »Als du mir im letzten Jahr von deiner Idee erzählt hast, auf die Insel zu ziehen, hab ich noch gedacht: So etwas macht man doch nicht. Man krempelt nicht sein ganzes Leben um und macht einfach etwas ganz anderes ... Immerhin gehst du auf die fünfzig zu.«

»Das dauert aber noch ein bisschen, Mama«, beschwerte sie sich. »Mach mich nicht älter, als ich bin.«

»Jaja, ich sag ja nur, es kommt schneller, als man denkt. Na, auf jeden Fall dachte ich: Sie hat in Frankfurt doch alles, was man braucht, einen Job, eine schöne Wohnung ...«

»... eine nörgelnde Teenie-Tochter ...«

»Wer nörgelt?«, mischte sich Tessa ein. »Sprecht ihr über mich?«

Maikes Mutter lachte. »Klar sprechen wir über dich, Tessa. Nein, im Ernst, Maike. Ich freu mich so, dass du diesen mutigen Schritt gewagt hast. Und dass ich auf diese Weise auch immer mal wieder schöne Tage hier verbringen kann.«

»Du bist jederzeit herzlich eingeladen«, erwiderte sie.

Am Tag zuvor waren Tessa, ihre Mutter und sie gemeinsam in ein Café gegangen und hatten sich ein Stück Kuchen gegönnt. Maike hatte einen Kakao gewählt, ihre Mutter und Tessa Kaffee.

»Seit wann trinkst du denn Kaffee?«, hatte Maike sich erstaunt bei ihrer Tochter erkundigt.

»Seit ich die Schule verlassen habe und bald ins Berufsleben starten werde. Da muss man doch Kaffee trinken, oder? Kann ich mal deine Sanddorntorte probieren?«

»Wieso? Du weißt doch, wie die schmeckt.«

»Ja, eben. Ich will nur wissen, ob sich was verändert hat.«

»Nö, nix.«

»Ach, Mum, komm schon. Ich musste mich entscheiden. Du kannst hier jeden Tag Kuchen essen, ich musste wählen. Oder willst du, dass ich mir gleich ein zweites Stück bestelle?«

»Was soll das denn heißen? Ab jetzt wohnst du auch hier und verdienst Geld, du kannst also ...«

Maike schob ihrer Tochter den Teller dennoch grinsend hin, die nahm eine Gabel voll und schob sie sich genüsslich in den Mund.

»Mmh, lecker. Das ist definitiv einer der Gründe, die für alles hier sprechen. Deshalb allein könnte man umziehen.«

»Na gut, dass es nicht der einzige Grund ist!«

Später hatten sie gemeinsam Sven und Kaja und Arwen und ihre Eltern abgeholt, die mit der letzten Fähre gekommen waren.

»Oh, großer Empfang«, hatte Kaja lachend gesagt.

Es war irritierend, sie in einer Multifunktionsjacke, Jeans und Chucks zu sehen, aber auch darin sah sie unübertrefflich elegant aus, und ihr folgten viele Blicke.

Sie hatten sich umarmt und einen Moment länger festgehalten. Kaja hatte ihr in den letzten Monaten immer wieder zur Seite gestanden. Die Freundin hatte ihr Klarheit verschafft, als ihr die Probleme über den Kopf gewachsen waren.

Abends hatten Arwens Eltern sich in die kleine Ferienwohnung im Strandfliederhaus zurückgezogen, die sie ihnen freigehalten hatten, Tessa hatte mit Arwen einen langen Abendspaziergang »bis fast um die Insel« gemacht, auf den sie sich schon den ganzen Tag gefreut hatte. Sven und Jarik hatten sich gleich verstanden und es sich mit einem Bier auf der Terrasse gemütlich gemacht, und sie und Kaja hatten im Wohnzimmer gesessen und noch Stunden gequatscht.

War sie deshalb vielleicht so erschöpft an diesem Tag?

Arwens Eltern kamen vom Strand zurück, und sie bot ihnen einen Kaffee an, bis zum Beginn des Festes dauerte es noch ein bisschen. Ihr diesmaliges Zusammentreffen stand unter einem besseren Stern. Arwens Mutter lobte die Ausstattung der Ferienwohnung. Ihr Vater betonte, dass sie von ihren vielen Reisen zweifelsfrei in der Lage seien, ein gutes Urteil über Ferienunterkünfte zu fällen.

»Dann hinterlass doch ein paar nette Zeilen auf unserer Website«, sagte Maike.

»Das werden wir«, erwiderte Tom.

»Ich geh noch mal rüber, ein bisschen vorbereiten«, sagte Julia. Sie wollte Lachs-Blätterteig-Schnecken zum abendlichen Buffet beitragen.

Famke rief Arwen und Tessa hoch in ihre Küche. Die Mädchen wollten einen Regenbogenkuchen backen, für den Arwen die Zutaten mitgebracht hatte, von denen sie nicht gewusst hatte, ob sie auf der Insel zu kaufen waren. Bis kurz vor dem Beginn des Festes waren in jedem Fall alle gut beschäftigt.

Um sieben Uhr ging es los. Maike sah erfreut, dass ihre Mutter sich gut mit Gesine zu verstehen schien. Sie saßen bei einem Aperitif unter dem Apfelbaum und waren in ein Gespräch vertieft. Famke schaute noch einmal über das Buffet. Ihr Blick blieb an der Fischplatte ihres Vaters hängen. Sicher bedauerte sie, dass er nicht geblieben war. Kaja kam als Letzte und war sich ihres Auftritts sehr wohl bewusst. Ihre Freundin war bester Stimmung. Anders als am Tag ihrer Ankunft, als sie erstaunlich praktisch gekleidet gewesen war, trug sie zum Fest ein Designerkleid zu dramatischen Smokey Eyes, und es machte ihr definitiv nichts aus, dass sie damit herausstach wie ein Hyazinth-Ara in einer Schar Spatzen. Kaja fand, dass schöne Kleidung zu einer Party dazugehörte.

Maike musste schmunzeln, als sie sah, wie Joss aufstand und Kaja und Sven zu sich an den Stehtisch winkte. Sie hatte nicht gedacht, dass er auf so etwas reagierte. Auch die anderen waren in Partykleidung, und Maike freute sich, dass sie sich doch noch das teure Umstandskleid gekauft hatte, für das sie bald wohl keine Verwendung mehr hatte. Warum sollte man sich nicht ab und zu mal was Gutes tun? Sie fand, dass sie traumhaft aussah.

Kaja kam zu ihr herüber. Mit einem Blick auf ihren Bauch meinte sie: »Noch eine Woche, oder?«

»In etwa.«

»Du hast Nerven, jetzt noch eine Party geplant zu haben mit so vielen Gästen.« Kaja streckte ihre Hand vorsichtig aus. »Darf ich?«

»Klar.«

Das Kind verhielt sich an diesem Tag sehr ruhig. »Wirklich mutig. So kenne ich dich gar nicht.«

»Hältst du mich für feige?«

»Nein, aber du hast die Dinge gerne unter Kontrolle ...«

Maike lächelte. »Ja, früher war das so. Hab mich eben ein bisschen geändert. Es kommt ja ohnehin, wie es kommt. Tessa kam sehr viel später als zum errechneten Termin. Und meine Mutter sagte mir, dass ich mir auch Zeit gelassen hätte. Das liegt wohl in der Familie. Kein Stress also. Ich hab bestimmt noch zwei Wochen – und die werde ich zur Vorsicht auf dem Festland verbringen.«

»Okay, wenn das so ist. Hört sich trotzdem nicht nach der Maike an, die immer alles im Griff haben musste.«

»Ja, vielleicht ist das nicht mehr so.«

Maike sah sinnierend in die Ferne. Hatte sie sich wirklich so sehr verändert, oder zeigte sich etwas, das schon immer da gewesen war?

»Die letzte Party, auf der ich war, war übrigens die im letzten Sommer bei euch.«

»Wirklich? Ich glaub, ich war seitdem auf hundert Partys und hab selbst noch einige gegeben.«

»Kann ich mir vorstellen«, erwiderte Maike. Kaja sah sie einen Augenblick ausdruckslos an, dann mussten sie beide lachen.

»Wir zwei sind so verschieden«, sagte Kaja. »Aber du fühlst dich richtig wohl hier, oder?«

»Ja, das tue ich.«

Kaja drehte sich nach Jarik um, der bei Fiete saß. Sein Freund hatte Schwierigkeiten, mit den anderen ins Gespräch zu kommen, das wusste Maike.

»Ihr beide seid ein süßes Pärchen, auch wenn ich nicht gedacht hätte, dass ihr noch mal als Eltern anfangt.«

Maike überlegte kurz. »Ich auch nicht«, sagte sie dann. Das war die Wahrheit. Während sich ihre Älteste daranmachte, das Nest zu verlassen, legte sie noch einmal nach. Auch Dylan machte sich bereit für den Abflug. Kaja hatte ihr berichtet, dass er plante, in den USA zu studieren. Nachdem er die Schule eine Weile hatte schleifen lassen, war er zu einem Musterschüler geworden und hatte genaue Pläne.

»Schade, dass Dylan nicht mitkonnte«, sagte Maike, als ihr Blick auf Nils, Arwen und Tessa fiel.

»Ja, schade. Aber ich bin froh, dass er den Absprung geschafft hat. Ich weiß nicht, was in ihn gefahren ist. Wahrscheinlich hat ihn seine Freundin aus dem Sumpf geholt«, sagte Kaja und zuckte mit den Schultern. »Die Phase vorher war schon schwierig, das kann ich dir sagen. Wir haben uns vollkommen neue Gedanken machen müssen, was er wohl mal machen wird.«

»Das entscheiden sie ohnehin selbst.«

»Stimmt. Wir haben uns trotzdem Sorgen gemacht, und mir ist zum ersten Mal klar geworden, dass ich ihn immer nur an einer Stelle gesehen habe: an einer Eliteuni. Himmel, wieso sollten wir sonst die teure Privatschule bezahlen!« Sie lachte.

»Ich hab immer gedacht, ich weiß, was das Beste für Tessa ist. Ich hab mich geirrt.«

»Wir wollen immer das Beste für unsere Kinder«, sagte Kaja. »Das ist es. Und jetzt komm. Stürzen wir uns aufs Buffet.«

Famke sah, dass Nicolas sich mit ihrer Mutter unterhielt, und lächelte. Er war so bemüht um all die Menschen, die ihr wichtig waren. Sie sah nach, ob alle zu trinken hatten, als ihr jemand auf die Schulter tippte. Sie drehte sich um.

»Papa«, entschlüpfte es ihr. Ja, sie war überrascht, aber die Überraschung nahm ihr nicht die Sprache. »Danke für die Fischplatte«, sagte sie. »Mama sagte, du würdest nicht kommen. Hast du es dir anders überlegt?«

Er wich ihrem Blick aus und schaute in Richtung Buffet. »Sieht wirklich gut aus. Mein Fisch scheint ja geschmeckt zu haben, die Platte ist fast leer. Der Rest ist deine Arbeit?«

Sie zögerte, dann erwiderte sie: »Nicht alles. Die rote Grütze ist von Mama. Alle haben geholfen, ich hab nur das meiste organisiert.«

»Hm.« Er nickte. »Warst immer gut mit solchen Sachen. Das hast du von ihr. Hast du auch bei Geburtstagsfeiern gemacht früher. Zum ersten Mal mit fünf Jahren. Das waren Muffins damals. Hab immer gedacht, du machst einen Beruf daraus.«

»Köchin, ehrlich?«

Er zuckte mit den Schultern.

Famke erinnerte sich. Sie hatte wirklich immer gerne in der Küche geholfen und ihrer Mutter über die Schulter geschaut. Ja, sie kochte gerne, und sie war auch gut darin, kleine Events zu planen.

»Das mit dem Geschäft mache ich auch gut«, sagte sie unvermittelt.

»Ja.« Sie war überrascht, dass ihr Vater verlegen wirkte, nachdenklich. Vor Kurzem noch hätte sie das Gespräch an dieser Stelle abgebrochen. Dieses Mal fühlte es sich so an, als müsste sie die Gelegenheit nutzen. Sie sah, dass Nicolas ihr einen Blick zuwarf. Es war auch sein Verdienst, dass sie sich plötzlich sicherer fühlte in der Gegenwart ihres Vaters. Während sie noch nach Worten suchte, holte er tief Luft. »Was ich getan habe, tut mir leid ...«, sagte er dann, ohne sie anzusehen. »Ich hätte deine Entscheidung akzeptieren müssen. Als dein Vater hätte ich dich unterstützen und dir sagen müssen, wie stolz ich auf dich bin. Das ist es nämlich, was einen guten Vater ausmacht. Ich hätte nicht damit rechnen sollen, dass du aufgibst und das Leben lebst, das ich für dich vorgesehen habe ...«

Famke hatte es die Sprache verschlagen. Am liebsten hätte sie sich in diesem Moment in seine Arme gestürzt wie damals, als sie ein kleines Kind gewesen war und er ihr Held. Aber sollte sie ihn einfach so davonkommen lassen? Sollte damit alles geklärt sein? Sie schlang die Arme um sich.

»Was genau tut dir leid?« Ihre Stimme klang belegt.

Jetzt schaute er sie wieder an, doch ein wenig warnend, wie sie fand. Vielleicht wollte er ihr sagen, dass sie den Bogen nicht überspannen sollte. Wahrscheinlich sah er sich immer noch nicht in der Position desjenigen, der etwas zu erklären hatte. Vielleicht war er noch nicht so weit, vielleicht war sie nach den langen schwierigen Wochen selbst zu angespannt.

»Ich denke, man sollte nicht nach der Hand schlagen, die einem gereicht wird«, sagte ihr Vater langsam, aber er klang nicht ganz sicher dabei, und sie wusste, dass sie ihn nicht vom Haken lassen durfte.

»Das ist nicht meine Absicht, Papa. Ich will nur wirklich wissen, woran ich bin. Ich denke, du weißt, wie sehr du mich verletzt hast. Wie weh es getan hat, dass du mich scheitern sehen wolltest, dass du derjenige warst, der dabei mitgeholfen hat, mich zum Scheitern zu bringen!«

Er zog kurz die Augenbrauen hoch, unterdrückte einen Seufzer. Sie schwiegen beide.

»Famke ...«, sagte er.

Sie konnte sich nicht erinnern, wann er zuletzt ihren Namen auf diese Art ausgesprochen hatte. Es fühlte sich an, als wäre es Ewigkeiten her. Sie erinnerte sich mit einem Mal an den Tag, als er ihr das Fahrradfahren beigebracht hatte. Wie sie wackelnd losgefahren war und immer seinen festen Griff am Gepäckträger gespürt hatte, bis der nicht mehr zu spüren gewesen war und sie zur Seite gekippt war. »Famke«, hatte er gerufen. »Du bist allein gefahren.«

Er hatte ihr diese Sachen beigebracht, genau wie das Schwimmen und das Segeln. Von ihrer Mutter hatte sie gelernt zu nähen und zu kochen. Alles in allem waren sie eine wirklich traditionelle Familie.

Sie musste schmunzeln.

»Worüber lachst du?«, fragte ihr Vater.

Nur sie konnte den Hauch von Unsicherheit in seiner Stimme hören. Sie waren sich einmal sehr nahe gewesen. Auch daran erinnerte sie sich, und vielleicht konnten sie da ja doch irgendwo anknüpfen.

»Ach, ich hab an früher gedacht.«

Er öffnete den Mund, schloss ihn wieder und sagte nichts. Famke ließ die Arme sinken, sie wollte sich entspannen.

»Weißt du noch, wie du mir das Fahrradfahren beigebracht hast?«

»Hm. Und ich erinnere mich an den ersten Kuchen, den Mama und du mir zum Geburtstag gebacken habt. Es war ein Marmorkuchen, und es war der beste Kuchen, den ich je zum Geburtstag bekommen habe.«

Da war ein kleines Lächeln auf seinem Gesicht, fast so etwas wie Erleichterung. So hatte sie ihn schon lange nicht mehr wahrgenommen.

»Und wie wir segeln waren«, sagte sie. »Warum machen wir das eigentlich nicht mehr?« Er zuckte mit den Schultern. Er wusste es nicht. Sie wusste es nicht. »Ich finde, wir sollten mal wieder zusammen segeln gehen«, sagte sie.

»Und ich finde, ich sollte mir das Strandfliederhaus endlich richtig ansehen. Auch deine Wohnung.«

»Okay.« Sein Wunsch irritierte sie im ersten Augenblick, doch natürlich freute sie sich.

»Warum hast du es eigentlich so genannt?«

»Ich mag Strandflieder.« Strandflieder tauchte die Sommerwiesen in ein violettes, pinkfarbenes und blaugraues Blütenmeer.

»Deine Großmütter haben daraus Trockensträuße für Touristen gemacht. Weißt du das?«

Sie hatten die Ladentür erreicht. Er wartete, dass sie aufschloss.

»Das darf man heute nicht mehr«, sagte sie, während sie ihn eintreten ließ. »Strandflieder steht unter Artenschutz.«

»Hm, stimmt ...«

»Der Bestand ist gefährdet.«

»Ich erinnere mich gerade deshalb so gerne daran, wie sie die Sträuße gemacht haben ... Und ans Krabbenpulen. Das wird heute anderswo gemacht, in Marokko und so. Damals saßen wir alle zusammen draußen vor dem Haus und haben geholfen. Das waren schwere Zeiten, aber ich war glücklich.«

Er war zwei Schritte hinter der Tür stehen geblieben, sie schob ihn sanft auf die Kassentheke zu.

»Bist du nicht mehr glücklich? Du hast viel erreicht. Darauf kann man stolz sein.«

»Natürlich, es geht mir gut, in letzter Zeit muss ich öfter an früher denken, an die Dinge, die mich damals glücklich gemacht haben.«

»Du kannst dich umsehen«, forderte sie ihn auf.

Sie musste ihn nicht zweimal bitten. Er nahm sich Zeit.

Maike beeilte sich, ins Haus zu kommen. Verdammt, es drückte ganz schön unangenehm. Als sie die Treppe hinauf ins obere Stockwerk lief, musste sie auf halber Strecke kurz innehalten, weil sie so außer Atem war. Für einen Moment stand sie da, hielt sich am Treppengeländer fest. Warum war sie nicht einfach unten ins Gästebad gegangen? Sie nahm die letzten Stufen. Die Balkontüren standen weit offen, sodass sie die Stimmen von draußen hörte: Kaja erzählte lachend etwas, Fiete hatte seine Gitarre mitgebracht und spielte ein Shanty, zu dem Famke und ihre Mutter sangen. Fiete war aufgetaut, er erzählte längst nicht mehr nur von seinen derzeitigen Projekten, sondern auch, dass er während des Studiums Geld mit Musikunterricht verdient hatte.

Oh meine Güte, drückte das. Jetzt musste sie sich aber wirklich sputen. Maike lief die letzten paar Schritte zum Bad und betätigte den Lichtschalter.

Sie mochte den gedämpften Blauton des Badezimmers. Auf ihren Wunsch hin hatte Jarik einen Dimmer eingebaut, sodass man morgens nicht auf einen Schlag von zu viel Helligkeit überrascht wurde. Sie entleerte ihre Blase und atmete auf. Wie peinlich das gewesen wäre, hätte sie es nicht rechtzeitig geschafft.

Als sie sich die Hände gewaschen hatte, musste sie sich wieder kurz setzen. Die Rückenschmerzen, von denen sie am Morgen aufgewacht war, waren den ganzen Tag über immer wiedergekommen. Erträglich, aber doch ziemlich unangenehm. Sie war froh, dass es mit den größeren und kleineren Zipperlein bald vorbei war.

Sie hob den Kopf und warf sich im Spiegel einen Blick zu. Wenn sie auf dem Badewannenrand saß, konnte sie sich gerade so sehen. Sie sah müde aus, etwas bleich und mit dunklen Ringen unter den Augen. Unter normalen Umständen wäre sie jetzt ins Bett gegangen, doch das konnte sie nicht. Sie hatten schließlich Gäste.

Und ich will ja auch dabei sein.

Sie hatte sich so sehr auf das kleine Fest gefreut, schon in den Tagen vorher, aber noch mehr mit jedem Gast, der eingetroffen war.

Maike fuhr zusammen. Was war das denn jetzt? Machte sie sich etwa in die Hose? Das konnte ja wohl nicht wahr sein! Sie war eben erst auf der Toilette gewesen, das war doch völlig unmöglich ... Ein anderer Gedanke kam ihr, der ihr einen Moment die Luft nahm. O nein, das war es nicht, das konnte es nicht sein. Was, wenn sie sich nicht in die Hose machte, was wenn ...?

Der Termin ist doch erst in einer Woche ... Frühestens.

Ihr Herz schlug schneller. Kaum ein Baby kam zum Termin, und sie war erst Ende neununddreißigste Woche. Es hatte schon bei der letzten Untersuchung geheißen, dass es theoretisch jeden Tag losgehen könne, weil das Kind recht kräftig war, aber diese Möglichkeit hatte sie weit von sich geschoben.

Was sollte sie jetzt tun?

Sie schnappte nach Luft, als ihr ein Schmerz in den Rücken fuhr. War das etwa eine Wehe? Sie versuchte, ruhig zu atmen, einen Moment zu warten. Bestimmt war das Fehlalarm. Oder? Gott sei Dank hatte sie ihr Handy in der Kleidtasche. Sie würde Jarik anrufen. Rasch tippte sie seine Nummer an, und wieder musste sie innehalten, weil ihr der Schmerz die Luft nahm. Dass das Wehen waren, war ihr inzwischen klar. Auch die Rückenschmerzen mussten Wehen gewesen sein, Vorwehen. Wie war das eigentlich bei Tessa gewesen? Verdammt, sie konnte sich an gar nichts von Tessas Geburt erinnern. Alles weg.

Damals war Florian dabei gewesen und hatte alles gemanagt. Es war ihr peinlich gewesen, wie er mit der Hebamme umgesprungen war. Daran erinnerte sie sich noch. Aber sie hatte ihn gewähren lassen – die Hebamme hatte wahrscheinlich schon genügend Väter dieser Art kennengelernt. Rückblickend wünschte sie sich dennoch, etwas gesagt zu haben, dummerweise war sie viel zu beschäftigt mit sich selbst gewesen.

Jarik ging endlich dran. »Maike, sorry. Versuchst du's schon länger? Ich hab das Klingeln in dem Trubel nicht gehört, falls das so ist. Was ist denn?«

»Jarik, das Kind kommt.«

Sie hörte Stimmengewirr im Hintergrund und Gelächter und wie er um Ruhe bat.

»Was ist?«

»Es geht los«, presste sie zwischen den Zähnen hervor, während sie eine weitere Schmerzwelle überrollte. »Das Kind ... es kommt!«

»Was?«, fragte er perplex zurück. Dann verstand er offenbar. »Wo bist du denn überhaupt?« Sie konnte die Aufregung in seiner Stimme hören.

»Im Bad«, brachte sie hervor.

»Ich komme!«, rief er. »Bleib dran.«

Die nächste Wehe kam, und sie rang nach Luft. Wie atmete man noch mal richtig? Sollte sie hecheln? Nein, das war zu früh, oder? Für einen Moment hatte sie Mühe, überhaupt irgendetwas zu denken. War es nicht erstaunlich, dass sie vergessen hatte, wie heftig Wehenschmerzen waren? Und was man tat, um ein bisschen Erleichterung zu spüren? Wenn das erst der Anfang war, wie sollte sie das nur durchstehen?

Du hast ja wohl kaum eine andere Möglichkeit, sagte eine kleine Stimme in ihrem Kopf.

Dann hörte sie wieder Jariks Stimme. Er kam bereits die Treppe heraufgestürmt, während er noch mit ihr telefonierte. »Die anderen wissen Bescheid. Gesine ruft den Arzt.«

»Beeil dich.« Sie stöhnte. »Ich will das Kind nicht allein im Bad bekommen!«

Vor allem nicht allein. Und gerade fühlte es sich einfach so an, als ob es jeden Augenblick kommen würde. Noch bevor Jarik es bis zu ihr geschafft hatte.

Wie hatte das nur passieren können? Am Montag wollte sie zu Jette aufs Festland ziehen. Jette hatte das Gästezimmer vorbereitet, sie hatte sich auf diese Zeit der Vorbereitung gefreut. Im Schlafzimmer stand ihre Reisetasche bereit, die Wiege war aufgebaut – sie hatte gerade so in eine Ecke gepasst. Jarik hatte ein einklappbares Wickelbrett designt, das sie an der Badezimmerwand angebracht hatten. Famke war so begeistert gewesen, dass sie das Modell in ihr Verkaufssortiment aufnehmen wollte. Fotos standen schon auf ihrer Website.

Eine neue Welle des Schmerzes überkam sie.

»Maike?«

»Famke?«

»Wir sind bei dir, Maike ... Jarik und ich. Ist denn schon Fruchtwasser abgegangen? Kannst du das sagen?«

»Ich glaub schon. Die andere Möglichkeit ist, dass ich mir in die Hose gemacht habe.« Sie versuchte zu lachen.

Famke stimmte ein. »Gut, deinen Humor hast du nicht verloren.«

»Ich weiß nicht«, stieß Maike keuchend hervor. Himmel, was sollte das! Sie wollte, dass das aufhörte. Famke war plötzlich schlechter zu hören. Sie redete mit jemand anderem. Jarik ...

»Sorry ... Gesine hat gerade angerufen, der Arzt will den Heli kommen lassen ...«

»Na ja, eigentlich geht es mir noch gut ... Vielleicht ...« Maike stöhnte unter einer neuen Schmerzwelle.

»Auf keinen Fall warten wir, bis die erste Fähre fährt«, unterbrach Jarik sie. »Sicher ist sicher.«

»Eine Freundin, die Hebamme ist, hat mir ein paar Dinge erklärt«, sagte Famke. »Ganz kurz wollte ich das auch mal werden, weißt du. Lass uns zuerst nachsehen, ob du wirklich Fruchtwasser verlierst, okay?« Das Testergebnis sprach eine eindeutige Sprache und überraschte Maike nicht. Dann überprüfte Famke ihren Blutdruck und tastete vorsichtig ihren Bauch ab. Gemeinsam veratmeten sie die nächste Wehe. »So weit scheint mir alles in Ordnung«, resümierte Famke. »Da Fruchtwasser abgegangen ist, solltest du dich aber so wenig wie möglich bewegen.« Sie warf Jarik einen Blick zu. »Komm schon her, deine Partnerin braucht dich. Ich warte derweil draußen auf die Rettungssanitäter.«

Sie verschwand durch die Tür. Man hörte ihre Schritte auf der Treppe. Jarik kam zu ihr.

»Wie geht's dir?«

»Halt mich fest!«

Irgendwie kletterte er hinter sie in die Badewanne und umfing sie mit beiden Armen, sie lehnte sich rücklings an ihn. Mit einem Mal wusste sie, dass alles gut werden würde.

Während der ganzen Zeit wich Jarik nicht von ihrer Seite. Erst hatte sie ihn schonen wollen. Er hatte ihr von Nils' Geburt erzählt und erwähnt, dass er es als stressig empfunden hatte, Jette so leiden zu sehen, aber als sie es ihm freistellte, sie mit dem Heli zu begleiten, wollte er nichts davon hören.

»Das ist schon mehr als aufregend, aber ich bin doch kein Feigling«, sagte er ernst. »Wie könnte ich dich ausgerechnet jetzt allein lassen?«

Sie lächelte zwischen zwei Wehen. Letztlich war sie froh, dass er nicht auf sie gehört hatte. Es war richtig, dass sie dieses wichtige Ereignis zusammen durchstanden. Danach würden sie Eltern sein, und das würde noch einiges mehr an Herausforderungen bringen, vor denen man manchmal am liebsten davonlief.

Obwohl die Rettungssanitäter sie die Stufen hinuntertragen wollten, bestand sie darauf, die paar Schritte bis zum Krankenwagen selbst zu gehen. Als sie an den Gästen vorbeiliefen, war es für einen Moment ganz still, sogar ihre eigene Mutter war verstummt.

Dann rief Kaja: »Du schaffst das! *Go, girl!*«

»Ja, Mum!«, rief Tessa. »Bring Nils und mir eine süße Schwester mit!«

Auf der kurzen Fahrt im Rettungswagen wurde sie von Gefühlen und Gedanken geradezu überwältigt. Dann bestiegen sie den Helikopter, Minuten später hoben sie ab. Florian hatte immer Helikopter mit ihr fliegen wollen, es war nie dazu gekommen. Dass sie mal einen so dramatischen Heliflug erleben würde, wäre ihr nie in den Sinn gekommen.

»Mit dem Hubschrauber zur Geburt«, stieß sie zwischen zwei Wehen hervor. »Da werde ich was zu erzählen haben.«

»Das stimmt allerdings.«

»Ich weiß immer noch nicht, ob das nötig gewesen ist.«

»*Better safe than sorry*, wie Famke immer sagt. Sicher ist sicher.«

»Das klingt gar nicht nach Famke.«

Er zuckte mit den Schultern. »Sie hat den Spruch aus London mitgebracht.«

Sie landeten auf dem Dach des Krankenhauses, eine Hebamme holte sie mit einem Rollstuhl ab. Kurz darauf wurden die Wehen stärker, sie kamen in immer kürzeren Abständen. Die Hebamme hatte sie untersucht und festgestellt, dass es nicht mehr lange dauern konnte.

»Sie sind schnell. Das ist gut, finden Sie nicht?«

»Ich weiß nicht.«

Zum Ende hin kam sie an einen Punkt, an dem sie glaubte, nicht mehr zu können, und dann war das Kleine auch schon da: Tessa und Nils hatten eine Schwester.

»Beke«, flüsterte Maike. »Sie soll Beke heißen.«

Der Name kam ihr spontan, als das Kind zu schreien begann.

»Beke«, wiederholte Jarik nachdenklich, während er seine Tochter ansah. »Na, bist du eine kleine Beke?«

»Hallo, kleine Beke«, sagte die Hebamme. »Hier ist deine Mama.«

Behutsam legte sie Maike das kleine Bündel auf die Brust.

»Sie ist wunderschön, oder?«, sagte Jarik.

»Das ist sie.«

»Sie hat deinen Mund.«

Maike bezweifelte, dass man das schon sehen konnte, aber sie erwiderte nichts. Vielleicht war es ja so. Sie fand ja auch, dass Beke Jariks Nase hatte, dabei war die noch so winzig. Und diese Fingerchen ... Wie konnte etwas nur so klitzeklein und so perfekt sein? Das war einfach atemberaubend. Maike strich sanft mit einem Zeigefinger über den Kopf des Säuglings. Man ließ ihnen etwas Zeit, sich kennenzulernen, bevor ein Kinderarzt Beke kurz mit sich nahm, um sie zu untersuchen.

Später brachte man sie gemeinsam in ein Familienzimmer, in dem Jarik mit ihr und dem Baby auch über Nacht bleiben konnte. Beke sei kerngesund, hatte man ihnen mitgeteilt, und sie waren unendlich dankbar. Jarik rief Tessa an und sagte, dass alles gut gelaufen sei. Dann gab er den Hörer an Maike weiter.

»Nils und ich haben jetzt wirklich eine kleine Schwester? Ich kann's nicht glauben, Mum.«

»Sieht so aus. Sagst du den anderen Bescheid?«

»Klar, mach ich. Die stehen hier eh schon Schlange, um das Neueste zu erfahren. Rita will dich als Erste sprechen.«

Ihre Mutter klang aufgeregt. »Ich habe eine zweite Enkelin! Ich freu mich so, Maike. Ist wirklich alles gut?«

»Ja, sie ist zauberhaft. Oh, sie meldet sich. Ich schätze, sie hat Hunger. Ich geb dich mal an Jarik weiter.«

Sie legte Beke in ihre Armbeuge und bot ihr die Brust an. Der erste Saugversuch des Babys war ganz schön schmerzhaft, dann waren da nur noch Beke und sie.

ACHTUNDZWANZIGSTES KAPITEL

Es klopfte leise. Kurz darauf steckte Tessa ihren Kopf ins Zimmer. »Mum? Darf ich reinkommen?«

»Klar, komm nur her.«

Maike lächelte ihrer Tochter zu. Sie hatte in der Nacht einige Stunden geschlafen, war immer wieder aufgewacht und hatte mit dem Baby gekuschelt, jetzt fühlte sie sich einfach nur entspannt und glücklich. Tessa kam zögerlich näher und schaute sich um.

»Bist du allein?«

»Jarik ist einen Kaffee holen gegangen.« Maike musste schmunzeln. »Wahrscheinlich hat er weniger geschlafen als ich. Aber insgesamt geht's uns allen gut.« Sie winkte ihre Tochter heran. Ihr Blick erfasste das rollbare Babybettchen, das neben dem Familienbett stand. Beke lag schlafend auf dem Rücken, die Arme neben sich angewinkelt, die winzigen Finger zu Fäusten geballt. Maike beobachtete ihre ältere Tochter, während sie ihre kleine Schwester ungläubig ansah. »Schau sie dir ruhig an. Du kannst sie auch anfassen.«

Tessa schien nicht recht zu wissen, ob sie das wirklich tun sollte, und Maike beschloss, ihr Zeit zu lassen. Sie hatten eine schwierige Phase durchlebt. Tessa musste sich erst daran gewöhnen, dass sie große Schwester wurde. Gott sei Dank, freute sie sich mittlerweile. Mit einer gewissen Neugier hatte sie die Veränderungen des Körpers ihrer Mutter begleitet, hatte es sich aber auch nicht nehmen lassen, sie immer wieder zu necken.

»Sie ist so niedlich«, riss sie Tessas Stimme aus den Gedanken.

»Das ist sie. Sie ist unglaublich süß. Soll ich sie mal aus dem Bett holen?«

»Schläft sie nicht?«

»Neugeborene schlafen so tief, da könnte ein Bulldozer durchs Zimmer fahren, sie würden nicht davon aufwachen. Aber so wie ich das sehe, wacht sie gerade auf.« Maike warf einen prüfenden Blick auf ihre jüngste Tochter. Tatsächlich öffnete die Kleine gerade suchend den Mund und bewegte unruhig die Arme. Sie beugte sich vor, nahm sie aus dem Bettchen und setzte sich mit ihr auf den Bettrand. Beke öffnete die Augen und kniff sie wieder zusammen, streckte die winzigen Finger und ballte sie erneut zu Fäusten. »Setz dich neben mich«, forderte sie Tessa auf.

Ihre Große ließ sich nicht zweimal bitten. Einen Moment saßen sie schweigend nebeneinander, dann legte sie ihr Beke in die Arme. Tessa betrachtete ihre Schwester ehrfürchtig, bevor sie ihren Finger in eine der winzigen Babyfäuste schob.

»Sie hält mich ganz fest«, sagte sie. »Hallo, kleine Schwester, hier bin ich!«

Maike spürte, wie sich ein Lächeln auf ihrem Gesicht ausbreitete.

Nach drei Tagen konnten sie das Krankenhaus bereits verlassen und auf die Insel zurückkehren. Die Partygäste aus Frankfurt waren abgereist, nur ihre Mutter blieb noch. Sie hatten das so geplant, da sie ihr zweites Enkelkind unbedingt kennenlernen wollte. Und Arwen würde ebenfalls einen Teil der Ferien auf Spiekeroog verbringen.

Beke war ein sehr zufriedener Säugling und Jarik ein sehr umsichtiger Vater. Ebenso gut, wie er die Bedürfnisse seiner Tochter erkannte, erfasste er Maikes. Sie versuchte, sich zu erinnern, ob Florian damals nachts aufgestanden war, um das Baby zu wickeln. Sie wusste es nicht mehr, aber sie war sich ziemlich sicher, dass er das nicht getan hatte. So etwas passte nicht zu ihm. Außerdem hatte er immer betont, dass das Kind seine Mutter brauche und niemanden sonst. Die erste Zeit mit Tessa war vielleicht auch deshalb unerwartet anstrengend gewesen, anstrengend, weil alles so neu gewesen war und sie Angst gehabt hatte, dass sie das winzige, perfekte Wesen irgendwie verletzen könnte. Maike hoffte, dass sie zumindest von einigen Sachen, die sie damals doch sehr aus dem Konzept gebracht hatten, dieses Mal nicht überrascht wurde. Beke war ein ruhiges Baby. Würde sie auch eine ruhigere Mutter sein?

Tessa stand ihr mehr zur Seite, als sie es zu hoffen gewagt hatte. Manchmal, wenn Beke abends etwas unruhiger wurde, trug sie sie herum und summte ihr etwas vor. Nils war ebenso angetan von seiner kleinen Schwester. Man konnte es nicht anders sagen, aber ihre kleine Patchworkfamilie wuchs noch enger zusammen. Zu ihrer Überraschung hatte Florian ihr zur Geburt gratuliert, sogar Nathalie hatte die Glückwunschkarte in ihrer großen geschnörkelten Handschrift unterschrieben. *Kann sein, dass ich nächstes Jahr noch einmal Vater werde*, schrieb Florian ihr etwas später. *Nachdem Nathalie Bilder von Beke gesehen hat, will sie sich doch keinen zweiten Hund zulegen.*

Maike sagte nichts dazu. Irgendwann im letzten Jahr hatte Florian Fotos von einem Welpen geschickt. *Das ist Lioness*, hatte Florian dazugeschrieben, *Nathalies Rhodesian Ridgeback.* Maike hatte die Hunderasse gegoogelt und als Erstes festgestellt, dass das ein verdammt großer Hund würde. Sie konnte sich ehrlich gesagt gar nicht vorstellen, dass man so einen Hund gut in der Stadt halten konnte, aber das war ihr gleich. Florian und Nathalie würden sich zu helfen wissen. Wahrscheinlich hatten sie einen Hundesitter oder so etwas. Sie konnte sich jedenfalls nicht vorstellen, dass die beiden jeden Tag zwei- oder dreimal mit dem Tier spazieren gingen. Das passte so gar nicht zu ihnen.

Sie hatte eine Babytrage mit einem Neugeboreneneinsatz gekauft. Bei Tessa hatte sie eine solche Trage nicht gehabt. Florian hatte es unpassend gefunden. Warum eine Trage, wenn man doch einen superteuren Kinderwagen gekauft hatte? Der sollte schließlich gesehen werden. Jarik war da ganz anders. Maike musste immer noch lachen, wenn sie daran dachte, dass sie sich gemeinsam ein YouTube-Video hatten ansehen müssen, um zu lernen, wie man die Trage anlegte und festzurrte. YouTube-Videos gab es wirklich für alles.

Sie machten ausgiebige Spaziergänge am Strand und auf den Dünenwegen mit Beke in der Trage, ließen sie den Wind spüren, den die Kleine nicht so sehr mochte, und sie beim Rauschen der Wellen einschlafen. Arwen, Nils und Tessa nahmen lieber den Kinderwagen, der tatsächlich noch einen Tag vor der Geburt geliefert worden war. Wenn Beke hungrig wurde, kamen sie zurück.

Die Kleine schlief natürlich noch nicht durch. Nachts wurde Maike regelmäßig aufgeweckt, wenn aus der Wiege halb schnaufende, halb gurgelnde Geräusche kamen. Sie brauchte immer einen Moment, um sich zu orientieren; spätestens, wenn Beke zu schreien begann, war sie hellwach. Erstaunlich, wie laut so ein winziges Baby sein konnte. Oft war Jarik schneller aus dem Bett als sie. »Bleib liegen«, sagte er dann und knipste das Nachtlicht an, »ich wickel sie und bring sie dir.«

Sie erwischte sich manchmal dabei, ihren Blick verträumt über seinen Körper wandern zu lassen. Die Zeiten, in denen man etwas anderes machte, wenn man nachts aufwachte, waren wohl für eine Weile vorbei. Aber damit konnte sie gut leben.

Es war wunderbar, wie Jarik sie unterstützte. Bei Florian war das wirklich anders gewesen. Daran erinnerte sie sich immer mehr. Bei ihm hatte sie sich anfangs gefühlt, als wäre Tessa ausschließlich ihr Kind, nicht seines. Am Tag nach der Geburt war er bereits wieder im Büro gewesen, anstatt wenigstens die drei Tage zu nutzen, die ihm sein Arbeitgeber hatte zur Verfügung stellen wollen. Am zweiten Tag war er sogar erst spät in der Nacht nach Hause gekommen, weil er mit Kollegen Tessas Ankunft gefeiert hatte. Sie hatte versucht, Verständnis für ihn zu zeigen, und nichts gesagt, aber eigentlich hatte sie sich alleingelassen gefühlt.

Doch sie wollte jetzt nicht mit der Vergangenheit hadern. Sie wollte es einfach genießen, dass Jarik an ihrer Seite war.

NEUNUNDZWANZIGSTES KAPITEL

Famke lag mit Nicolas an ihrer Lieblingsstelle am Strand im Sand, doch an diesem Tag war er ungewöhnlich schweigsam. Sie fragte sich kurz, ob sie sich Gedanken machen sollte, und beschloss dann, gegen das Gefühl anzukämpfen. Sie hatte sich im letzten Jahr viel zu viele Gedanken machen müssen. Nicht immer wäre das nötig gewesen, und es war endgültig vorbei.

Sie lebte einen Traum, und sie lebte ihn mit einem Mann an ihrer Seite, den sie jeden Tag mehr liebte.

Sie gingen ein bisschen weiter am Meeressaum entlang. Es tat so gut, das Rauschen der Wellen zu hören. Es war für einen Moment so laut, dass sie nicht hörte, was Nicolas, der hinter ihr lief, ihr zurief. Der Seegang war stark, das Wasser sah eher grau als blau aus, und sie konnte kleine Schaumkronen tanzen sehen.

»Was denn?«, fragte sie gegen den Wind an.

»Famke!«

Sie drehte sich um. Nicolas stand nur zwei Schritte entfernt von ihr. Für einen Moment sahen sie einander in die Augen, dann kniete er sich plötzlich vor ihr hin. Sie schaute ihn irritiert an.

»Was ist passiert?«, erkundigte sie sich besorgt. »Geht es dir nicht gut?«

»Famke, du bist unmöglich!« Auf seinem Gesicht wechselten sich Lachen und Unsicherheit ab.

»Warum das denn? Was ist mit dir? Sag schon!«

»Jetzt lass mich doch endlich mal ausreden«, rief er. Er musste wieder lachen, dann wurde sein Gesichtsausdruck ernst, und er fragte: »Famke, willst du meine Frau werden?« Sie starrte ihn nur an. Ihr fehlten die Worte. »Willst du nichts sagen?«

»Doch ... ich ...« Er wartete. Die Aufregung ließ ihr Herz schneller schlagen. Als er aufstand, warf sie sich in seine Arme. »Ja«, sagte sie, »ja, ja, ja!«

»Ihr wollt heiraten?«

»Ja, spricht etwas dagegen?« Famke zog die Stirn kraus.

»Nein!« Maike lachte fröhlich und zog Famke spontan in ihre Arme. »Nein, nein und nochmals nein. Natürlich spricht nichts dagegen. Wie kommst du denn darauf? Ich freue mich so sehr für euch. Ihr seid so ein wunderbares Paar. Es ist so schön, dass ihr wieder zueinandergefunden habt. Es wäre einfach zu schrecklich gewesen, wenn Nicolas sich nicht entschieden hätte, seinen Weg zu gehen. Apropos Nicolas. Wo ist er denn? Ich möchte ihm persönlich gratulieren.«

»Bei meiner Mutter im Laden.« Famke lachte. »Er sagte, er wolle bei ihr um meine Hand anhalten. Ich bin sicher, Mama freut sich.« Sie wurde ernst. »Die Herausforderung wird wohl eher mein Vater sein.«

»Ach was. Ihr hattet doch gute Gespräche auf dem Fest. Lass dich nicht beunruhigen.«

»Tue ich auch nicht, aber ich kann mich nicht so schnell umstellen. Manchmal erwische ich mich noch dabei, wie ich mir vorstelle, dass die eine oder andere Entscheidung, die ich treffe, ihm missfällt. Mit der Zeit legt sich das bestimmt. Auf keinen Fall werde ich mich wieder beeinflussen lassen. Nie mehr. Das ist mein Leben, und ich weiß, dass das auch meinem Vater mittlerweile klar ist.«

»Das klingt gut.«

»Ja, schon. Nur dieser Antrag ... Meinst du, es ist nicht ein bisschen zu früh dafür?«

»Ach was. Mit Jarik und mir ging es doch auch so schnell. Wir haben uns einfach ineinander verliebt. Ihr habt eine besondere Geschichte, ja, aber weißt du, ich finde, so eine Geschichte sollte immer mit einer Hochzeit enden. Habt ihr schon einen Termin?«

»Darüber haben wir noch nicht gesprochen. Maike. Nicolas hat mir doch gerade erst den Antrag gemacht.« Famke überlegte. »Na ja, vielleicht könnten wir am Ende des Sommers heiraten.«

»Oh, ich freu mich. Ich bin mir sicher, das wird wunderbar.«

Famke wird heiraten ...

Maike bückte sich und suchte nach Muscheln, fand eine und hob eine weitere auf. Jarik beobachtete sie, während sie das Wasser über ihre Füße schwappen ließ, sie spürte seinen Blick im Rücken. Sie hatten Beke bei Tessa gelassen, die gemeinsam mit Nils am Rand der Dünen auf einer Decke saß. Es fühlte sich gut an, jemanden zu haben, dem man vertrauen konnte. Tessa kümmerte sich rührend um ihre kleine

Schwester, und sie war nicht allein. Auch Nils hatte Spaß an dem Baby gefunden. Zuerst war sie besorgt gewesen, wenn die zwei allein mit Beke unterwegs gewesen waren, aber das hatte sich gelegt. Maike war sich sicher, dass Beke immer jemanden haben würde, der sich um sie kümmerte – und das war ein gutes Gefühl.

Jarik kam zu ihr, und sie liefen ein Stück Arm in Arm, dann lösten sie sich wieder voneinander. Die Flut hatte eingesetzt, die Priele begannen vollzulaufen. Sie schaute sich nach Wurfobjekten um und hatte bald ein paar gefunden: Ein Stein war schwarz, der andere rot, er stammte vermutlich von einer zerbrochenen Dachpfanne. Maike schleuderte den ersten Stein mit voller Kraft ins Meer. Danach hielt sie einen Moment inne, ließ den Gedanken ihren Lauf, bevor sie den nächsten warf.

Jarik kam an ihre Seite.

»Was machst du da?«

»Ich ... ich hab das, was mich in diesem Jahr belastet hat, endgültig von mir geschleudert ...« Sie lächelte verlegen. »Und mit dem zweiten Stein hab ich mir etwas gewünscht.«

»Was denn?«

Sollte sie es ihm sagen? Sie entschied sich dagegen.

»Das ist mein Geheimnis.«

»Würde es mir gefallen?«

»Da bin ich mir sicher.«

Er legte die Arme um sie. Für einen Moment sahen sie einander nur an und hielten sich fest. Dann versanken sie in einem langen Kuss.

Meer macht einfach glücklich! Drei Wochen totale Entschleunigung auf einem bezaubernden Zeltplatz an der Ostsee

Sandra Poppe
LIEBE IST SCHÖN,
VON EINFACH WAR
NIE DIE REDE
Roman

352 Seiten
ISBN 978-3-404-18855-0

Zelten? Was hat sich Großtante Lisbeth dabei gedacht? Nach ihrem Tod im hohen Alter von 92 macht sie den Zelturlaub zur Bedingung für ein stattliches Erbe. Evi, getrennt, alleinerziehend, gestresst, nimmt die Herausforderung an und fährt mit ihrer vierzehnjährigen Tochter Helena auf einen Campingplatz nach Rügen. Doch Wunsch und Wirklichkeit klaffen auseinander. Das Wetter ist schlecht, die Ausrüstung fehlerhaft, die Tochter mies gelaunt. Aber es gibt einen attraktiven alleinstehenden Familienvater, einen ungebetenen nächtlichen Besucher, den amüsanten Chakra-Klub und die sehr netten Besitzer des Campingplatzes. Evi bleibt, und die Geschichte nimmt ihren Lauf …

Lübbe

Wer Mut hat, findet sein Glück

Tabea Bach
SONNE ÜBER DEM
SALZGARTEN
Wohlfühl-Saga rund um
ein Restaurant auf den
Kanarischen Inseln. Roman

368 Seiten
ISBN 978-3-404-18484-2

Die erfolgreiche, aber gestresste Sterneköchin Julia will ihren Neffen eigentlich nur kurz auf die kanarische Insel La Palma begleiten. Doch dann entdeckt sie über einer wildromantischen Bucht eine alte Finca, die sie sofort verzaubert. Könnte sie sich hier ihren Traum von einem kleinen Restaurant am Meer erfüllen? Es scheint sich perfekt zu fügen, dass am Fuße der Klippe ein Salzgarten liegt, der in Familientradition von dem attraktiven Álvaro betrieben. Julia verliebt sich auf den ersten Blick in ihn, und auch er ist ihr sehr zugetan. Aber wie so oft im Leben, kann das, was so einfach schien, ganz schön kompliziert werden …
Der mitreißende Auftakt der Salzgarten-Saga von Tabea Bach

Lübbe